名著课程化·整本书阅读丛书

9年级 上

世说新语

精华本

刘义庆 著

黎臻 选注

人民文学出版社

图书在版编目（CIP）数据

世说新语：精华本/（南朝宋）刘义庆著；黎臻选注. —北京：人民文学出版社，2021
（名著课程化·整本书阅读丛书）
ISBN 978-7-02-016251-2

Ⅰ.①世… Ⅱ.①刘…②黎… Ⅲ.①笔记小说—中国—南朝时代 ②《世说新语》—注释 Ⅳ.①I242.1

中国版本图书馆 CIP 数据核字（2021）第 094853 号

责任编辑　李　俊
装帧设计　陶　雷
责任印制　王重艺

出版发行　人民文学出版社
社　　址　北京市朝内大街 166 号
邮政编码　100705

印　　刷　三河市龙林印务有限公司
经　　销　全国新华书店等

字　　数　241 千字
开　　本　710 毫米×1000 毫米　1/16
印　　张　17.5　插页 1
印　　数　1—20000
版　　次　2018 年 4 月北京第 1 版
印　　次　2021 年 6 月第 1 次印刷

书　　号　978-7-02-016251-2
定　　价　27.50 元

如有印装质量问题，请与本社图书销售中心调换。电话：010-65233595

出版说明

阅读是语文学习的重要组成部分，是帮助人获取知识、培养正确的价值观、提高审美水平和增强表达能力的重要手段。中小学时期正值人生的成长阶段，培养良好的阅读习惯，保证一定的阅读量，会让每一个孩子受益无穷。为此，教育部制定的《义务教育语文课程标准》和《普通高中语文课程标准》，均对中小学生课内外阅读做了安排。2017年9月起，全国中小学陆续启用统编语文教材，"快乐读书吧""名著导读""自主阅读""整本书阅读"等栏目或单元的设置，使得阅读尤其是整本书阅读的理念和实践有了更切实的依托。

课程标准和统编教材建议阅读的多种图书系经典名著，读之可涵养情性、启迪人生。然而，时代变迁、语言疏隔加上其他一些原因，阅读过程中，很多孩子不同程度地面临着"不愿读""不会读""读不下去"的问题。为切实解决这一难题，让孩子们能够轻松读，读懂、读通、读有所获，我们充分发挥自身在文学图书和语文读物出版方面的优势，推出了这套"名著课程化·整本书阅读丛书"。

丛书收录图书三十余种，以我社多年沉淀、打磨而成的优质版本为底本，精编精校。另延请有丰富教研经验的教研员及一线名师进行课程化的整本书阅读设计，以精炼的阅读导入语、有趣的阅读任务、实用的阅读链接材料，与原著相呼应。力争尽我们所能，与孩子们一起扫除阅读过程中的路障,帮助他们养成良好的阅读习惯,学会阅读,享受阅读,读有所思、有所得。

统编语文教材总主编温儒敏教授说:"整个语文教育的改革,可以归纳为四个字——读书为要。培养学生读书的兴趣、读书的习惯,使之成为一种良性的生活方式,提升各方面素养。"希望这套书常伴孩子们左右,对丰富他们的精神世界、提升语文素养、提高阅读能力,能有切实的帮助。

人民文学出版社编辑部

2021年5月

名著课程化·整本书阅读丛书
编 委 会

主　　编　孙荻芬
执行主编　姚守梅　吴　东
编　　委　(以姓氏笔画为序)
　　　　　马东杰　王　丹　王屏萍　尹　伊　叶楚炎　田　圆
　　　　　边　晔　刘春芳　刘晓静　闫　明　李　媛　李　蕾
　　　　　杨　华　杨海威　汪家发　张　卫　张　婷　陈　楠
　　　　　孟　岳　殷　毅　黄　娟　葛小峰　蒋红梅　路　莎
　　　　　樊　颖　潘　霞
本册编写　李　蕾

扫码开启预习课

目　次

编者的话 …………………………………………… 1

前言 ………………………………………………… 1

德行第一 …………………………………………… 1
言语第二 …………………………………………… 13
政事第三 …………………………………………… 43
文学第四 …………………………………………… 46
方正第五 …………………………………………… 71
雅量第六 …………………………………………… 79
识鉴第七 …………………………………………… 89
赏誉第八 …………………………………………… 96
品藻第九 …………………………………………… 105
规箴第十 …………………………………………… 112
捷悟第十一 ………………………………………… 117
夙惠第十二 ………………………………………… 121
豪爽第十三 ………………………………………… 123
容止第十四 ………………………………………… 125
自新第十五 ………………………………………… 136
企羡第十六 ………………………………………… 139
伤逝第十七 ………………………………………… 143

栖逸第十八 ·············· *150*

贤媛第十九 ·············· *155*

术解第二十 ·············· *168*

巧艺第二十一 ············ *170*

宠礼第二十二 ············ *174*

任诞第二十三 ············ *175*

简傲第二十四 ············ *191*

排调第二十五 ············ *195*

轻诋第二十六 ············ *202*

假谲第二十七 ············ *205*

黜免第二十八 ············ *207*

俭啬第二十九 ············ *211*

汰侈第三十 ·············· *212*

忿狷第三十一 ············ *215*

谗险第三十二 ············ *217*

尤悔第三十三 ············ *219*

纰漏第三十四 ············ *223*

惑溺第三十五 ············ *225*

仇隙第三十六 ············ *229*

附录

魏帝系简表 ·············· *235*

西晋帝系简表 ············ *236*

东晋帝系简表 ············ *237*

琅邪王氏世系简表 ········ *238*

太原晋阳王氏世系简表 ···· *239*

颍川鄢陵庾氏世系简表 ···· *240*

谯国龙亢桓氏世系简表 ···· *241*

陈郡阳夏谢氏世系简表 ………………………… *242*

阅读评估 ………………………………………… *243*
阅读链接 ………………………………………… *245*

编者的话

《世说新语》是一部诞生于南朝刘宋时代的笔记小说,由宋临川王刘义庆主持编著,梁代刘峻(字孝标)又为之作注。全书按内容分为"德行""言语""政事""文学""方正"等三十六类,共有一千二百多则故事,每则文字长短不一,有的数行,有的三言两语。在中国文化史上,《世说新语》可谓是一本前无古人的奇书。自成书以来,一直受到历代文人士大夫的喜爱,它所传递出来的"魏晋风度",历一千五百余年,仍令无数人心驰神往。这本书还被翻译成多国文字,在世界上广为流传。不读此书,实为憾事,让我们一起走进《世说新语》这部传世经典吧!

一、刘义庆与《世说新语》

《世说新语》的编著者刘义庆身世显赫,他是南朝刘宋开国皇帝刘裕的侄子,长沙王刘道怜的次子,因其叔父临川王刘道规无子,遂以义庆为嗣,后袭封临川王,曾任荆州刺史、江州刺史。

《宋书·刘义庆传》比较详细地记叙了其生平经历,最后一段提到刘义庆的爱好禀性:"为性简素,寡嗜欲,爱好文义,才词虽不多,然足为宗室之表。受任历藩,无浮淫之过,唯晚节奉养沙门,颇致费损。少善骑乘,及长以世路艰难,不复跨马。"从史书的记录来看,他有谦虚、谨慎、俭约等品性,是一个富有文人气质的贵族人物。刘义庆对文学有浓厚的兴趣,有很高的文学修养。刘义庆生于晋末,魏晋时期的遗风流韵在社会上仍有较大影响。刘义庆对魏晋名士风度情有独钟,在"为赏心而作""远实用而近娱乐"的创作动机下,对材料进行选择编排,使全书主旨与魏晋名士精神风韵合拍。这使《世说新语》具备了独特深厚的文化品位,"《世说》这部书,差不多就可以看做一部名士底教科书"(鲁迅语)了。

在《世说新语》的三卷三十六门中,上卷四门——德行、言语、政事、文学,中卷九门——方正、雅量、识鉴、赏誉、品藻、规箴、捷悟、夙惠、豪爽,这十三门都是正面的褒扬。另有下卷二十三门——容止、自新、企羡、伤逝、栖逸、贤媛、术解、巧艺、宠礼、任诞、简傲、排调、轻诋、假谲、黜免、俭啬、汰侈、忿狷、谗险、尤悔、纰漏、惑溺、仇隙。

《论语·先进》记载:"德行:颜渊,闵子骞,冉伯牛,仲弓。言语:宰我,子贡。政事:冉有,季路。文学:子游,子夏。""德行""言语""政事""文学"四门,这正是"孔门四科",《世说新语》在进行内容的分门别类时,正是按"孔门四科"的名目而依次编列的——德行第一,言语第二,政事第三,文学第四,这表明儒家正统的文学观念是为刘义庆所赞同并继承的。

《世说新语》主要记述东汉末年至刘宋初年王公贵族、士族阶层的言行轶事,它以一个个短小有趣的故事展示了这一群体的生活状况,同时也反映出那个时代的政治、军事、思想和社会风尚。书中对曹操专权、司马篡权等史实均有记载,士族门阀制度在书中也有体现。此外,当时社会的种种现象,如名士谈玄、品题、纵酒、隐逸等也有不同程度的反映。《世说新语》还对一些志士的爱国思想爱国行为热情地赞颂,也记录了魏晋时期大量的文学艺术家、高门佛徒,以及后妃、公主、闺秀、婢女等妇女的言行细闻。书中所载人物均属历史上实有的人物,但他们的言论或故事则有一部分出于传闻,不尽符合史实。此书中相当多的内容是杂采众书而成,如《规箴》《贤媛》等篇所载个别西汉人物的故事,采自《史记》和《汉书》,其他部分也多采自于前人的记载。

二、《世说新语》的艺术魅力

《世说新语》对中国文学乃至思想文化,特别是士人精神产生过深远影响,其独特的艺术魅力深深地吸引并影响着一代又一代喜欢它的读者。

(一)超拔的魏晋风度

《世说新语》把两百年间发生的士人言行搜罗到一起,将士人的品行、性情同时呈现在一本书中,使人们对这一时期士人群体的整体风貌有大致地感知和把握。士人的这种超拔智慧被鲁迅称之为"魏晋风度"。《世说新语》所体现出的魏晋风度之美,大致表现在以下方面:

1. 美在深情。

翻开《世说新语》,其中有朋友之间坦诚深厚的相思之情,有夫妻间的举案齐眉、相濡以沫之情,有父母对孩子的深情,也有对宇宙人生的体察和感悟……这"情"是对"真"情感的追求和向往。

2. 美在仪容与精神气度。

魏晋人品评人物既重外形容貌之美,也重人物内在精神气度之美。《世说新语》一书专设"容止"一门,直接描绘叹赏人物容貌的美。书中对仪容的赞美在很多情况下也是和人的"神"紧密相联的。

3. 美在人格。

《世说新语》记载了魏晋人期名士的故事,体现了名士对理想人格美的追求和向往。在那个动荡不安的时代,人格美的体现有所侧重但并不单一,魏晋名士人格之美更为丰富、完整、温柔和感人。

4. 美在智慧。

魏晋名士的智慧在各场面中有生动的展示。

5. 美在对山水・意境(自然美)的新认识。

对自然山水，儒家侧重于"敬"和"畏"，道家侧重于"爱"和"赏"，《世说新语》反映的时代正是道家以自然为美的精神得以高扬的时代，以"自然物"的美来比拟人的才情风貌的美成为当时的风尚。

(二)各具特色的人物形象

《世说新语》塑造了众多风姿绰约、栩栩如生的魏晋风流人物。从帝王权臣、高门贵族，到寒门后进、普通士子，以及隐逸之士，乃至耆老灵童、贤媛俏仆，无不刻画得淋漓尽致。晋人之气韵、风度，历经千载之后，跃然纸上，如在眼前。

(三)自成一派的"世说体"

《世说新语》受先秦两汉叙事文学的影响，尤其是以《论语》为代表的语录体的叙事方式，为《世说新语》所继承。《世说新语》在作品内容和体制结构上取得的成就，得到了后世文人的高度认可，模仿者众多，已形成"世说体"流派。《世说新语》通过三言两语，截取人物一个举止、一次对话等，没有完整的故事情节，也不追求完整的故事情节，鲁迅称之为"断片的谈柄"，篇幅是短篇体制。这样的短篇体制，便于读者阅读和记忆，故事之间没有逻辑关系，互不形成干扰，可以不论章节先后，随手拈来，即可诵读。故事虽短小，情节虽简单，但常有韵味和内涵，易于形成典故。《世说新语》中的故事，按不同的表现主题分为三十六门类，这种独特的分门别类的方式是一大创举，令人耳目一新。

"世说体"对后世笔记小说的发展有着深远的影响，仿照此书体例而写成的作品不胜枚举。如唐王方庆的《续世说新语》、明冯梦龙的《古今谭概》等，都是深受《世说新语》的影响的仿作。

三、如何阅读《世说新语》

我们在阅读《世说新语》时，重在汲取这部著作带给我们丰厚的营养，建议同学们可以从以下几个方面入手：

(一)预热

本书为大家精选了各门的经典内容，建议同学们，先去看看封面、目录，读一读导读，以获得整体印象。

(二)通读

同学们可以与同伴们结组，设计一些交流活动来共同完成阅读。以下方法可供同学们参考：

1. 举行小型朗诵会。同学们可以与同伴约定共同阅读《世说新语》，之后选出自己最喜欢的内容，在朗诵会上声情并茂地朗诵自己所喜欢的段落，在朗诵之后简要说说自己选择这部分内容朗诵的理由，这样促使同学在分享中更快地熟悉作品。

2. 制作故事档案。《世说新语》三十六门的故事，主题分类非常明显，每个故事是独立的。同学们可以按三十六门进行分类，按门类制作档案卡，列出每门中的故事、人物等内容，记在卡片上，了解魏晋风度，了解作者情感倾向。也可以按人物为分类标准，将涉及一个人物的故事全部摘选出来，制作人物档案卡，比如《世说新语》中与谢安有关的故事有一百一十则左右，我们可以将这些故事摘选出来，制作"谢安档案卡"，列出故事梗概，形成对谢安的完整认识。

3. 绘制人物关系图。同学们还可以选择几个重点人物，以他(她)为中心，绘制整本书的人物关系图。

4. 为每个故事起标题。《世说新语》按门类划分结构，但每一门中的故事都是没有标题的，同学们可以试着为每一章节起一个小标题，以这种方式促使我们尽快熟悉内容。

上面为同学们提供参考的四个活动，大家可以选择都做一下，也可以选择一个或几个完成。这四个活动跟同学们阅读的进程基本同步，难度逐渐增加。当然，同学们还可以根据自己的阅读情况，设计出更新鲜有趣、更适合自己的阅读活动。

(三)研读

研读在于推进阅读的深度。同学们可以借助微博、博客、微信群等形式,定期展示自己的阅读成果,大家利用业余时间分享、讨论、完善。那些同学们自己解决不了的问题,也可以求助于老师和同伴。

下面为同学们提供几种参考:

1. 召开班级讨论会。同学们可以事先确定一个问题或几个问题,这些问题可以是针对人物形象的,可以是针对时代背景的,可以是针对艺术风格和艺术表现手法的,也可以是针对主题的,如:"《世说新语》中的人物形象大致可以分为几类?每类人物的代表人物是谁?这个(些)人物身上有哪些特点?""《世说新语》体现了怎样的魏晋风度?"等等。之后同学们带着问题去阅读,在讨论会上就一个问题展开探讨,碰撞出更多的思维火花。

2. 召开主题辩论会。在前一阶段研读的基础上,就某一问题展开辩论,促进研读的深入。

3. 为微信公众号专栏撰写稿件。同学们可以开通微信公众号,确定研读主题,大家一起研读,撰写专栏文章,在微信公众号上发表。

(四)展示

展示是统整性的阅读,统整同学们的阅读收获,在展示的基础上找到进阶发展的路径。建议大家可以设计一些和作品有关的"文化创意产品",借助同学们的产品设计思路展示统整性的阅读收获。比如:

1. 根据你对《世说新语》作品的研读和对作者资料的搜集,写一首有关作者的诗。

2. 选择自己喜欢的《世说新语》片段,创作剧本,进行话剧演出。

3. 为你的话剧演出设计一张海报。

4. 如果学校准备向同学推荐《世说新语》这部作品,请你为这本书撰写推荐语。

5. 不同版本的《世说新语》封面设计有不同,如果你是出版人,你希望设计怎样的封面?

6. 为自己喜欢的小故事拟写故事标题,设计相应的插图。

7. 如果请你选择一部作品,与《世说新语》进行比较阅读,你会选择哪部作品?比较点是什么?写一段话,阐述你选择这部作品的理由。

四、阅读任务

请在阅读本书后,将自己的收获汇总为《世说新语》阅读成果集,具体要求为:

(1) 为成果集拟定名字。

(2) 进行封面设计。

(3) 设置专栏,为专栏拟名。

(4) 将阅读成果分类放入相应专栏内。

(5) 为成果集撰写导读、后记。

(6) 可开设微信公众号,推出自己的阅读成果。

同学们,最理想的状态是不被打扰的自主阅读、自主思考,希望同学们能够根据老师的分享,选择最适合自己的阅读方式,开启我们的《世说新语》阅读之旅吧!

前　言

　　《世说新语》是一部文史名著，它是由南北朝时期·宋临川王刘义庆及其幕下文士陆展、袁淑等人共同编撰而成的。这部书主要记载了东汉末年至刘宋之初的人物轶事及其言行举止，其中主要是两晋时期的名士言行。鲁迅说："《世说》这部书，差不多就可以看做一部名士底（的）教科书。"（《中国小说的历史的变迁》）当然，名士的文采风流是与时代环境密切相关的。魏晋南北朝时期是中国历史上的大分裂时期，社会动荡不安，人民流离失所，然而，这样残酷的社会环境何以能酝酿出令人无比企羡的"魏晋风度"呢？

　　"魏晋风度"的滥觞应该追溯至东汉。东汉末年，统治阶级日益腐朽，统治集团内部派系之间的倾轧错综复杂。外戚势力和宦官集团你争我夺，展开了激烈的斗争。汉殇帝时，宦官势力开始膨胀，逐渐形成了一个顽固恶劣的政治势力。他们本在内廷伺候帝王、皇后，是皇室的仆从，如今却反过来挟制甚至废立皇帝，卖官鬻爵，谋夺私利，非常腐败，这令满朝正直士大夫大为不满。桓、灵时期，外戚联合外廷官员和民间声望很高的士人，打击宦官势力，不但没有成功，反而遭到了宦官集团的迎头痛击，爆发了"党锢之祸"（禁锢不准做官）。

　　与此同时，地方上土地兼并严重，官员贪腐，贿赂公行，平民百姓不仅流离失所，还要负担更加沉重的苛捐杂税和繁重的徭役、兵役，人民生活在水深火热之中。最终，以张角太平道为主导的黄巾起义爆发，中原地区，征战四起。为了平息叛乱,各地军阀拥兵自重,相互攻伐,经过几十年的兼并,最后形成了魏、蜀、吴三大政治军事集团鼎立的局面。三国之中,曹魏占据优势对后代历史影响最大。

由于军事斗争的需要,各个集团大量选拔人才。选人标准也因现实政治、军事环境的变化而有别于汉代。汉代以察举制选拔人才,察举的科目有孝廉、秀才、贤良方正等,这种制度以地方官推荐的方式选拔,内容以德行为先,学问以经学为主。但德行为先的标准显然不适用于变幻莫测的政治、军事斗争,于是曹操以"唯才是举"为核心,开创了新的用人观念。他在发布的求贤令中说:"夫有行之士,未必能进取;进取之士,未必能有行也。陈平岂笃行,苏秦岂守信邪?而陈平定汉业,苏秦济弱燕。由此言之,士有偏短,庸可废乎!有司明思此义,则士无遗滞,官无废业矣。"(《敕有司取士勿废偏短令》)"今天下得无有至德之人放在民间,及果勇不顾,临敌力战;若文俗之吏,高才异质,或堪为将守;负辱之名,见笑之行,或不仁不孝而有治国用兵之术;其备举所知,勿有所遗。"(《举贤勿拘品行令》)一些操行有缺的人物但有用兵治民之术的人如贾诩、许攸、杨沛等,被曹操提拔重用。这种务实的用人思想瓦解了汉代的价值观念。

尽管曹操推行新的用人观念,壮大自己的势力,但不容忽视的是,当时一大批人才出自世家大族,如颍川荀氏,而世家大族是旧有价值观念的维护者。曹操为了巩固和扩大统治基础,一方面打击不愿亲附自己的名士和门阀,先后杀掉了边让、孔融、崔琰等大族名士,另一方面又尽可能地容忍和驾驭归顺的豪强士族如颍川荀氏、陈氏、陈留阮氏、河内司马氏等。曹操去世,曹丕尚能继承其父的人才观念,但对世家大族的让步更为明显,例如推行九品中正制,这是一项向士族倾斜的人才选拔制度。在这种选拔制度中,中正官首先给人定"乡品",然后朝廷再根据"乡品"授官,然而中正官都由士族人物担任。到曹魏后期,世家大族势力蒸蒸日上,以司马懿为首的世家大族逐渐在政治上占据了上风。司马氏集团与曹魏宗室势力形成对峙,并最终取代曹魏,建立了晋朝。

汉魏时期,在选贤任能思想的鼓荡下,人物品评的风气大盛。一部带有总结性质的品鉴人物才性的著作刘劭《人物志》,便在这个时候产生了。才,即才能;性,即道德。重"才"还是崇"性",人们思想上的分野差不多体现了他们政治上的倾向。在才性论中,倾向于司马氏的有傅嘏、钟会等人,他们主张才性"合"或"同";依附曹魏的何晏、李丰、王广等人则主张才性"离"或"异"。才性之辨是正始时期的代表性论题,它既是士人在思想上的激烈交锋,也是司马氏和曹魏宗室两派对垒森严的表现。在这一时期,何晏、王弼为寻找合理的政治制度而开始在哲学思想上寻求突破,他们扬弃名教中的各种观念,转而向"三玄"(《老子》《庄子》《周易》)取资,讨论有无、言意、情性等问题。"玄学"由此萌动并勃然而兴,创造了一个思想解放的高潮,史称"正始玄学"。

晋朝是在阴谋篡夺和残酷杀戮中产生的,但司马氏政权表面上仍然号称是名教的守护人,宣称以孝治天下。在虚伪名教的掩盖下,司马政权大肆屠戮异己,何晏、夏侯玄、毋丘俭、诸葛诞等名士相继被杀害。这种先天的丑恶性使得司马氏政权很难得到正直士人的认同,很多士人因此抱持着不合作的态度。魏晋之际兴起的"竹林七贤"便是如此。"竹林七贤"不愿与当权统治者同流合污,他们常聚集于竹林之中,饮酒啸歌,不拘世俗礼法,洒脱任诞而风流自赏,是魏晋风度的典型代表,受到后来士人的追慕与赞赏。其中的阮籍、嵇康始终推崇老、庄之学,主张"越名教而任自然"。特别是嵇康,对司马氏政权深恶痛绝,他以犀利的文笔揭露了司马氏的伪善,公然宣称"每非汤、武而薄周、孔"(《与山巨源绝交书》,汤、武、周、孔代表着人伦礼教),直击其要害,最终被冠以"言论放荡,害时乱教"的罪名而被杀害。阮籍也是借酒自晦,以此婉拒司马昭联姻之意。"竹林七贤"是玄学发展的第二个阶段,"声无哀乐论""养生论"等是这个时期重要的玄学议题。

儒学作为维护皇权的正统思想不可能完全被推翻,西晋时期,司马氏政权有意重兴儒学,但士人们对大一统政权的向心力已渐消失。早已形成的玄学思想已经是如风靡草,无处不在。玄学作为新兴的思想,在自身发展上仍有相当的活力,在这样一个混乱的时代,玄学家在进一步思考自我、物我、天人等关系。由于缺乏正面的道德形象和积极的政治理想,司马氏政权也不得不妥协,在平定东吴之后,晋武帝更是雍熙自逸,对大臣放任纵容。西晋朝廷上下弥漫着的不是为新政权效力、建立功业的积极向上的清新气氛,而是贵戚大臣贪冒权势、炫耀财富、腐败奢靡等恶浊风气。这些又助长了任诞之风的盛行,以"八达""八伯"为代表的中朝名士群体逐渐形成。正始时期兴起的清谈也由早期的思想探讨转向虚浮空荡。东晋史学家干宝描述当时的社会曰:"学者以庄、老为宗而黜六经,谈者以虚薄为辨而贱名检,行身者以放浊为通而狭节信,进仕者以苟得为贵而鄙居正,当官者以望空为高而笑勤恪。……悠悠风尘,皆奔竞之事;列官千百,无让贤之举。"(《晋纪总论》)朝野上下虚诞浮华之风与治国理政要求务实的思想背道而驰,并最终导致了西晋政权的崩溃。

西晋王朝在"八王之乱"中倾覆,中原的衣冠士族仓皇南渡,与江东士族联合,重新建立了东晋政权。世家大族再一次显示出雄厚的实力,与皇室平分政权,形成了"王与马,共天下"的共治局面。以皇权为中心的大一统政治被打破,以皇权为核心的名教被摧毁,儒学、玄学、佛教、道教思想都进入士人的视野中,形成了多元共存的格局。玄学经历了何晏、王弼的贵无论,裴頠的崇有论,最后在郭象处绾结,在哲学思辨上,已经达到了相当充分的程度。逮及东晋,传统玄学论题的深度难以在原来的思路中进一步推进,于是转而吸收佛、道二教思想,别开生面,并在审美领域大放异彩。这一时期,佛教和道教在士人阶层中逐渐盛行,玄学思想也愈来愈多地融入了佛、道二教的义理和思维,丰富了自身的内涵。此外,由于个性人格的张扬和山水美的发现,士人的审美思想逐渐独立且得到了极大的发展。人格风神、山水自然、艺术作品,都作为独立的审美对象而存在。玄学不仅为士人开出了智悟的境界,也开出了审美的境界。

以上是汉魏两晋时期思想变化的大体脉络,从中我们可以看出,汉魏之际,人们的世界观、人生观以及认识论都有一个很大的转变,这种历史转变造就了这个时代思想的丰富性,为多姿多彩的魏晋名士张扬个性提供了必要的条件。当然,促成魏晋风流形成的因素还有很多,例如豪族庄园经济制度,它为士族奠定了坚实的经济基础,也为士人奉行别样的人生路径和艺术创作提供了物质保障。例如私人部曲之制,它允许士族保有一定的私人武装力量,这让士族不仅在地方上拥有强大的影响力,还能在中央政权中拥有发言权,获取一定的独立和自由。又如九品中正制,它向士族集团倾斜,优先保证士族参与政治的利益。西晋著名诗人左思说:"世胄蹑高位,英俊沉下僚。"(《咏史》其二)汉魏之际,一些寒庶之人在仕途上还有机会得到很高的官职,两晋而下,社会等级愈益森严,他们则只能沉沦下僚。这些内容在《世说新语》中都有反映和体现。

《世说新语》被后人称为"人伦之渊鉴,言谈之林薮"。该书按照三十六个门类,分别辑录了一千二百多个条目,各自独立,又统一于一体,共同展开了魏晋士人的生活画卷。首四门分别为"德行""言语""政事""文学",源出于《论语·先进》中的"孔门四科",其中记载了大量忠孝仁爱的人物事件。由此可见,儒学一统的观念虽被打破,但孔子的地位依然被架得很高。四门而后是"雅量""识鉴""赏誉""品藻""容止""伤逝""任诞"等篇,体现了魏晋时期人物品藻的特征,即以士人的才智思理、情感气度、言谈举止等为对象进行纯粹的审美。三十六门的排列,大致是褒扬在前,贬抑在后。在"任诞"之前,多记述具有正面价值的内容,条目较多。自"简傲"以后,大部分为贬抑性的内容,条目相对较少。此三十六门几乎包含了当时士人生活的各个方面,尤其是在人物品藻和玄风影响下士人的审美趣味。下文我们主要谈谈这本书所体现的魏晋士人的审美追求和他们推崇的价值理念。

魏晋士人的审美对象主要表现在人物美、语言美、艺术美和山水美几个方面。

一、人物美。魏晋时期,士人摆脱礼法的束缚而直接欣赏到的便是个性人格之美。既有对外在容貌、言行举止的品鉴,也有对内在的才器风度的倾慕。书中《赏誉》《品藻》《容止》等篇内容相对集中。如王戎形容王衍:"神姿高彻,如瑶林琼树,自然是风尘外物。"(《赏誉》)"潘岳妙有姿容,好神情。少时挟弹出洛阳道,妇人遇者,莫不连手共萦之。左太冲绝丑,亦复效岳游遨,于是群妪齐共乱唾之,委顿而返。"(《容止》)此类记载,不胜枚举。由此可见当时社会,从上至下,人们对容止仪表十分关注。关于内在的品质,例如裴楷"目夏侯太初'肃肃如入廊庙中,不修敬而人自敬'。见钟士季,如观武库,但睹矛戟。见傅兰硕,江廧靡所不有。见山巨源,如登山临下,幽然深远"(《赏誉》)。还有关于谢安的记载,谢安无论是在海浪中游玩嬉戏,还是晋谒内蕴杀机的桓温,抑或是收到关乎东晋生死的淝水之战的捷报,都表现出"意色举止不异于常"的气度,举止安详,从容不迫,令人景仰。大体而言,魏晋之人崇尚的是明亮光洁的仪容、优游不迫的行为和渊雅深沉的气度。

二、语言美。玄学的兴盛促使了士人思辨的活跃,雄辩之趣、辞藻之美因此备受关注,这在晋人清谈之中多有反映。《世说新语》中记载了多次清谈活动,其中一次是著名的洛水之会。裴頠辨名析理,言辞衮衮不竭;张华论《史》《汉》之事,美妙动听;王衍、王戎论古今人物,超超玄著。言谈中名士各标风致,出言玄远,辞采可听,听者享受其中,充满了审美的愉悦。又有一次是在王衍家举行诸婿大会。名士悉集,郭象向裴遐挑战辩论。一方是口若悬河,攻势凌厉,一方是水来土掩,从容不迫。二人往复,四座听众皆咨嗟赞叹。王羲之曾与高僧支遁谈论《庄子·逍遥游》,支遁"才藻新奇,花烂映发",使得王羲之流连于其中,不能自已。

伴随着士人清谈活动而生的是文学语言美的发现。陆机说:"暨音声之迭代,若五色之相宣。"(《文赋》)潘岳之辞"烂若披锦";郭璞之诗让人"神超形越";孙绰作赋,掷地能作金石声;支遁讲论,"才藻新奇,花烂映发",这些都是士人对语言美的体验。

此外,语言的音韵之美亦为世人所欣赏。玄谈中,裴遐谈吐清畅,其音激扬有如琴瑟之响,轻重急徐,自有一番风韵。在诗文吟诵上,也有袁宏在大江清风朗月之夜对月吟咏;有王胡之于谢安坐中吟咏《九歌·少司命》"人不言兮出不辞,乘回风兮载云旗",沉浸于无人之境。这种对文字如对音乐的听觉欣赏促使人们发掘汉语的音韵之美,丰富了人们的感官体验和文学艺术的情趣,也为后来诗律的产生做好了铺垫。

三、艺术美。魏晋时期的士人多才多艺,大多数都是名传后世的艺术家,在音乐、书法、绘画等领域都有很高的造诣。阮籍善啸,嵇康、阮咸善琴,钟繇、韦诞、王羲之、王献之善书法,顾恺之善画,等等。对于艺术美的关注亦是这个时代士人独特的风貌。他们不仅具有很高的艺术成就,还提出了具有划时代意义的艺术思想,如嵇康的"声无哀乐",顾恺之的"传神论""以形写神""迁想妙得"等思想。对于艺术美的体验,还使艺术突显于其他一切政治、经济环境之上,从而表现出独有的妙境。《任诞》篇中有:"王子猷出都,尚在渚下。旧闻桓子野善吹笛,而不相识。遇桓于岸上过,王在船中,客有识之者,云是桓子野。王便令人与相闻,云:'闻君善吹笛,试为我一奏。'桓时已贵显,素闻王名,即便回下车,踞胡床,为作三调。弄毕,便上车去。客主不交一言。"二人皆只为艺术相交,王徽之得以欣赏,桓伊得以自足,二人沉浸于艺术佳境之中,摆脱了世俗礼仪的拘执,以对艺术的深情互成默契。

四、山水美。魏晋士人向内开掘了人格美,向外也发现了山水之美,并把它与人格之美联系起来,创造了新的意象蕴涵。晋人纵情山水,企慕虚静。西晋时期有石崇金谷园诗会,东晋时期又有著名的兰亭雅集,士人希望在山水之中获得精神上的慰藉。他们以真情对之,感叹"鸟兽禽鱼自来亲人";以玄思对之,在泓峥萧瑟之间获得"神超形越";亦以佛理对之,山水皆有灵。《容止》篇中的诸多品题,如目夏侯玄"朗朗如日月之入怀",嵇康"岩岩若孤松之独立",王恭"濯濯如春月柳"等。物态、风景被赋予了人的风神。顾恺之为谢鲲作画,他说:"谢云:'一丘一壑,自谓过之。'此子宜置丘壑中。"(《巧艺》)人的品格与山水审美结合,主客体之间形成了圆融的交流与映照。

魏晋名士的审美活动主要集中体现在以上四个方面,透过这些审美现象,我们能够很明显地感受到魏晋士人独具特色的思想旨趣。

首先,"真率"是魏晋士人最看重的品质。晋人不拘礼法,其实是不执着于表面的礼仪,他们在内心里并没有丧失道德意义上的真性情、真精神。如当时为文俗之士所嫉恨的阮籍。他在母亲葬礼上喝酒吃肉,却在母亲下葬之时吐血数升,废顿良久;他好饮酒,曾因校尉营厨存有好酒这一单纯原因而求为步兵校尉;他与嫂子亲见告别,只道"礼岂为我辈设邪";他于邻家酒馆美妇之侧醉饮而卧,有酒色之情而心无邪思。阮籍傲然于礼法,向往精神的绝对自由与超脱,将生命最本真的一面呈现给世人,同时也揭露了当时名教虚伪的面目。这种任性自然之行为内蕴着真纯之性情,是晋人所推崇的。

其次,魏晋士人特别强调和肯定自我价值。魏晋士人在人格上摆脱了汉代儒家思想的礼法束缚,表现出对自我价值的发现与肯定。《品藻》篇记载桓温与殷浩相谈,殷浩政治才能和权势虽不及温,却坚持"我与我周旋久,宁作我!"人所熟悉者莫若自我,深爱者也莫若自我,殷浩不愿屈己从人。这正是士人从汉代僵化的天人感应的思维模式中跳脱出来对个性关注的结果。我就是我,他们希望获得个体的自由,尊重自己,活好自己。东汉末年,人物品藻风气开始兴盛,影响了一个时代。其对于人物全幅生命的鉴赏,基础便是对个性人格的肯定。士人亲己爱己,鉴赏个性之美,向往个性自由,这也是士人在当时环境中所坚持的理想人格境界。

再次,魏晋士人精神具有浓郁的伤逝之感。晋人的伤逝之情源于他们对于人生和世界的留恋与彻悟。在探究自然万物的同时,也更多的从当下人生出发,对生活、生命、艺术产生诸多反思。东晋时期有一位风流标望的名士王恭,在服食五石散后行散,漫步至其弟门前,猝然便问古诗中哪句最好,不等回答就吟出他最欣赏的佳句"所遇无故物,焉得不速老"。这也许是他行散时一路思索,体悟生命无情流逝的真谛。在汉末魏晋时期,士人饱受战争、瘟疫、政治祸乱的磨难,常有人生短暂、变幻无常之感。对于生命的感叹是晋人最不能自已的深情。这种深情有时化为卫玠面对家国破败的"百端交集"之感,有时化为新亭诸子的"克复神州"之志,有时又是桓温面对十围之柳的"人何以堪"的喟叹。南北朝著名文学家庾信就曾在《枯树赋》中敷演了桓温抚柳的语句:"昔年种柳,依依汉南;今逢摇落,凄怆江潭;树犹如此,人何以堪?"在这些反复的嗟叹之中,对死亡的哀恸和对逝者的留念表现了士人对生命的一往深情。《伤逝》中各条集中反映了士人生命光华孤灯来照的孤独。王粲好驴鸣,王济亦好驴鸣,在二人的丧礼中,来吊唁的好友以驴鸣为之送丧。顾荣好琴,张翰在吊唁他时鼓琴数曲,痛悼知己不存。王衍丧幼子,谓孩抱中物乃"情之所钟",哀毁万分。荀粲丧妻,有"佳人难再得"的哀恸,数月之后亦亡。对生命的珍惜,对美的留念,正是在这样一个乱世之中最深沉的体验。

《世说新语》的编纂者是在对魏晋风度的歆羡之下,将士人光洁清朗、明润照人的容止,优雅从容、气定神闲的韵度,畅达简约、疏远深奥的才理,真率自然、淡然超逸的性情,都蕴藉在其中。它像是一面能够挽留光影的镜子,保藏了鲜活的历史,让人开卷后不能自已,掩卷后遐想联翩。读之似乎不能餍足,于是南朝·梁朝刘孝标为之作注,将该书不载或者传闻异辞的史料附益文中。从此以后,本文与注文一同穿越时光,流传千古。《世说新语》的诞生,确立了一种以记录人物嘉言懿行为主的新文体"世说体"。后世文人受此影响,做了很多模仿之作,如唐王方庆《续世说新语》、刘肃《大唐新语》,宋王说《唐语林》、孔平仲《续世说》、李垕《南北史续说》,元杨瑀《山居新语》,明王世贞《世说新语补》、李绍文《明世说新语》,清王晫《今世说》、章抚功《汉世说》,近人易宗夔《新世说》等。

今人研究《世说新语》的成果很多,比较重要的整理著作有余嘉锡《世说新语笺疏》、徐震堮《世说新语校笺》、杨勇《世说新语校笺》、龚斌《世说新语校释》等书。余嘉锡的著作具有开创性,龚斌的著作带有总结性,都比较好。本书精选《世说新语》最饶魏晋风流的条目202则,加以注释,以

9

便读者尝鼎一脔,得其滋味。关于注释的具体体例,有以下几条。

一、本书选文包括正文和梁朝刘孝标的注文,二者以大小字号区分。文字以余嘉锡《世说新语笺疏》为底本,个别注文位置、标点按照我们的理解做了调整。正文每则前都有一组阿拉伯数字编号,如"1.3","1"表示《世说》三十六门类之次序,"3"表示该则在此门类中的次序。

二、人名。在正文中首次出现且是主要的人物,若刘孝标已注,我们不再注释;若刘孝标未注或注释得不够充分,我们补充注释。主要内容包括字号、籍贯、简单的仕宦经历和简要的评价。下文中再次出现时,出注仅标示"某篇某条已见"。

三、官职。我们酌情选取那些跟人物生平关系密切的重要官职作注。魏晋时期,是官制史变化的重要阶段,情况比较复杂,尤其是一部分官职逐渐虚化,演变为荣衔或品位,无实际的职掌,或者职掌的内容难以考实。因此,注释此项内容时我们尽量贴近其所在时代的实际情况,务求简约,不能肯定的,则只能阙疑。

四、本文注释重要的词语,旨在沟通上下文意。对词语本身的意项类型,不做过多的说明;对相关的语法功能也不多牵涉。

五、重要而难解的语句,我们做总体的翻译或者说明其意义。对于那些需要相应语境才好理解,以及语句中包含着言外之意的情况,我们用"按"语的形式加以补充。

六、魏晋时期,门阀士族非常强调世系,重要的政治人物多出自高门士族。因此,本书最后附录了魏、两晋帝系简表,五幅东晋政坛中重要士族的世系简表,即(一)魏帝系简表,(二)西晋帝系简表,(三)东晋帝系简表,(四)琅邪王氏世系简表,(五)太原晋阳王氏世系简表,(六)颍川鄢陵庾氏世系简表,(七)谯国龙亢桓氏世系简表,(八)陈郡阳夏谢氏世系简表。又,编著者行文之中常以字号、官职、爵号、谥号、庙号等为代称,故表中标注这些相关内容,以便对照。

本书撰述过程中参考了诸多前彦时贤的论著,除上文提到的余嘉锡、徐震堮、杨勇、龚斌四位先生的著作外,还有朱铸禹《世说新语汇校集注》,蒋凡、李笑野、白振奎评注《全评新注世说新语》,刘强《世说新语会评》,以及一些相关的学术论著。他们的著述为我们理解《世说新语》提供了重要的帮助。本书行文力求简约,相关著述未能一一附注,在此一并表达我们的敬意和感谢。本书的写作得益于我的老师袁济喜教授和钟仕伦教授的指导,书稿初成后,又承蒙人民文学出版社古典文学编辑室的编辑老师反复商改、悉心编校,在此一并表示感谢。限于水平,书中不足之处,敬希大方之家不吝指正。

黎　臻
于四川师范大学文学院

德 行 第 一

【导读】

　　《世说新语·德行》门主要表现了士大夫的道德品行:礼贤下士,真情孝悌,智慧机敏等。你喜欢哪些故事?可以在旁边批注,写出你的阅读思考。

　　1.1 陈仲举言为士则,行为世范[1],登车揽辔,有澄清天下之志。《汝南先贤传》曰:"陈蕃字仲举,汝南平舆人。有室荒芜不扫除,曰:'大丈夫当为国家扫天下。'值汉桓之末[2],阉竖用事[3],外戚豪横[4]。及拜太傅[5],与大将军窦武谋诛宦官[6],反为所害。"为豫章太守,《海内先贤传》曰:"蕃为尚书,以忠正忤贵戚[7],不得在台[8],迁豫章太守。"至,便问徐孺子所在,欲先看之[9]。谢承《后汉书》曰:"徐穉字孺子,豫章南昌人。清妙高跱[10],超世绝俗。前后为诸公所辟[11],虽不就,及其死,万里赴吊。常预炙鸡一只[12],以绵渍酒中[13],暴干以裹鸡,径到所赴冢隧外[14],以水渍绵,斗米饭,白茅为藉[15],以鸡置前。酹酒毕[16],留谒即去[17],不见丧主[18]。"主簿白[19]:"群情欲府君先入廨[20]。"陈曰:"武王式商容之闾[21],席不暇煖[22]。许叔重曰[23]:"商容,殷之贤人,老子师也。"车上跽曰式[24]。吾之礼贤,有何不可!"袁宏《汉纪》曰:"蕃在豫章,为穉独设一榻,去则悬之,见礼如此。"

　　〔1〕则、范:楷模。
　　〔2〕汉桓:汉桓帝刘志,公元146—167年在位。期间外戚宦官专权,有"党

锢之祸"。汉桓帝崇尚佛、道,沉湎女色,所用非人,东汉王朝自此江河日下,以至灭亡。

〔3〕阉竖:宦官的贱称。

〔4〕外戚:皇亲国戚。

〔5〕太傅:官名。职掌辅导太子。东汉时,太傅位为上公,兼录尚书事,参掌朝政。

〔6〕大将军窦武:大将军,官名,东汉时多任贵戚,统理朝政。窦武字游平,东汉扶风平陵(今陕西咸阳)人,长女为汉桓帝皇后。历越骑校尉、城门校尉,在位多辟名士,政誉颇嘉。永康元年(167),桓帝卒,拥立灵帝即位,官拜大将军,与太傅陈蕃共秉朝政。时诸宦专权,窦武与陈蕃同谋诛宦官,事败自杀。

〔7〕贵戚:达官贵人。这里指宦官以及与宦官联合的权贵。

〔8〕台:官署。汉代称尚书为中台,谒者为外台,御史为宪台,均简称台。东汉时期,尚书台为总理国家政务之中枢,故台也代指朝廷。陈蕃自尚书外调为豫章太守,故云"不得在台"。

〔9〕看:拜访、看望。

〔10〕跱(zhì 志):耸立。

〔11〕辟:征召、辟除。征辟制度是秦汉时期选拔官吏的重要方式之一。中央或地方高级官员任用属员,都可以自行征聘,称为"辟"。

〔12〕豫:预先,事先。

〔13〕以绵渍酒中:因酒水不好携带,故用绵浸酒晒干,待用时,再投入水中,即下文"以水渍绵",使有酒味,以为祭奠之用。下文"暴",通"曝",晒干。

〔14〕冢隧:坟墓。

〔15〕白茅为藉:白茅,古人祭奠或祭祀时使用的一种茅草。祭时将酒水洒在茅草上。藉,铺垫。

〔16〕酹(lèi 类)酒:以酒浇洒在白茅上,表示祭奠。

〔17〕谒:名帖。

〔18〕丧主:指丧事的主持人,一般为嫡长子或嫡长孙,主司哀奠、受吊等事。按当时礼俗,祭吊当见丧主。

〔19〕主簿:官名。汉制御史台及郡县置主簿,掌文书簿籍及印鉴。白:禀告。

〔20〕群情：太守府中僚属的意见。府君：汉魏时太守自辟僚属如公府，因尊称太守为府君。廨（xiè谢）：官署。

〔21〕武王式商容之间：车驾过商容居住的里门时，武王向前俯凭车前横木，以表示对贤人的敬意。式，车前横木，此处作动词。间，里巷大门。

〔22〕席：坐席，古人席地而坐。煖：同"暖"，温暖。

〔23〕许叔重：许慎字叔重，东汉汝南召陵（今河南郾城东）人，经学家，著有《说文解字》，集古文经学训诂之大成。

〔24〕跽（jì记）：两膝着地，挺直上身。

1.3 郭林宗至汝南造袁奉高[1]

《续汉书》曰："郭泰字林宗，太原介休人。泰少孤，年二十，行学至成皋屈伯彦精庐[2]。乏食，衣不盖形，而处约味道[3]，不改其乐。李元礼一见称之曰[4]：'吾见士多矣，无如林宗者也。'及卒，蔡伯喈为作碑[5]，曰：'吾为人作铭，未尝不有惭容[6]，唯为郭有道碑颂无愧耳。'初，以有道君子征[7]。泰曰：'吾观乾象、人事[8]，天之所废，不可支也[9]。'遂辞以疾。"《汝南先贤传》曰："袁宏字奉高，慎阳人。友黄叔度于童齿[10]，荐陈仲举于家巷[11]。辟太尉掾[12]，卒。"车不停轨，鸾不辍轭[13]。诣黄叔度，乃弥日信宿[14]。人问其故，林宗曰："叔度汪汪如万顷之陂[15]。澄之不清，扰之不浊[16]，其器深广[17]，难测量也。"《泰别传》曰："薛恭祖问之[18]，泰曰：'奉高之器，譬诸泛滥，虽清易挹也[19]。'"

郭林宗的评价可见叔度气量非凡。

〔1〕造：到，去；造访。

〔2〕行学:游学。屈伯彦:河南成皋(治所在今河南荥阳市)人,东汉时享有美誉的饱学之士。精庐:即精舍、学舍,读书讲学之所。

〔3〕处约味道:此处指郭泰虽居于穷困之境,仍禀执求道之志而不渝。约,穷困。处约,居于穷困的环境。味道,体察道的内涵。

〔4〕李元礼:李膺字元礼,东汉颍川襄城(今属河南)人。桓帝时为司隶校尉,与太学生首领郭泰等交游,反对宦官专权,名声日高。延熹九年(166),被宦官诬陷入狱,后免归乡里。汉灵帝初,起为长乐少府,参与窦武、陈蕃谋诛宦官,事败免官。次年下狱拷死。《德行》第4条刘孝标有注。

〔5〕蔡伯喈:蔡邕字伯喈,东汉陈留圉(今河南杞县)人。少博学,好辞章、术数、天文、音律,灵帝时辟司徒桥玄府,累迁至议郎,校书东观。熹平四年(175)奉命书六经文字于碑,刻立于太学门外,世称"熹平石经"。后屡遭宦官迫害,流亡十余年。董卓擅朝,拜尚书、左中郎将,封高阳乡侯。董卓被诛,邕入狱而死。

〔6〕惭容:心虚而表情不自在。蔡邕为人作碑文,难免有阿谀失实之处,因此有惭容。此处以作其他碑文有惭容与作郭泰碑文的无愧相较,意在说明郭泰的高洁士操是真实的、令人心服的。

〔7〕征:征召,礼聘。"有道君子"是征辟的科目名称。

〔8〕乾象:天象。旧以为天象变化与人事有关。

〔9〕天之所废,不可支也:《左传·定公元年》有:"天之所坏,不可支也;众之所为,不可奸也。"春秋时,周苌弘为延长周朝国运而迁都,违背天意;齐高张在诸侯皆为天子修筑成周之城时姗姗来迟,违背人意;故有此语。指上天所要毁坏的,不可能保住。支,支撑,维持。

〔10〕黄叔度:黄宪字叔度,东汉汝南慎阳(今安徽颍上西北)人,东汉末名士。当世名流陈蕃、郭泰等倾心佩服。宪受征辟而不仕,年四十八而终,天下号为"征君"。童齿:童年。

〔11〕家巷:家乡,闾里。巷,里中道。

〔12〕太尉掾:官名。太尉所属诸曹的官员称掾。辟:征召、辟除。

〔13〕车不停轨,鸾不辍轭:此句言下车停留的时间很短,上车速度也很快,车铃声还未停,便已继续前行了。轨,车轴头。鸾,铃,车铃。轭(è 饿),牛马拉车时套在脖子上的器具。

4

〔14〕弥日信宿:指二人日夜交谈,连续两天两夜。弥日,整日。信宿,连宿两夜。

〔15〕陂(bēi杯):池塘湖泊。

〔16〕澄之不清,扰之不浊:不能澄清,亦不能搅浑。指黄宪气量弘大,如万顷波涛,浩瀚难窥,不可测量,也不会轻易受外部环境的影响。

〔17〕器:器局,才识。

〔18〕薛恭祖:薛勤字恭祖,东汉汝南平舆(今河南平舆)人,任山阳太守。

〔19〕譬诸泛滥,虽清易挹也:泛,应作"氿",从侧面流出的泉称氿,从正面流出的泉称滥。氿滥,指清泉。挹,舀出。此谓袁宏就如清泉可以舀出,旁人探究的话还是可以从中有所得,只是一眼望尽(不够深邃)。而郭泰评黄宪则是如汪汪湖泊,弘深广大,难以测度。

1.4 李元礼风格秀整[1],高自标持[2],欲以天下名教是非为己任[3]。薛莹《后汉书》曰[4]:"李膺字元礼,颍川襄城人。抗志清妙[5],有文武俊才。迁司隶校尉,为党事自杀[6]。"后进之士[7],有升其堂者[8],皆以为登龙门。《三秦记》曰:"龙门,一名河津,去长安九百里。水悬绝,龟鱼之属莫能上,上则化为龙矣。"

〔1〕风格:风度,品格。秀整:利落端正。

〔2〕高自标持:把自己摆在很高的位置上。

〔3〕名教:指以正名定分为中心的儒家礼教(即当时的社会伦理)。

〔4〕薛莹:字道言,沛郡竹邑(今安徽宿州市)人,三国吴人,薛综次子。初为秘府中书郎,孙晧时历任左执法、选曹尚书、太子少傅。因政事牵连,两次迁徙广州。吴亡,薛莹写降文,仕晋为散骑常侍。薛莹学问广博,善写文章,撰有《后汉记》一百卷,著书集为《新议》。

〔5〕抗志:高尚的志向。清妙:清亮美好。

〔6〕党事:东汉桓帝、灵帝时,一些士大夫和太学生联合反对宦官专权,因此被禁止仕宦或参与政治活动,时称"党锢"。

〔7〕后进之士:指后辈。典出《论语·先进》:"先进于礼乐,野人也;后进于礼乐,君子也。"邢昺疏:"后进,谓后辈仕进之人也。"

〔8〕升其堂:登上厅堂。指问学于李膺,受到他的接待。李膺正直耿介、威严端正,有士人节操,深受时人仰慕,世人以与他交谈、为他赶车等为荣。

1.11 管宁、华歆共园中锄菜[1],《傅子》曰:"宁字幼安,北海朱虚人,齐相管仲之后也[2]。"见地有片金,管挥锄与瓦石不异,华捉而掷去之[3]。又尝同席读书,有乘轩冕过门者[4],宁读如故,歆废书出看[5]。宁割席分坐曰[6]:"子非吾友也。"《魏略》曰:"宁少恬静,常笑邴原、华子鱼有仕宦意[7]。及歆为司徒[8],上书让宁[9]。宁闻之笑曰:'子鱼本欲作老吏[10],故荣之耳。'"

你怎么看待管宁的做法?

〔1〕华歆:字子鱼,平原高唐(今山东禹城西南)人,三国时魏大臣。汉灵帝末举孝廉,除郎中,献帝初为尚书郎,后拜豫章太守,中原大乱,渡江避难,孙策时礼为上宾。建安五年(200)被征入京。入魏,官至司徒、太尉。性清平,为政清静。

〔2〕管仲:春秋时期法家代表人物,齐桓公时为相,辅佐桓公"九合诸侯,一匡天下"。

〔3〕捉:拾取,捡起来。掷:抛去。

〔4〕轩冕:古时大夫以上官员的车乘和冕服。此处指身着冕服,乘坐车子。

〔5〕废书:放下书。

〔6〕割席分坐:古人以席为垫,席地而坐。管宁

以为,华歆拾金复掷,心在轩冕,对财富、权力有慕恋之情,因此不愿与之为友。古人关系亲密者经常同席而坐,后世遂以"割席"表示朋友绝交。

〔7〕邴原:字根矩,东汉北海朱虚(今山东临朐东)人。初为北海相孔融推举,曹操为司空时任邴原为东阁祭酒,后任丞相征事、五官将长史。随曹操征吴,卒。《德行》第10条刘孝标注引《魏略》曰:"灵帝时与北海邴原、管宁俱游学相善,时号三人为一龙。谓歆为龙头,宁为龙腹,原为龙尾。"《三国志》引《魏略》作"原为龙腹,宁为龙尾"。

〔8〕司徒:官名。东汉时,司徒与太尉、司空合称三公。三国魏时,司徒为一品。

〔9〕让:指把好处让给别人。

〔10〕老吏:精于吏事者。汉魏时期,称吏有贬损意。此处管宁有嘲讽华歆之意。

1.13 华歆、王朗俱乘船避难[1],有一人欲依附[2],歆辄难之[3]。朗曰:"幸尚宽[4],何为不可?"后贼追至,王欲舍所携人[5]。歆曰:"本所以疑[6],正为此耳。既已纳其自托[7],宁可以急相弃邪[8]?"遂携拯如初[9]。世以此定华、王之优劣。华峤《谱叙》曰[10]:"歆为下邽令,汉室方乱,乃与同志士郑太等六七人避世。自武关出,道遇一丈夫独行,愿得与俱。皆哀许之。歆独曰:'不可。今在危险中,祸福患害,义犹一也。今无故受之,不知其义,若有进退[11],可中弃乎?'众不忍,卒与俱行。此丈夫中道堕井,皆欲弃之。歆乃曰:'已与俱矣,弃之不义。'卒共还,出之而后别。"

钟惺点评说:"华歆一世虚名,惟此举差强人意。"你同意这样的评价吗?

7

〔1〕华歆:《德行》第11条已见。王朗:字景兴,东海郯城(今山东郯城)人。汉末曾任会稽太守。入魏曾任司空、司徒,封乐平乡侯。儒雅博学,著有《易》《春秋》《孝经》《周官》传。《德行》第12条刘孝标注引《魏书》曰:"朗字景兴,东海郯人,魏司徒。"

〔2〕依附:投靠。

〔3〕辄(zhé 哲):就。难:拒绝,不允许。

〔4〕幸尚宽:幸好船还宽裕。

〔5〕舍所携人:把所携带的投靠之人丢下。

〔6〕疑:犹豫,迟疑。

〔7〕纳其自托:接受他的托付。

〔8〕以急相弃:因为情况危急而抛弃他。

〔9〕携拯:携带,搭救。

〔10〕华峤:字叔骏,平原高唐(今山东禹城西南)人,华歆孙。魏时曾为司马昭掾属,入晋后官至尚书。华峤才学渊博,著有《后汉书》九十卷。

〔11〕进退:意外情况,不利的状况。

1.23 王平子、胡毋彦国诸人[1],皆以任放为达[2],或有裸体者。《晋诸公赞》曰:"王澄字平子,有达识,荆州刺史。"《永嘉流人名》曰:"胡毋辅之字彦国,泰山奉高人,湘州刺史。"王隐《晋书》曰:"魏末阮籍[3],嗜酒荒放,露头散发[4],裸袒箕踞[5]。其后贵游子弟阮瞻、王澄、谢鲲、胡毋辅之之徒[6],皆祖述于籍[7],谓得大道之本。故去巾帻[8],脱衣服,露丑恶,同禽兽。甚者名之为通[9],次者名之为达也。"乐广笑曰[10]:"名教中自有乐地,何为乃尔也[11]!"

这个故事可看出乐广与王平子等人行事态度的差异。

〔1〕王平子:王澄字平子,琅邪临沂(今山东临沂)人。好清谈,任放通达,有名于世,兄王衍称"阿平第一",与胡毋辅之、王敦、庾敳号为"四友"。官至建威将军、雍州刺史、荆州刺史。琅邪王司马睿聘为军咨祭酒,赴任途中为王敦所杀。胡毋彦国:胡毋辅之字彦国,泰山奉高(今山东泰安东)人。有识人之鉴,性嗜酒,放达任纵,为"兖州八伯"之一,又与王澄等号为"四友",王澄称其为"后进领袖"。避乱江左,元帝以为湘州刺史,不久去世。

〔2〕任放:放纵任性,不受礼教约束。达:通达、豪迈。

〔3〕阮籍:字嗣宗,陈留尉氏(今河南尉氏)人。"建安七子"之一阮瑀之子,"竹林七贤"之一。不拘礼俗,任性不羁,嗜酒常酣饮,因酒求为步兵校尉,世称"阮步兵"(事见《任诞》第5条)。博览群书,尤好老、庄,著《达庄论》《大人先生传》,有《咏怀》八十余首,今有《阮步兵集》行于世。《德行》第15条刘孝标注引《魏氏春秋》曰:"(阮籍)宏达不羁,不拘礼俗。兖州刺史王昶请与相见,终日不得与言。昶愧叹之,自以不能测也。口不论事,自然高迈。"

〔4〕露头散发:古人以梳理头发、戴帽子为有礼,故露头散发是不遵礼仪的行为。

〔5〕袒:脱衣露出上身。箕踞:一种轻慢、不拘礼节的坐姿,即随意张开两腿坐着,形似簸箕。

〔6〕阮瞻:字千里,陈留尉氏(今河南尉氏)人。"竹林七贤"之一阮咸之子,阮籍之从孙。清虚寡欲,善弹琴。《赏誉》第29条刘孝标注引《名士传》曰:"瞻字千里,夷任而少嗜欲,不修名行,自得于怀。读书不甚研求,而识其要。仕至太子舍人。年三十卒。"司徒王戎问"名教"与"自然"同异,瞻答以"将无同",王戎十分赞赏,随即请他到自己府中做官。时人谓之"三语掾"(《文学》第18条)。谢鲲:谢鲲字幼舆,陈郡阳夏(今河南太康)人。豁达有识度,不拘礼节,好读《老子》《庄子》《周易》,能歌善鼓琴。任豫章内史,世称谢豫章。

〔7〕祖述:效法,仿效。

〔8〕巾帻:头巾。

〔9〕通:不泥滞于物。

〔10〕乐广:字彦辅,南阳淯阳(今河南南阳南)人。冲约简淡,尤善清谈。为王戎、裴楷赏识,辟太尉掾,转太子舍人。累迁侍中、河南尹、尚书仆射,领吏部,拜

9

尚书令,后人称为"乐令"。时天下言风流者,以"王(衍)、乐"为首。

〔11〕乃尔:如此。

1.25 顾荣在洛阳,尝应人请[1],觉行炙人有欲炙之色[2],因辍己施焉[3]。同坐嗤之[4]。荣曰:"岂有终日执之,而不知其味者乎?"后遭乱渡江[5],每经危急,常有一人左右己[6],问其所以[7],乃受炙人也。《文士传》曰:"荣字彦先,吴郡人。其先越王句践之支庶[8],封于顾邑,子孙遂氏焉[9],世为吴著姓[10]。大父雍[11],吴丞相。父穆,宜都太守。荣少朗俊机警[12],风颖标彻[13],历廷尉正。曾在省与同僚共饮,见行炙者有异于常仆,乃割炙以啖。后赵王伦篡位[14],其子为中领军[15],逼用荣为长史[16]。及伦诛,荣亦被执。凡受戮等辈十有余人。或有救荣者,问其故,曰:'某省中受炙臣也[17]。'荣乃悟而叹曰:'一餐之惠,恩今不忘,古人岂虚言哉!'"

〔1〕请:宴请。

〔2〕行炙人:烤肉的人。欲炙之色:想吃烤肉的神色。

〔3〕辍己施焉:将自己的那份烤肉给他。辍,通"掇",取。

〔4〕嗤:讥笑,嘲笑。按:当时社会等级森严,地位悬隔的人,不相授受。

〔5〕遭乱渡江:指西晋末年永嘉之乱时,士人大多南渡江左避乱。

〔6〕左右己:在左右保护自己。

〔7〕所以:原因,情由。

〔8〕句:古同"勾"(gōu 钩)。支庶:在古代宗法制度中,指嫡子以外的旁支。

〔9〕遂氏焉:在上古时期,姓是同血缘的族群名号,氏是姓的分支。古代命氏有很多方式,例如战国时期赵奢号马服君,其后代既有以马为氏者;以封邑为氏如本文中所举的"顾";以官职为氏如"司马",等等。秦汉以来,姓氏合为一体。

〔10〕著姓:大姓。

〔11〕大父:祖父。

〔12〕朗俊:高雅俊秀。

〔13〕风颖标彻:才智出众,气度通达。

10

〔14〕赵王伦篡位：司马伦字子彝，司马懿第九子。入晋封琅邪郡王，改封赵王。西晋惠帝永康元年（300），太子司马遹为贾后所害，赵王司马伦与齐王司马冏率兵入宫，杀贾后，司马伦自封相国、侍中、都督中外诸军事。永宁元年（301）正月篡位称帝，改元建始。三月，齐王司马冏、成都王司马颖、河间王司马颙起兵讨之，惠帝复位，伦被赐死。

〔15〕中领军：官名。魏晋时期，朝廷禁卫部队的统帅，资历重者为领军将军，资轻者为中领军。

〔16〕长史：官名。凡公府、军府皆置长史，为诸史之长，总理一府众务。此处指中领军所置属官。

〔17〕省中：省台之内。

1.44 王恭从会稽还[1]，周祗《隆安记》曰："恭字孝伯，太原晋阳人。祖父濛，司徒左长史，风流标望[2]。父蕴，镇军将军，亦得世誉。"《恭别传》曰："恭清廉贵峻[3]，志存格正[4]。起家著作郎，历丹阳尹、中书令。出为五州都督、前将军、青兖二州刺史。"王大[5]看之。王忱，小字佛大。《晋安帝纪》曰："忱字元达，平北将军坦之第四子也。甚得名于当世，与族子恭少相善[6]，齐声见称[7]。仕至荆州刺史。"见其坐六尺簟[8]，因语恭："卿东来[9]，故应有此物，可以一领及我[10]。"恭无言。大去后，即举所坐者送之。既无余席，便坐荐上[11]。后大闻之甚惊，曰："吾本谓卿多，故求耳。"对曰："丈人不悉恭[12]，恭作人无长物[13]。"

〔1〕会稽（kuài jī 快机）：郡治在今浙江绍兴市。

〔2〕标望：人所瞩望的楷模。

〔3〕贵峻：尊贵清高。

〔4〕志存格正：有志于匡正时弊。

〔5〕王大：王忱，小字佛大。王大为王佛大的省称。

〔6〕族子：同族兄弟之子。王忱与王恭同属太原晋阳王氏一族。

〔7〕齐声：齐誉。指王忱与王恭名声相当。

〔8〕簟:供坐卧铺垫用的苇席或竹席。

〔9〕卿:第二人称代词,魏晋时期用于上称下,尊称卑,或同辈间亲昵的称呼。

〔10〕东来:会稽在建康东南,因此称"东来"。领:量词,用于床上用具。及:给,给予。

〔11〕荐:草席。

〔12〕丈人:对长辈的敬称。王忱是王恭的族叔。悉:知道,了解。

〔13〕长物:多余的东西。

【归纳探究】

本门所选的这些小故事中,你印象最深的是哪个故事?这个故事表现了士大夫怎样的道德品行?

提示:我印象最深的是第一个故事,陈蕃上任豫章太守伊始就去看望当时颇具名望的徐孺子,主簿劝他先去太守府,他还是拒绝了,称这是效法武王礼贤下士。这一言行表现出魏晋士大夫礼贤下士的道德品行。

言语 第二

【导读】

　　《世说新语·言语》门所记的是在各种语言环境中，为了各种目的而说的佳句名言，多是一两句话，非常简洁，却说得很得体、巧妙，或哲理深刻，或含而不露，或意境高远，或机警多锋，或气势磅礴，或善于抓住要害一针见血，很值得回味。

　　2.3 孔文举融也。年十岁，随父到洛。时李元礼有盛名[1]，为司隶校尉[2]，诣门者皆俊才清称及中表亲戚乃通[3]。文举至门，谓吏曰："我是李府君亲。"既通，前坐。元礼问曰："君与仆有何亲[4]？"对曰："昔先君仲尼与君先人伯阳[5]，有师资之尊[6]，是仆与君奕世为通好也[7]。"元礼及宾客莫不奇之。太中大夫陈韪后至[8]，人以其语语之。韪曰："小时了了，大未必佳！[9]"文举曰："想君小时，必当了了！"韪大踧踖[10]。《续汉书》曰："孔融字文举，鲁国人，孔子二十四世孙也。高祖父尚，钜鹿太守。父宙，泰山都尉。"《融别传》曰："融四岁，与兄食梨，辄引小者[11]。人问其故？答曰：'小儿，法当取小者[12]。'年十岁，随父诣京师[13]。河南尹李膺有重名[14]，融欲观其为人，遂造之[15]。膺问：'高明父祖[16]，尝与仆周旋乎[17]？'融曰：'然。先君孔子与君先人李老君，同德比义[18]，而相师友。则融与君累世通家也[19]。'众坐莫不叹息，佥曰[20]：'异童子也！'太中大夫陈韪后至，同坐以告。韪曰：'人小时了了者，长大未必能奇。'融应声曰：'即如所言，君之幼时，岂实慧

13

乎?'膺大笑,顾谓融曰:'长大必为伟器[21]。'"

〔1〕李元礼:李膺字元礼。《德行》第4条已见。

〔2〕司隶校尉:官名。始于汉武帝,东汉时主要职责是督察京畿,纠弹三公以下百官犯法者,并领司州,下辖河南、河东、河内、弘农、平阳五郡,权职显赫,与御史中丞、尚书台并称"三独坐"。曹魏、西晋上承汉制,权责转轻。

〔3〕清称:美誉,此处指有声望的人。中表:指与祖姑、姑姑的子女的亲戚关系,或与祖母、母亲的兄弟姐妹的子女的亲戚关系。通:通报,传达。

〔4〕仆:自称的谦辞。

〔5〕先君:称自己的祖先。仲尼:孔子名丘,字仲尼。伯阳:老子姓李名耳,字聃,一字伯阳。

〔6〕师资:师生,师徒。老子在洛阳任周守藏室史时,孔子曾问礼于老子,因此称"有师资之尊"。

〔7〕奕世:累世,代代。

〔8〕太中大夫:官名。掌讨论时政,备顾问应对。陈韪:当为"陈炜",东汉末官吏,汉桓帝末年为太中大夫。

〔9〕小时了了,大未必佳:谓人不能因少年时聪明而断定他日后就一定有成就。了了,聪慧,通晓事理。

〔10〕踧踖(cù jí 促及):局促不安的样子,此形容忸怩不好意思的情态。

〔11〕引:抽取,取用。

〔12〕法:常规,常理。

〔13〕诣:前往,到。

〔14〕重名:盛名,很高的名望或很大的名气。

〔15〕造:到,去。

〔16〕高明:对孔融父祖的礼敬之辞。

〔17〕周旋:交往,交际应酬。

〔18〕同德比义:谓道德品格一样。比,相同。

〔19〕通家:世交。

〔20〕佥(qiān 千):都,皆。

〔21〕伟器:大材,谓堪任大事的人才。

2.5 孔融被收[1],中外惶怖[2]。时融儿大者九岁,小者八岁,二儿故琢钉戏[3],了无遽容[4]。融谓使者曰:"冀罪止于身,二儿可得全不[5]?"儿徐进曰[6]:"大人岂见覆巢之下[7],复有完卵乎[8]?"寻亦收至。《魏氏春秋》曰:"融对孙权使有讪谤之言[9],坐弃市[10]。二子方八岁、九岁,融见收,弈棋端坐不起[11]。左右曰:'而父见执[12]。'二子曰:'安有巢覆而卵不破者哉!'遂俱见杀。"《世语》曰:"魏太祖以岁俭禁酒[13],融谓酒以成礼,不宜禁。由是惑众,太祖收置法焉。二子韶龀见收[14],顾谓二子曰:'何以不辟[15]?'二子曰:'父尚如此,复何所辟?'"裴松之以为《世语》云融儿不辟,知必俱死,犹差可安[16]。孙盛之言,诚所未譬[17]。八岁小儿,能悬了祸患[18],聪明特达[19],卓然既远,则其忧乐之情,固亦有过成人矣。安有见父被执,而无变容,弈棋不起,若在暇豫者乎[20]?昔申生就命[21],言不忘父,不以己之将死而废念父之情也。父安尚犹若兹,而况颠沛哉[22]!盛以此为美谈,无乃贼夫人之子与[23]?盖由好奇情多,而不知言之伤理也。

〔1〕孔融:字文举,东汉末鲁国鲁县(今山东曲阜)人,孔子二十世孙(刘孝标注引《续汉书》谓"二十四世孙",误)。历官侍御史、北中军侯、虎贲中郎将、北海相、太中大夫。能诗善文,为"建安七子"之一。孔融被曹操以干犯名教之罪名逮捕入狱,后被杀害。孔融的思想具有鲜明的二重性,他崇儒学、讲忠孝,在汉末党锢之祸中挺身救助党人;任北海相时表彰儒术、荐举儒士;董卓擅权,他多有匡正之言;袁绍、曹操威逼汉室,他也不予合作,还主张立王畿、崇帝室。然而他的言行又多有乖张忤逆之处,不拘礼法,对忠孝之义、圣人之行往往戏谑调笑。曹操便以干犯名教的罪名杀死孔融,其实正是因为孔融不满于曹操的阴怀篡逆之心。收:逮捕。

〔2〕中外:朝廷内外,中央和地方。

〔3〕故:尚,还,仍然。琢钉戏:古时一种儿童游戏。

〔4〕了无:毫无,完全没有。遽(jù巨)容:惶恐的神色。

〔5〕"冀罪止于身"二句:希望惩罚止于本人,不牵扯到儿子。两个小孩儿

15

能不能保全？冀，希望、盼望。不，同"否"。

〔6〕徐进：从容向前。

〔7〕覆巢：《吕氏春秋·应同》有"覆巢毁卵"，指倾覆其巢，破碎其卵。

〔8〕复有：还有。

〔9〕讪谤：讥讪毁谤。

〔10〕坐：致，以致。弃市：死刑。

〔11〕弈棋：下棋。

〔12〕而：代词，你，你的。

〔13〕岁俭：年成歉收。

〔14〕龆齓(tiáo chèn 条趁)：小孩儿换牙的年岁，指童年。

〔15〕辟(bì 必)：同"避"，躲避。

〔16〕差可：尚可，勉强可以。

〔17〕譬：通晓，明白。

〔18〕悬了：了解，想清楚。

〔19〕特达：特出，突出。

〔20〕暇豫：悠闲逸乐。

〔21〕申生就命：春秋时期，晋献公听信骊姬的谗言，逼世子申生自尽。申生陷入进退两难的地步，若说明真相，让父亲知道是宠姬骊姬的错，父亲则会很伤心；若直接逃走，则等于向人宣告父亲有错，有损父亲的名誉，是为不孝。因此申生选择了自杀，以求得忠孝两全。此处以申生之孝行对比孔融儿子在父亲被捕后从容弈棋的状态，没有伤悯父亲被害之意，认为这是有违人性情理的行为。

〔22〕颠沛：处境困顿。

〔23〕无乃：难道不是，表反问语气。贼：害。"贼夫人之子"是说害了那个年轻人。典出《论语·先进》："子路使子羔为费宰，子曰：'贼夫人之子。'"与：通"欤"，句末语气助词，表示疑问、感叹、反诘等语气。

2.19 晋武帝始登阼[1]，探策得"一"[2]。《晋世谱》曰："世祖讳炎，字安宇，咸熙二年受魏禅。"王者世数[3]，系此多少。帝既不说[4]，群臣失

16

色,莫能有言者。侍中裴楷进曰[5]:"臣闻天得一以清,地得一以宁,侯王得一以为天下贞[6]。"帝说,群臣叹服。王弼《老子注》云:"一者,数之始,物之极也。各是一物,所以为主也。各以其一,致此清、宁、贞。"

〔1〕晋武帝:司马炎字安世(本条刘孝标注引《晋世谱》作"字安宇",非),河内温县(今河南温县西南)人,司马懿之孙,司马昭长子,西晋开国皇帝,公元265—290年在位。登阼:即位,登上皇位。

〔2〕探策:求签。

〔3〕王者世数:王室传代之世的数目。

〔4〕说:通"悦",高兴。

〔5〕裴楷:字叔则,河东闻喜(今山西闻喜)人。博览群书,尤精《老子》《周易》。历任散骑侍郎、侍中、中书令等。

〔6〕"天得一以清"三句:《老子》三十九章云:"昔之得一者:天得一以清,地得一以宁,神得一以灵,谷得一以盈,万物得一以生,侯王得一以为天下贞。"从来凡是得到"一"的,天得到一而清明,地得到一而宁静,神得到一而灵妙,河谷得到一而充盈,万物得到一而生长,侯王得到一而使得天下安定。这里的得一,即是得道。裴楷用《老子》的说法,将一从数字的指示转化为"道"的代表,说出了得一的益处,扭转了尴尬的局面,缓和了气氛。这是他的才识与机辩的体现。

2.22 蔡洪《洪集录》曰:"洪字叔开,吴郡人,有才辩,初仕吴朝。太康中,本州从事,举秀才[1]。"王隐《晋书》曰:"洪仕至松滋令。"赴洛[2],洛中人问曰:"幕府初开[3],群公辟命[4],求英奇于仄陋[5],采贤俊于岩穴[6]。君吴楚之士,亡国之余[7],有何异才,而应斯举[8]?"蔡答曰:"夜光之珠,不必出于孟津之河[9];旧说云:"隋侯出行,有蛇斩而中断者,侯连而续之,蛇遂得生而去。后衔明月珠以报其德,光明照夜同昼,因曰隋珠。"左思《蜀都赋》所谓"隋侯鄙其夜光"也。盈握之璧[10],不必采于昆仑之山。韩氏曰:"和氏之璧,盖出于井里之中[11]。"大禹生于东夷,文王生于西羌,按《孟子》曰:"舜生于诸冯[12],东夷人也;文王生于岐周[13],西戎人也。"则东夷是舜非禹也。圣贤所出,

17

何必常处[14]。昔武王伐纣,迁顽民于洛邑[15],《尚书》曰:"成周既成,迁殷顽民,作《多士》[16]。"孔安国《注》曰:"殷大夫心不则德义之经,故徙于王都[17],迩教诲也[18]。"得无诸君是其苗裔乎[19]?"按华令思举秀才入洛,与王武子相酬对[20],皆与此言不异,无容二人同有此辞。疑《世说》穿凿也。

〔1〕举:察举。秀才:当时选拔人才的科目。按:魏晋时期,朝廷主要用九品中正制选拔人才,同时依旧兼用两汉察举的方式,察举的科目有孝廉、秀才、贤良方正等。

〔2〕洛:洛阳。

〔3〕幕府:将帅出征在外时,以营帐为官署,遂称幕府。后也称一般官署为幕府。

〔4〕辟命:征召,任命。

〔5〕英奇:英人奇士,指才智特出的人。仄陋:狭窄简陋的地方。

〔6〕岩穴:山洞,指荒芜的山野。

〔7〕亡国之余:西晋灭吴,吴地士人入洛奉职,常被洛阳士族轻视,称为"亡国之余"。

〔8〕应斯举:接受这次的人才选用。

〔9〕孟津之河:孟津,今河南省孟津县区。孟津北临黄河,孟津之河即是黄河。与下文"昆仑之山",都指北方重要之地。

〔10〕盈握:满握。握,指一手所能握持的大小。

〔11〕井里:乡里。古代同井而成里,故称。

〔12〕诸冯:古地名,今不能详考。《孟子·离娄下》云:"舜生于诸冯,迁于负夏,卒于鸣条,东夷之人也。"东汉赵岐注:"诸冯、负夏、鸣条,皆地名也,负海也,在东方夷服之地,故曰东夷之人也。"

〔13〕岐周:古地名,在岐山之下,今陕西省岐山县境。《孟子·离娄下》:"文王生于岐周,卒于毕郢,西夷之人也。"赵岐注:"岐周、毕郢,地名也。岐山下周之旧邑,近畎夷。畎夷在西,故曰西夷之人也。"

〔14〕常处:固定的地点。

〔15〕顽民:指顺服周的商朝遗民。

〔16〕《多士》：《尚书》中的一篇文章，主要内容是周公以成王的名义训诫迁到洛阳的商朝遗民。

〔17〕王都：即洛阳。

〔18〕迩：靠近，接近。

〔19〕得无：岂不，莫非。苗裔：子孙后代。

〔20〕"华令思"二句：华谭字令思，广陵江都（今江苏扬州西南）人。扬州刺史周浚引为从事史，晋武帝太康年间举秀才入洛，武帝亲自策问，为第一。任郎中、太子舍人等职，有知人之名。后司马睿用为镇东军咨祭酒，转左丞相军咨祭酒、领郡大中正，转秘书监。《晋书·华谭传》有："博士王济于众中嘲之曰：'五府初开，群公辟命，采英奇于仄陋，拔贤俊于岩穴。君吴、楚之人，亡国之余，有何秀异而应斯举？'谭答曰：'秀异固产于方外，不出于中域也。是以明珠文贝，生于江、郁之滨；夜光之璞，出乎荆、蓝之下。故以人求之，文王生于东夷，大禹生于西羌。子弗闻乎？昔武王克商，迁殷顽民于洛邑，诸君得非其苗裔乎？'"洛下士人对吴地士人的轻慢是普遍现象，而吴地士人对于洛下士人常常反唇相讥。如《言语》第26条陆机与王济的对话、《排调》第9条陆云与荀隐的对话可见一斑。《晋书》中也多有此类记载，如《晋书·周处传》有："及吴平，王浑登建邺宫酾酒，既酣，谓吴人曰：'诸君亡国之余，得无戚乎？'处对曰：'汉末分崩，三国鼎立，魏灭于前，吴亡于后，亡国之戚，岂惟一人！'浑有惭色。"王浑早年曾为大将军曹爽帐下掾吏，后转投司马氏集团。吴地士人在辩对中往往从容应对、机锋妙出。

2.23 诸名士共至洛水戏[1]。《竹林七贤论》曰："王济诸人尝至洛水解禊事[2]。明日，或问济曰：'昨游，有何语议[3]？'济云云。"还，乐令广也。问王夷甫曰[4]："今日戏乐乎？"虞预《晋书》曰："王衍字夷甫，琅邪临沂人，司徒戎从弟[5]，父乂，平北将军。夷甫蚤知名[6]，以清虚通理称[7]，仕至太尉，为石勒所害[8]。"王曰："裴仆射善谈名理[9]，混混有雅致[10]；《晋惠帝起居注》曰："裴頠字逸民，河东闻喜人，司空秀之少子也。"《冀州记》曰："頠弘济有清识[11]，稽古善言名理[12]。履行高整[13]，自少知名。历侍中、尚书左仆射，为赵王伦所害[14]。"张茂先论《史》《汉》[15]，靡靡可听[16]；《晋阳秋》曰："华博览洽闻，无不贯综。世祖尝问汉事〔17〕,及建章千门万户〔18〕。华画地成图,应对如流,张安世不能过也〔19〕。"我与王安丰戎也。说延陵、子房〔20〕,亦超超玄著〔21〕。"《晋诸公赞》曰:"夷甫好尚谈称,为时人物所宗。"

〔1〕洛水:古水名。即今河南省洛河。戏:游戏,逸乐。

〔2〕解禊(xì 戏):即修禊,三月上巳日在水边祓除不祥的活动。

〔3〕语议:言谈议论。

〔4〕乐令:乐广。《德行》第23条已见。

〔5〕戎:王戎,字濬冲,琅邪临沂(今山东临沂)人。"竹林七贤"之一。辟相国掾,累迁豫州刺史,受诏伐吴,吴平,进爵安丰县侯。后历任尚书左仆射、司徒等。

〔6〕蚤:通"早"。

〔7〕清虚通理:王衍好玄学,是西晋的清谈领袖人物,"清虚通理"形容其涵养深厚,玄理高妙。

〔8〕为石勒所害:永嘉年间,王衍以太尉兼任太傅军司,扶司马越灵柩返回东海,途中为石勒所破,被俘而遭杀害。《晋书》本传载:"(石勒)使人夜排墙填杀之。衍将死,顾而言曰:'呜呼!吾曹虽不如古人,向若不祖尚浮虚,戮力以匡天下,犹可不至今日。'"其中涉及"清谈误国"一事,《言语》第70条、《轻诋》第11条刘孝标注中皆有谈及。

〔9〕裴仆射:裴頠(wěi 伟)字逸民,河东闻喜(今山西闻喜西南)人,裴秀少子,袭爵巨鹿公。博学稽古,自少知名。曾任尚书左仆射,因称"裴仆射"。善清谈,时谓言谈林薮。著有《崇有论》。名理:即玄谈之学。裴頠著《崇有论》,与当时流行的"贵无"之论针锋相对,其"名理"盖此之类。

〔10〕混混:水奔流不绝,用以形容连续不断。雅致:高雅的意趣。

〔11〕弘济:多方面的才能。清识:高见卓识。

〔12〕稽古:考察古事。《晋书》本传称他"博学稽古,自少知名"。

〔13〕履行高整:指行为高洁严整。

〔14〕为赵王伦所害:裴頠、张华在职时,赵王司马伦谄媚贾后,多次求取官职,頠、华不同意,于是深为赵王伦怨恨。永康元年(300),赵王伦篡逆,废贾后,

诛杀颁、华等人。裴颁时年三十四。

〔15〕张茂先:张华字茂先,范阳方城(今河北固安西南)人。学业优博,为人有绅士风度又胸襟阔达,阮籍誉为"王佐之才"。后为晋武帝得力助手,官至司空,为惠帝辅政大臣,后被赵王伦杀害。著有《博物志》十卷,后人辑文集《张司空集》。

〔16〕靡靡:绵延不绝。

〔17〕世祖:晋武帝司马炎。《言语》第19条已见。

〔18〕建章:建章宫,汉代长安宫殿名。

〔19〕张安世:字子儒,京兆杜陵(今陕西西安南)人,西汉酷吏张汤之子。张安世记忆力惊人,娴于历史,后官至尚书令。张华熟悉建章宫历史,此处便以张安世比之,认为张华能与之相提并论。

〔20〕延陵、子房:延陵,指延陵季子季札,品德高尚,学博识高,是春秋时期著名的政治家、外交家。春秋吴王寿梦第四子,封于延陵。子房,张良字子房,颍川城父人,其家为战国时期韩国贵族。"大父(祖父)开地,相韩昭侯、宣惠王、襄哀王。父平,相釐王、悼惠王。"(《史记·留侯世家》)张良是汉高祖刘邦重要谋士,与韩信、萧何并称为"汉初三杰"。事迹见《史记·留侯世家》。

〔21〕超超玄著:高超玄妙。按:这次洛水边的清谈,参加者有玄学领袖王衍、王戎、裴颁,文学领袖张华等,其谈论的内容也涉及名理、历史、政治等各个方面。从中可以看出,魏晋时期的清谈内容不仅限于玄学,也涵盖了士人感兴趣的其他方面。其中多次提到"混混有雅致""靡靡可听""超超玄著",士人谈论,不止欣赏其内涵思理,也开始注重音声之妙。这也是清谈逐渐发展到西晋后期直至东晋时期十分突出的审美内容之一。

2.26 陆机诣王武子[1],《晋阳秋》曰:"机字士衡,吴郡人。祖逊,吴丞相。父抗,大司马[2]。机与弟云并有俊才[3]。司空张华见而说之[4],曰:'平吴之利[5],在获二俊。'"机别传曰:"博学善属文,非礼不动。入晋,仕著作郎[6],至平原内史[7]。"武子前置数斛羊酪[8],指以示陆曰:"卿江东何以敌此[9]?"陆云:"有千里莼羹,但未下盐豉耳![10]"

〔1〕陆机:字士衡,吴郡吴县华亭(今上海松江区西)人,吴丞相陆逊孙、大司马陆抗子。吴灭后退居乡里,勤学十年,太康末年入洛,历任太子洗马、著作郎、平原内史等。西晋成都王颖与河间王颙起兵讨长沙王乂,以陆机为后将军、河北大都督,兵败七里涧,被司马颖宠宦孟玖谗毁害死。陆机服膺儒术,文才渊盛,为太康文坛上的佼佼者。后人辑有《陆平原集》。王武子:王济字武子,西晋太原晋阳(今山西太原西南)人。司徒王浑子,尚常山公主。峻厉好勇,贵盛豪侈,又善《易》《老子》《庄子》,好清谈,与姊夫和峤、裴楷齐名。历任侍中、国子祭酒、太仆等。

〔2〕大司马:官名。掌武事。与太尉并列,位在三司之上。

〔3〕云:陆云,字士龙,陆机之弟。六岁能文,与兄齐名,号称"二陆"。吴亡后与兄同入洛阳,历任浚仪令、吴王司马晏郎中令、尚书郎、中书侍郎。后成都王颖表为清河内史,后转大将军右司马。与陆机一同被害。后人辑有《陆清河集》。

〔4〕司空:官名。西晋时,与太尉、司徒并列为三公,参议大政,议而不治,无具体职掌。

〔5〕平吴:晋武帝司马炎咸宁五年(279)至次年三月,西晋伐吴,吴末帝孙皓投降,吴灭。

〔6〕著作郎:官名。秘书省之属官,掌编纂国史等事。

〔7〕内史:官名。魏晋时期,上承汉朝制度,采用郡县与封建并行之制,诸侯王国设内史,掌民政,地位、待遇与郡守同。

〔8〕斛(hú 胡):器量单位,十斗为一斛。

〔9〕江东:此处指吴国旧地。

〔10〕"有千里莼羹"二句:千里,湖名,其地莼菜最佳。莼羹又宜盐豉,味道尤美。陆机意曰,千里湖之莼菜羹浓滑鲜美,未下盐豉时,就能与酪匹敌;若下盐豉,则更甚之。陆机此次造访王济,是在太康末年应征入洛奉职之后,其时洛下士族颇轻视吴灭后入洛仕宦的江东士人。陆机机智应答,胸怀对故乡和门庭的自豪感。《排调》第9条中,荀隐与陆云的言语往来亦是吴、洛士人之间自我矜尚的表现,可参阅。

2.29 元帝始过江〔1〕,朱凤《晋书》曰:"帝讳叡,字景文。祖伷,封琅邪王,父恭王瑾嗣。帝袭爵为琅邪王。少而明惠[2]，因乱过江起义[3]，遂即皇帝位。《谥法》曰：始建国都曰元。"谓顾骠骑曰[4]："寄人国土，心常怀惭。[5]"荣跪对曰："臣闻王者以天下为家，是以耿、亳无定处[6]，《帝王世纪》曰："殷祖乙徙耿，为河所毁。"今河东皮氏耿乡是也。"盘庚五迁，复南居亳。"今景亳是也。九鼎迁洛邑[7]。《春秋传》曰："武王克商，迁九鼎于洛邑。"今之偃师是也。愿陛下勿以迁都为念。"

〔1〕元帝：司马睿字景文，司马懿曾孙，晋武帝司马炎从子，东晋元帝，公元317—323年在位。过江：西晋覆亡，部分诸侯王和世家大族皆南迁至江左，司马睿在建康建立了东晋政权。

〔2〕明惠：聪明，聪慧。惠，通"慧"。

〔3〕起义：仗义起兵。

〔4〕顾骠骑：顾荣字彦先，吴郡吴县（今江苏苏州）人。江南著姓，仕吴为黄门侍郎。吴亡，与陆机陆云兄弟共赴洛阳，时号"三俊"。历任尚书郎、廷尉正，后还吴。司马睿东渡江左，得到以顾荣为首的当地著姓的支持，拜荣为军司。永嘉六年（312）顾荣卒，赠侍中、骠骑将军、开府仪同三司，谥号"元"。因称顾骠骑。《德行》第25条注已见。

〔5〕寄人国土：西晋都城在洛阳，因为战乱，西晋覆亡，皇室东渡江左，江左乃吴国故地。西晋统一江左时日尚浅，中原、江左未能完全融合为一，故以司马氏为核心的中原士族对东吴旧地尚有内外之别，今不得已避难于此，因此有客居他乡之感。怀惭：心中惭愧。

〔6〕耿、亳无定处：商王祖乙在位期间曾将都城从相迁到耿，但后来遭受河患，耿都被冲毁，又迁都至邢；商王盘庚也曾将商朝国都从奄迁至亳，后来又迁都至殷。

〔7〕九鼎迁洛邑：九鼎，相传夏禹铸九鼎，象征九州，夏、商、周三代奉为国家政权的传国之宝。此处指周武王灭商，将都城迁至洛邑。按：据余嘉锡考证，此事发生在元帝称帝以前，文中称"元帝"是后人追述之辞。江东士人曾是洛下士族轻蔑的对象，如今反倒避乱江左，司马睿"寄人国土，心常怀惭"的这番感慨是中

原士族刚刚逃乱渡江之后的普遍心理。司马睿剖白的对象是江东士族的代表性人物顾荣,其中包涵了丰富的意味,既有亡国的悔恨,也表达了对江东士人的歉意以及探询他们态度的意思。顾荣以"王者以天下为家"之辞恳切回应,一则安慰元帝,不必以渡江伤怀,二则表达了江东士人对司马氏的支持,希望司马氏在江左树立新政权。其实江左士族也需要一个能代表自己利益的政权,推戴司马氏名正言顺,故顾荣的回答也是权衡之后的结果。

2.31 过江诸人,每至美日[1],辄相邀新亭[2],藉卉饮宴[3]。《丹阳记》曰:"新亭,吴旧立,先基崩沦[4]。隆安中[5],丹阳尹司马恢之徙创今地[6]。"周侯颚也。中坐而叹曰[7]:"风景不殊,正自有山河之异[8]!"皆相视流泪。唯王丞相导也。愀然变色曰[9]:"当共戮力王室[10],克复神州,何至作楚囚相对[11]?"《春秋传》曰:"楚伐郑,诸侯救之。郑执郧公钟仪献晋,景公观军府[12],见而问之曰:'南冠而絷者为谁[13]?'有司对曰[14]:'楚囚也。'使税之[15]。问其族,对曰:'伶人也[16]。''能为乐乎?'曰:'先父之职,敢有二事。'与之琴,操南音。范文子曰[17]:'楚囚,君子也。乐操土风[18],不忘旧也。君盍归之[19],以合晋、楚之成[20]。'"

〔1〕美日:佳日,天气好的日子。

〔2〕辄(zhé 哲):就。新亭:在建康城南劳劳山上(今江苏南京江宁),古送别之所,靠近大江。

〔3〕藉卉:坐在草地上。藉,坐卧其上。卉,草。

〔4〕先基:之前的地基。崩沦:崩塌倾倒。

〔5〕隆安:东晋安帝司马德宗年号,公元397—401年。

〔6〕司马恢之:司马恢之字季明,东晋谯王司马逊之后,历骠骑将军、丹阳尹等。徙创:移地新建。据《丹阳记》,吴时新亭已毁坏,王导诸人此时聚会之处,乃晋宋间新亭。

〔7〕周侯:周颚字伯仁,汝南安成(今河南汝南东南)人。少有盛名,弱冠袭爵武城侯,拜秘书郎,累迁尚书吏部郎、琅邪王司马睿军咨祭酒、荆州刺

史、丞相右长史。后任尚书左仆射、护军将军。性嗜酒,常醉不醒,时人号之"三日仆射"。《言语》第30条刘孝标注引《晋阳秋》曰:"颛有风流才气,少知名,正体嶷然,侪辈不敢媟也。"周颛风流有才气,卓然屹立,让人不敢轻慢。中坐:宴饮之中。

〔8〕正自:只是。自,尾词,无实义。

〔9〕王丞相:王导字茂弘,小字阿龙,琅邪临沂(今山东临沂)人。琅邪王司马睿出镇下邳,导为其献策移镇建邺(今江苏南京),笼络江东士族顾荣、贺循等。后拥立晋元帝司马睿即位,经营江左,历仕元、明、成三帝,德高望重,朝野号称"仲父",是东晋政权的奠基人之一。时有"王与马,共天下"之说。愀(qiǎo 巧)然:脸色改变的样子。此指表情变成严肃的样子。

〔10〕戮力:合力,并力。

〔11〕楚囚:即注文中郧公钟仪,春秋时楚国乐师,曾在战争中被郑国俘虏,后献给晋侯。他不忘本来,在狱中仍戴着楚国的帽子,被命弹奏乐器,也是弹奏楚国的音乐,因而受到晋人的称赞。王导以楚囚喻诸人,意曰诸君徒怀故国之悲而不思复国之道,意在激励诸人振作精神。

〔12〕景公:晋景公,春秋晋国君主,公元前599—前581年在位。军府:军用储藏库,亦用以囚禁战俘。

〔13〕南冠:戴着楚冠。楚在晋之南,故曰南冠。絷(zhí 直):拘禁。

〔14〕有司:主管某部门的官吏,此处指军府之官吏。

〔15〕税:通"脱",解开捆绑的刑具。

〔16〕伶人:乐师。

〔17〕范文子:士燮,又称范文子,春秋时晋国大夫。

〔18〕乐操土风:土风,乡土歌谣或乐曲。指弹奏有故乡风调的乐曲,不忘本来。

〔19〕盍:何不,表反问或疑问。

〔20〕成:和解。

2.32 卫洗马初欲渡江,形神惨悴[1],语左右云:"见此芒芒[2],不觉百端交集[3]。苟未免有情[4],亦复谁能遣此[5]!"《晋诸公赞》曰:

25

"卫玠字叔宝,河东安邑人。祖父瓘,太尉。父恒,黄门侍郎。"《玠别传》曰:"玠颖识通达[6],天韵标令[7],陈郡谢幼舆敬以亚父之礼[8]。论者以为出王眉子、平子、武子之右[9]。世咸谓'诸王三子,不如卫家一儿'。娶乐广女。裴叔道曰:'妻父有冰清之姿,婿有璧润之望[10],所谓秦晋之匹也[11]。'为太子洗马。永嘉四年[12],南至江夏,与兄别于梁里涧[13],语曰:'在三之义[14],人之所重,今日忠臣致身之道,可不勉乎?'行至豫章[15],乃卒。"

〔1〕惨悴:憔悴。

〔2〕芒芒:广大辽阔貌。

〔3〕百端:百感,众多思绪。

〔4〕有情:有喜怒哀乐之情。

〔5〕亦复:也,又。遣:排遣,自宽。

〔6〕颖识通达:天资洞达。

〔7〕标令:俊美出众。

〔8〕谢幼舆:谢鲲字幼舆。《德行》第23条已见。亚父:敬称,表示仅次于父亲。

〔9〕王眉子、平子、武子:王玄,字眉子,少慕简旷,有俊才,与卫玠齐名;王澄,字平子,《德行》第23条已见;皆琅邪王氏子弟。王济,字武子,《言语》第26条已见,为太原王氏子弟。他们都是当时士人中的佼佼者。

〔10〕姿:风范。望:名望,声望。冰清、璧润:均指德行高洁。乐广是西晋风流名士,善于辨析玄理,当时清谈者以王衍、乐广称首。乐广批评谢鲲、胡毋辅之等人的任诞行为(事见《德行》第23条),强调内在的精神与灵魂,有意调和玄儒。卫玠的祖父卫瓘见过乐广清谈,曾经称赞他好比人中的水和镜一样,见到他如同拨开云雾见青天。乐广与卫玠曾讨论过"梦"的话题(事见《文学》第14条),二人皆为当时的清谈人物,风流于世,后又成为翁婿,而有冰清璧润的称赞。

〔11〕秦晋之匹:春秋时秦、晋两国世为婚好,两国地位相当。

〔12〕永嘉四年:永嘉,西晋怀帝司马炽年号。永嘉四年为公元310年。

〔13〕兄:卫玠兄卫璪,字仲宝。

〔14〕在三之义:《国语·晋语》有:"民生于三,事之如一。父生之,师教之,君食之。"卫玠意曰,国难当头,应为朝廷服勤至死,因此渡江南来。然玠欲渡江时,见茫茫逝水,顿觉家国之忧、身世之感百端交集,因生此叹。

〔15〕豫章:西晋豫章郡治南昌县,治今江西南昌市东。

2.43 梁国杨氏子,九岁,甚聪惠[1]。孔君平王隐《晋书》曰:"孔坦字君平,会稽山阴人。善《春秋》,有文辩[2]。历太子舍人,累迁廷尉卿。"诣其父,父不在,乃呼儿出,为设果[3]。果有杨梅,孔指以示儿曰:"此是君家果。"儿应声答曰:"未闻孔雀是夫子家禽[4]。"

〔1〕惠:通"慧"。
〔2〕文辩:能文善辩。
〔3〕设果:用水果招待客人。
〔4〕夫子:古代对男性的敬称。

2.48 竺法深在简文坐[1],刘尹问[2]:"道人何以游朱门[3]?"答曰:"君自见其朱门,贫道如游蓬户[4]。"《高逸沙门传》:"法师居会稽,皇帝重其风德[5],遣使迎焉,法师暂出应命[6]。司徒会稽王天性虚澹[7],与法师结殷勤之欢[8]。师虽升履丹墀[9],出入朱邸,泯然旷达[10],不异蓬宇也。"或云卞令[11]。别见。

〔1〕竺法深:东晋僧人。俗姓王,出自琅邪王氏。名潜,或称道潜,字法深。关于魏晋时期中国本土僧人的姓氏,《高僧传》卷五记载:"初魏晋沙门依师为姓,故姓名各不同,(道)安以为大师之本,莫尊释迦,乃以释命氏。"简文:司马昱字道万,晋元帝司马睿幼子,东晋简文帝,公元371—372年在位。善玄言,曾以名士刘惔、王濛为谈客。封琅邪王,徙会稽王,历任抚军大将军、司徒、丞相等。晋废帝被黜,为大司马桓温所立。《德行》第37条刘孝标注引《续晋阳秋》曰:"帝讳昱,字道万,中宗少子也。仁闻有智度。穆帝幼冲,以抚军辅政。大司马桓温废海西公

而立帝,在位三年而崩。"

〔2〕刘尹:《德行》第35条刘孝标注引《刘尹别传》曰:"惔字真长,沛国萧人也。汉氏之后。真长有雅裁,虽荜门陋巷,晏如也。历司徒左长史、侍中、丹阳尹。为政务镇静信诚,风尘不能移也。"会稽王司马昱为宰相,惔(dàn 淡)与王濛俱为谈客,称"入室之宾"。官丹阳尹,故称"刘尹"。袁宏《名士传》称其为"永和名士"。

〔3〕朱门:红漆大门,指贵族豪贵之家。

〔4〕蓬户:用蓬草编成的门窗,指简陋的房子。注文中又称"蓬宇"。

〔5〕风德:风范德行。

〔6〕应命:从命,遵命。

〔7〕虚澹:恬淡无欲。

〔8〕殷勤之欢:指互相交好、情深义厚。

〔9〕升履丹墀:指出入宫廷。丹墀,指宫殿的赤色台阶或赤色地面。

〔10〕泯然:胸襟开阔。

〔11〕卞令:卞壸(kǔn 捆)字望之,济阴冤句(今山东曹县西北)人。少知名,为"兖州八伯"之一。东晋明帝时为尚书令,成帝时与庾亮同辅政。苏峻乱,率军拒之,力战而死。按:"或云"意谓当时流传此为卞壸之事。附言存异是刘孝标注释的体例之一。

2.53 庾稚恭为荆州[1],《庾翼别传》曰:"翼字稚恭,颍川鄢陵人也。少有大度,时论以经略许之[2]。兄太尉亮薨[3],朝议推才,乃以翼都督七州。进征南将军、荆州刺史。"以毛扇上武帝。武帝疑是故物[4]。傅咸《羽扇赋序》曰:"昔吴人直截鸟翼而摇之,风不减方圆二扇,而功无加,然中国莫有生意者[5]。灭吴之后,翕然贵之[6],无人不用。"按:庾怪以白羽扇献武帝,帝嫌其非新,反之。不闻翼也。[7]侍中刘劭曰:《文字志》曰:"劭字彦祖,彭城丛亭人。祖讷,司隶校尉。父松,成皋令。劭博识好学,多艺能,善草隶。初仕领军参军,太傅出东,劭谓京洛必危,乃单马奔扬州。历侍中、豫章太守。""柏梁云构[8],工匠先居其下;管弦繁奏,锺、夔先听其音。锺,锺期也。夔,舜乐正。稚恭上扇,以好不以新。"庾后闻之曰[9]:"此人宜在帝左右。[10]"

〔1〕荆州:此处指荆州刺史。东晋时期,荆州为长江上游的重镇。

〔2〕经略:此指经营治理之才。许:称许。

〔3〕亮:庾亮,字元规,颍川鄢陵(今河南鄢陵)人,晋明帝皇后之兄。庾亮美姿容,好读《老子》《庄子》,善谈玄理,遵守礼法,为人严肃庄重。元帝时拜中书郎、中领军,明帝时为中书监,成帝时迁中书令,主持朝政。曾参与讨伐王敦、苏峻、郭默等人叛乱。卒赠太尉,谥文康。

〔4〕故物:旧东西。

〔5〕生意:感兴趣。

〔6〕翕(xī 西)然:一致。

〔7〕"按"以下数语:此为刘孝标按语,意即献扇之事乃庾怿,而非庾翼。庾怿字叔预,庾亮次弟,庾翼之兄。官至辅国将军、豫州刺史,后因成帝疑之谋乱而饮鸩自杀。据《晋书》卷七十二,献扇乃庾怿与东晋成帝之事。庾翼生于公元305年,值晋惠帝永兴二年,去晋武帝之卒已十余年,不可能有献扇事(参见蒋凡、李笑野、白振奎评注《全评新注世说新语》)。

〔8〕柏梁:汉代宫殿柏梁台。云构:形容房屋高大壮丽。

〔9〕庾后:即庾太后,晋成帝之母,晋明帝皇后庾文君,庾亮之妹。

〔10〕此人宜在帝左右:刘劭为侍中,侍中本在皇帝左右。庾太后称赞刘邵适宜担任侍中之职,是因为他能化解君臣之间的嫌隙。

2.55 桓公北征经金城[1],见前为琅邪时种柳,皆已十围[2],慨然曰:"木犹如此,人何以堪![3]"攀枝执条,泫然流泪[4]。《桓温别传》曰:"温字元子,谯国龙亢人,汉五更桓荣后也[5]。父彝,有识鉴。温少有豪迈风气,为温峤所知[6],累迁琅邪内史,进征西大将军,镇西夏[7]。时逆胡未诛,余烬假息[8],温亲勒郡卒[9],建旗致讨,清荡伊、洛[10],展敬园陵[11]。薨,谥宣武侯。"

〔1〕桓公北征:桓温字元子,谯国龙亢(今安徽怀远西北龙亢集)人,桓彝子,尚南康长公主。明帝时为安西将军、荆州刺史,率兵伐蜀,灭成汉,进位征西大将军,封临贺郡公。前后曾三次北伐,永和十年(354)伐前秦,至关中而退。永和十二年(356)收复洛阳。太和四年(369),北伐前燕,大败。此处应是第三次北伐前燕之事。时桓温已五十八岁,年迈之时见柳树繁茂,抚今追昔,因有此叹。金城:地名,在今江苏句容北。东晋成帝时曾在此设立琅邪侨郡。咸康元年(335),桓温出任琅邪内史。

〔2〕围:计量周长的约略单位。旧说尺寸长短不一,现多指两手或两臂之间合拱的长度。此处似应以两手合拱之长度为是。

〔3〕"木犹如此"二句:桓温见弱柳长成参天大树,感叹时间的流逝,联想人生易逝,因而感伤不已。

〔4〕泫然:流泪貌。袁中道评价说:"英雄分外多情。"(《舌华录》卷九《凄语》)。

〔5〕五更:官职名。相传古代有天子养老之制。天子养年老致仕者,称三老、五更,以父、兄事之。两汉时仍存其制。《汉书·礼乐志》:"养三老、五更于辟雍。"更,或作"叟"。

〔6〕温峤:温峤字太真,太原祁(今山西祁县)人。聪敏博学,风仪秀整,善谈论。西晋末为司空刘琨右司马。受命至江左劝司马睿即位,即留建康,历任中书令、丹阳尹、江州刺史等。曾参与讨平王敦、苏峻等乱,以功封始安郡公。

〔7〕西夏:华夏之西,此指东晋西部荆州一带。永和元年(345),桓温升任安西将军、荆州刺史。三年,平蜀,进位征西大将军,直到逝世,一直掌握荆州。

〔8〕假息:苟延残喘。

〔9〕勒:统帅,部署。

〔10〕清荡:涤除,平定。

〔11〕展敬:表达敬意,即祭拜。

2.57 顾悦与简文同年[1],而发蚤白[2]。《中兴书》曰:"悦字君叔,晋陵人。初为殷浩扬州别驾[3]。浩卒,上疏理浩。或谏以浩为太宗所废[4],必不依许,悦固争之,浩果得申[5],物论称之[6]。后至尚书左丞。"简文曰:"卿何以先白?"对曰:"蒲柳之姿[7],望秋而落;松柏之质,经霜弥茂。"顾凯之为父传曰[8]:"君以直道陵迟于世[9]。入见王,王发无二毛[10],而君已斑白。问君年,乃曰:'卿何偏蚤白?'君曰:'松柏之姿,经霜犹茂;臣蒲柳之质,望秋先零。受命之异[11]也。'王称善久之。"

〔1〕简文:东晋简文帝司马昱。《言语》第48条已见。

〔2〕蚤:通"早"。

〔3〕殷浩:殷浩字渊源,陈郡长平(今河南西华县东北)人。识度清远,尤善玄言,为风流名士所宗尚。仕至建武将军、扬州刺史。永和八年(352),上疏北伐,大败,免为庶人。别驾:别驾从事的省称,也称别驾从事史。州刺史属下之重要佐吏,总领众务,职权颇重。因刺史巡视出行时,别驾另乘车随行,故名。

〔4〕浩为太宗所废:永和年间,殷浩奉命北伐后赵,中计兵败,受弹劾,被废为庶人。太宗,即晋简文帝。

〔5〕申:申雪,昭雪。

〔6〕物论:舆论。

〔7〕蒲柳:水杨,一种入秋就凋零的树木。按:魏晋时期,人们常常以自然现象、动植物状态来比喻人的风神品质,将自然之美与人格之美联系起来,一同鉴赏。顾悦以蒲柳、松柏等植物来比喻人的质性,是时代风气使然。他的回答,取譬形象,修辞整饬,具有丰富而深远的意韵。

〔8〕顾凯之:即顾恺之。顾恺之字长康,小字虎头,晋陵无锡(今江苏无锡)人。桓温引为大司马参军,殷仲堪驻荆州,以为参军。后入为散骑常侍。顾恺之博学多才艺,工诗赋、书法,尤精绘画。俗传恺之三绝:"才绝、画绝、痴绝。"

〔9〕直道:正直的品质和处世方式。陵迟:颠沛不被认可、不能晋升。

〔10〕二毛:头发花白。

〔11〕受命:天然的禀赋。此指体质。

2.61 简文入华林园[1],顾谓左右曰:"会心处不必在远[2]。翳

31

然林水[3],便自有濠、濮间想也[4]。濠、濮,二水名也。《庄子》曰:"庄子与惠子游濠梁水上,庄子曰:'儵鱼出游从容[5],是鱼乐也。'惠子曰:'子非鱼,安知鱼之乐邪?'庄子曰:'子非我,安知我之不知鱼之乐也?'""庄周钓在濮水,楚王使二大夫造焉[6],曰:'愿以境内累庄子[7]。'庄子持竿不顾,曰:'吾闻楚有神龟者,死已三千年矣,巾笥而藏于庙[8]。此宁曳尾于涂中[9],宁留骨而贵乎?'二大夫曰:'宁曳尾于涂中。'庄子曰:'往矣!吾亦宁曳尾于涂中。'"觉鸟兽禽鱼,自来亲人[10]。"

〔1〕简文:东晋简文帝司马昱。《言语》第48条已见。华林园:东汉时京城有宫苑名芳林园,故址在今河南洛阳,魏明帝重建,齐王曹芳继位后为避名讳改为华林园。西晋倾覆,东晋在建康东吴旧苑基础上仿照洛阳园林重建,故址在今江苏南京。华林园是皇帝宴集群臣之所。

〔2〕会心处:会意,了悟之时。

〔3〕翳然:隐没、隐灭。

〔4〕濠、濮间想:濠水,在今安徽凤阳县东北。庄子与惠子曾在此辩论;濮水,在今河南濮阳境内,故道今已堙塞。庄子曾垂钓于濮水。

〔5〕儵(tiáo 条):同"鲦"。白鲦鱼。

〔6〕造:到,去,拜访。

〔7〕累:劳烦。此句意即希望把国内政事托付于庄子。

〔8〕巾笥(sì 四):指裹以巾帕,放在匣子里。

〔9〕曳尾于涂中:在泥水中拖着尾巴活着,形容自在生活的状态。曳,拖。涂,泥。

〔10〕自来亲人:山水万物与人的情感相通,自然美亦包含着人情美。简文帝的山水欣赏,已经进入审美观照中物我交融的妙境。东晋南朝时期士人对山水的欣赏往往包含着对超脱精神境界的追求、对宇宙本体的领悟以及对玄学哲理的玩味,带有悠远空灵的意趣。

2.62 谢太傅语王右军曰[1]:"中年伤于哀乐[2],与亲友别,辄作数日恶[3]。"王曰:《文字志》曰:"王羲之字逸少,琅邪临沂人。父旷,淮南太守。羲之少朗拔[4],为叔父廙所赏。善草隶。累迁江州刺史、右军将军、会稽内史。""年在桑榆[5],自然至此,正赖丝竹陶写[6]。恒恐儿辈觉[7],损欣乐之趣。"

〔1〕谢太傅:谢安字安石,陈郡阳夏(今河南太康)人。少有盛名,深得王导器重,寓居会稽东山。升平四年(360)始任桓温司马,后历任尚书仆射、中书监等。太元八年(383)率晋抵抗前秦,以功拜太保。卒赠太傅,因称"谢太傅"。

〔2〕哀乐:悲哀与快乐,此处偏指悲哀。

〔3〕作数日恶:忧郁好多天。

〔4〕朗拔:颖悟超群。

〔5〕桑榆:日落时光照桑榆树端,因以指日暮。此处比喻晚年,垂老之年。

〔6〕丝竹陶写:以音乐陶冶性情、抒泄情绪。

〔7〕恒恐:总是害怕。觉:发觉。

2.63 支道林常养数匹马。或言"道人畜马不韵"[1]。支曰:"贫道重其神骏[2]。"《高逸沙门传》曰:"支遁字道林,河内林虑人,或曰陈留人,本姓关氏。少而任心独往,风期高亮[3],家世奉法。尝于余杭山沉思道行[4],泠然独畅[5]。年二十五始释形入道[6]。年五十三终于洛阳。"

〔1〕畜马:养马。韵:是品藻常用语。在魏晋时的人物品藻中,韵多用于人伦品评之中。《世说新语》有高坐道人"风韵遒迈",阮孚"风韵流诞",王澄"风韵迈达"等。韵多用来形容对人的精神风度的赞美,是一种人格之美。它是魏晋名士审美风尚的体现。马主要用于骑乘,也是财富的象征,王济好马,马场费钱万计,马匹以金玉罗绮为饰。与此相比,支遁养马并非彰显其财富,而是重在品鉴马的骏健风姿,是一种审美需求。俗人不解,故曰"不韵"。此"韵"与"雅"之内涵接近。

〔2〕神骏:形容良马姿态雄健。

33

〔3〕风期:风度品格。

〔4〕道行:此指佛法,佛教教义。

〔5〕泠然:轻妙的样子。

〔6〕释形入道:指皈依成佛教徒。

2.70 王右军与谢太傅共登冶城[1],《扬州记》曰:"冶城,吴时鼓铸之所[2]。吴平,犹不废。王茂弘所治也[3]。"谢悠然远想,有高世之志[4]。王谓谢曰:"夏禹勤王,手足胼胝[5];《帝王世纪》曰:"禹治洪水,手足胼胝。世传禹病偏枯[6],足不相过,今称禹步是也。"文王旰食[7],日不暇给。《尚书》曰:"文王自朝至于日昃[8],不遑暇食[9]。"今四郊多垒[10],《礼记》曰:"四郊多垒,卿大夫之辱也。"宜人人自效[11]。而虚谈废务[12],浮文妨要[13],恐非当今所宜。"谢答曰:"秦任商鞅,二世而亡,《战国策》曰:"卫商鞅,诸庶孽子,名鞅,姓公孙氏。少好刑名学,为秦孝公相,封于商。"岂清言致患邪[14]?"

〔1〕王右军:王羲之字逸少,琅邪临沂(今山东临沂)人。官至右军将军,世称"王右军"。《言语》第62条注已见。谢太傅:谢安。《言语》第62条已见。

〔2〕鼓铸:鼓风扇火,冶炼金属,铸造器械或钱币。

〔3〕王茂弘:王导字茂弘。《言语》第31条已见。治,构筑,创建。

〔4〕高世:超脱世俗。

〔5〕胼胝:手掌、脚底因长期劳动而生的茧子。

〔6〕偏枯:偏瘫。

〔7〕旰食:晚食。指事务繁忙不能按时吃饭。

〔8〕日昃(zè仄):太阳偏西,约下午二时左右。

〔9〕遑(huáng皇):闲暇,余裕。暇食:坐食,悠然而食。

〔10〕垒:军壁,阵地上的防御工事。

〔11〕自效:自愿贡献才智和力量。

〔12〕废务:荒废职务。

〔13〕妨要:妨害要务。

34

〔14〕岂清言致患邪：魏晋时期，关于清谈的利弊，争议一直不断，观点大体分为两派。一是批评玄言清谈一派，代表人物有干宝、陶侃、卞壸、王羲之、王坦之、范宁等。他们认为老庄之语、玄言之谈甚为浮华，清谈妨害礼教，荒废政事，致使中原倾覆。而另一派则认为清谈并不妨碍政治，代表人物有王导、庾亮、谢安等，甚至帝室之中如元帝、明帝、简文帝也都喜清谈。

2.71 谢太傅寒雪日内集[1]，与儿女讲论文义。俄而雪骤[2]，公欣然曰："白雪纷纷何所似？"兄子胡儿曰：胡儿：谢朗小字也。《续晋阳秋》曰："朗字长度，安次兄据之长子[3]。安甚知之。文义艳发，名亚于玄[4]，仕至东阳太守。""撒盐空中差可拟。"兄女曰："未若柳絮因风起[5]。"公大笑乐。即公大兄无奕女[6]，左将军王凝之妻也[7]。《王氏谱》曰："凝之字叔平，右将军羲之第二子也。历江州刺史、左将军、会稽内史。"《晋安帝纪》曰："凝之事五斗米道[8]。孙恩之攻会稽[9]，凝之谓民吏曰：'不须备防，吾已请大道，许遣鬼兵相助，贼自破矣。'既不设备，遂为恩所害。"《妇人集》曰："谢夫人名道蕴，有文才。所著诗、赋、诔、颂传于世。"

〔1〕谢太傅：谢安，《言语》第62条已见。内集：家人聚会。

〔2〕俄而：不久。

〔3〕据：谢据，字据石，谢安次兄。

〔4〕玄：谢玄，字幼度，小字遏，陈郡阳夏（今河南太康）人。谢安长兄谢奕第三子。少颖悟，有经国才略。太元八年（383）与前秦苻坚战于淝水，大胜，封康乐县公。

〔5〕未若柳絮因风起：宋代陈善《扪虱新话》评论这个故事说："撒盐空中，此米雪（按：犹今言雪籽）也。柳絮因风起，此鹅毛雪也。然当时但以道蕴之语为工。予谓《诗》云：'相彼雨雪，先集维霰。'霰即今所谓米雪耳。乃知谢氏二句，当各有谓，固未可优劣论也。"但谢道蕴句惟妙惟肖，颇体尽大雪洋洋洒洒、舒阔迂远的状态。人们称誉谢道蕴的拟喻，正是他们追求神韵的无意识的体现。这也表明当时艺术风尚已经悄悄改变了。余嘉锡认为："二句虽各有谓，而风调自以道蕴

为优。"

〔6〕无奕:谢奕字无奕,谢安长兄。有德政,曾任豫州刺史。

〔7〕王凝之:字叔平,琅邪临沂(今山东临沂)人,王羲之次子。善书法,工草隶,笃信五斗米道。历任江州刺史、左将军、会稽内史等。隆安三年(399),孙恩攻会稽,为孙恩所害。王、谢二族后来交恶,王凝之与谢道韫离婚。道韫,刘孝标注引《妇人集》作"道蕴",误。

〔8〕五斗米道:早期道教主要流派之一,东汉顺帝时由张陵创立,入道者须交米五斗,故名。因尊张陵为天师,故又称天师道。东晋时孙恩、卢循曾以此道组织起义。

〔9〕孙恩:字灵秀,琅邪临沂(今山东临沂)人。世奉五斗米道。率众起事反晋廷,后被镇压。

2.76 支公好鹤[1],住剡东峁山[2]。《支公书》曰:"山去会稽二百里。"有人遗其双鹤[3],少时翅长欲飞。支意惜之,乃铩其翮[4]。鹤轩翥不复能飞[5],乃反顾翅,垂头。视之,如有懊丧意。林曰:"既有陵霄之姿[6],何肯为人作耳目近玩[7]?"养令翮成,置使飞去[8]。

〔1〕支公:支遁,世又称支公。《言语》第63条注已见。

〔2〕剡:水名,在今浙江嵊州市。

〔3〕遗:赠送。

〔4〕铩(shā 杀):剪除(鸟羽)。翮(hé 合):指鸟的翅膀。

〔5〕轩翥(zhù 注):飞举。

〔6〕凌霄之姿:飞入云霄的资质。支遁养鹤,与养马一样,都是重在对其风神气质的审美。鹤之翅本为其翱翔天际的本性而生,若是因为喜爱而剪除翅膀,固执留下,不仅伤害其天性,禁锢其自由,而且凌霄之姿亦不复见睹了。

〔7〕耳目近玩:身边供观赏的玩物。

〔8〕置:释放,放开。

2.81 王司州至吴兴印渚中看[1]。《王胡之别传》曰:"胡之字修龄,琅邪临沂人,王廙之子也。历吴兴太守,征侍中、丹阳尹、秘书监,并不就。拜使持节,都督司州诸军事、西中郎将、司州刺史。"《吴兴记》曰:"於潜县东七十里,有印渚,渚傍有白石山,峻壁四十丈。印渚盖众溪之下流也。印渚已上至县,悉石濑恶道[2],不可行船;印渚已下,水道无险,故行旅集焉。"叹曰:"非唯使人情开涤[3],亦觉日月清朗。"

〔1〕吴兴印渚:吴兴郡,辖境在今浙江杭州、德清一带。印渚在今桐庐县境内。

〔2〕石濑:有很多鹅卵石的急流浅滩。恶道:险恶的水道。

〔3〕开涤:开朗清爽。王胡之在对印渚的山水欣赏中,不仅认识到了自然山水能够使人的神情爽朗,形成一种审美的愉悦;还以审美的心胸去对待山水,品味日月清明,万物皆呈现美的意境。宗白华说:"心情的爽朗,使山川影映在光明净体中。"(《论〈世说新语〉和晋人的美》)

2.83 袁彦伯为谢安南司马[1],安南,谢奉。别见。都下诸人送至濑乡[2]。将别,既自凄惘[3],叹曰:"江山辽落[4],居然有万里之势[5]!"《续晋阳秋》曰:"袁宏字彦伯,陈郡人,魏郎中令焕六世孙也。祖猷,侍中。父勖,临汝令。宏起家建威参军,安南司马记室。太傅谢安赏宏机捷辩速[6],自吏部郎出为东阳郡[7],乃祖之于冶亭[8],时贤皆集。安欲卒迫试之[9],执手将别,顾左右取一扇而赠之。宏应声答曰:'辄当奉扬仁风,慰彼黎庶[10]。'合坐叹其要捷。性直亮[11],故位不显也。在郡卒。"

〔1〕袁彦伯:袁宏字彦伯,陈郡阳夏(今河南太康)人。少有逸才,文章绝美。著有《北征赋》《三国名臣颂》《后汉纪》《竹林名士传》等。谢安南:谢奉,曾任安南将军。《雅量》第33条刘孝标注引《晋百官名》曰:"谢奉字弘道,会稽山阴人。"《谢氏谱》曰:"奉祖端,散骑常侍。父凤,丞相主簿。奉历安南将军、广州刺史、吏部尚书。"

〔2〕都下:京都建康。濑乡:在今江苏溧阳市境内。

〔3〕既自:已经。

〔4〕辽落:辽远疏阔。

〔5〕居然:显然。

〔6〕机捷辩速:谈机敏捷,辩答迅速。魏晋时人善于清谈,也重视敏捷。《言语》中多有此种应声而答的机巧警句。在谈论中以精妙语言应答或反驳,言辞华美,声韵铿锵,反映出晋人的言谈之美和文思之美。

〔7〕出为:出任,外任。

〔8〕祖:饯别,饯行。冶亭:位于建康(今江苏南京)城东汝南湾,临秦淮河。

〔9〕卒(cù 促)迫:仓促,突然。卒,通"猝"。

〔10〕黎庶:百姓,民众。

〔11〕直亮:正直信实。

2.85 桓征西治江陵城甚丽[1],盛弘之《荆州记》曰:"荆州城临汉江,临江王所治[2]。王被征,出城北门而车轴折,父老泣曰:'吾王去不还矣!'从此不开北门。"会宾僚出江津望之[3],云:"若能目此城者有赏[4]。"顾长康时为客[5],在坐,目曰:"遥望层城[6],丹楼如霞。"桓即赏以二婢。

〔1〕桓征西:桓温,曾任征西大将军、荆州刺史。《言语》第55条注已见。《荆州府志》云:"晋永和元年,桓温督荆州,镇夏口,八年还江陵,始大营城墙。"

〔2〕临江王:西汉临江王刘荣,汉景帝庶长子,曾为皇太子,后废为临江王。《汉书》记载,刘荣因占地为宫,被朝廷征入长安,众人在江陵城北门饯行。荣上车而车轴折断。

〔3〕宾僚:宾客幕僚。江津:江边渡口。

〔4〕目:品目,品题。

〔5〕顾长康:顾恺之字长康。《言语》第57条已见。

〔6〕层城:高峻的城墙。此二句形容城墙高耸入云,新城楼颜色艳丽如云霞。顾恺之是东晋著名的画家,对绘画、建筑艺术有独特的认识和体会,此句品题

之语有如其笔下画卷,充满了画意。

2.88 顾长康从会稽还[1],人问山川之美,顾云:"千岩竞秀,万壑争流,草木蒙笼其上[2],若云兴霞蔚[3]。"丘渊之《文章录》曰"顾恺之字长康,晋陵人。父说,尚书左丞。恺之,义熙初为散骑常侍。"

〔1〕顾长康:顾恺之字长康,《言语》第57条已见。从会稽还:据《晋书》记载,顾恺之家住会稽,时为荆州刺史殷仲堪参军,休假后自会稽还荆州。
〔2〕蒙笼:笼罩,覆盖。
〔3〕蔚:荟聚,指云气弥漫。顾恺之对山水之美有独特感受,他以富于才藻的语辞品评出来,触起人们对绚烂山水之色的想象和向往。

2.91 王子敬曰[1]:"从山阴道上行[2],《会稽土地志》曰:"邑在山阴,故以名焉。"山川自相映发[3],使人应接不暇。若秋冬之际,尤难为怀[4]。"《会稽郡记》曰:"会稽境特多名山水,峰崿隆峻[5],吐纳云雾。松栝枫柏,擢干竦条[6],潭壑镜彻[7],清流泻注。王子敬见之曰:'山水之美,使人应接不暇。'"

〔1〕王子敬:王献之字子敬,琅邪临沂(今山东临沂)人,王羲之第七子。起家州主簿、秘书郎,累迁至中书令。为人高迈不羁,是一时风流之冠,工书法,与其父王羲之合称"二王"。
〔2〕山阴道:山阴,县名。六朝时期山阴道在会稽城西南郊外,东晋初年,渡江世族多聚居于此,其沿途山川风景常为士人吟咏欣赏。
〔3〕映发:辉映衬托。
〔4〕尤难为怀:更加让人难以表达美景给人的感受。怀:心情,感受。
〔5〕崿(è饿):山崖。
〔6〕擢(zhuó卓)干竦(sǒng耸)条:形容树木、枝条挺拔直上。擢,拔,竖立。竦,高耸。
〔7〕镜彻:像镜子一样明净透彻。

39

2.92 谢太傅问诸子侄[1]:"子弟亦何预人事[2],而正欲使其佳[3]?"诸人莫有言者,车骑谢玄答曰[4]:"譬如芝兰玉树[5],欲使其生于阶庭耳。"

〔1〕谢太傅:谢安。《言语》第62条已见。
〔2〕预:相干,关涉。人事:自己的事。
〔3〕正欲:只是想。佳:突出,优秀。
〔4〕车骑:谢玄,谢奕子,谢安侄,曾官车骑将军。《言语》第71条已见。
〔5〕芝兰玉树:指优秀子弟。芝兰,芷和兰,两种香草。芝,通"芷"。玉树,传说中的仙树。魏晋时期,门阀士族十分重视子弟的教育,优秀的子弟也是家族利益的守护者和传承者。谢安早年隐居不欲仕进,后来也是为了家族利益才出仕。他的问话包含着对晚辈的殷殷之望。谢玄的回答,正中要领,体现了他良好的素养和敏捷的反应。

2.98 司马太傅斋中夜坐[1],《孝文王传》曰:"王讳道子,简文皇帝第五子也。封会稽王,领司徒、扬州刺史,进太傅。为桓玄所害[2],赠丞相。"于时天月明净,都无纤翳[3]。太傅叹以为佳。谢景重在坐[4],《续晋阳秋》曰:"谢重字景重,陈郡人。父朗[5],东阳太守。重明秀有才会[6],终骠骑长史。"答曰:"意谓乃不如微云点缀。"太傅因戏谢曰:"卿居心不净,乃复强欲滓秽太清邪[7]?"

〔1〕司马太傅:司马道子,简文帝司马昱之子。初封琅邪王,改封会稽王。曾任司徒、扬州刺史、徐州刺史、录尚书、假节都督中外诸军事、太子太傅等,因称"司马太傅"。安帝时,司马道子总揽朝政,任用王国宝专制朝廷。后又委政于其子司马元显。桓玄起兵杀元显,道子亦被杀。
〔2〕桓玄:字敬道,一名灵宝,桓温少子。隆安二年(398),王恭起兵反对专擅朝政的司马道子与司马元显,桓玄举兵响应。元兴元年(402),率军攻入京都

建康,诛司马元显。次年十二月桓玄代晋自立,国号楚;后被刘裕所破,败奔益州,途中被杀。

〔3〕纤翳:微小的障蔽,多指浮云。

〔4〕谢景重:陈郡阳夏(今河南太康)人,时为会稽王司马道子长史。

〔5〕朗:谢朗,《言语》第71条注已见。

〔6〕才会:才思和悟性。

〔7〕乃复:居然,竟然。滓秽:玷污。太清:天空。古人认为天是有清气之质聚集而成,遂称天空为太清。按:司马道子欣赏"天月明净,都无纤翳",其实是在赏味一种明净清拔的人格境界。宋代诗人苏轼《六月二十日夜渡海》诗有"云散月明谁点缀,天容海色本澄清",两者颇有相合之处。谢重以为"不如微云点缀",则是侧重于赏玩一种朦胧的艺术氛围。

2.108 谢灵运好戴曲柄笠[1],丘渊之《新集录》曰:"灵运,陈郡阳夏人。祖玄,车骑将军。父涣,秘书郎。灵运历秘书监、侍中、临川内史。以罪伏诛。"**孔隐士谓曰:"卿欲希心高远**[2]**,何不能遗曲盖之貌**[3]**?"**《宋书》曰:"孔淳之字彦深,鲁国人。少以辞荣就约[4],征聘无所就。元嘉初,散骑郎征,不到,隐上虞山。"**谢答曰:"将不畏影者未能忘怀**[5]。"《庄子》云:"渔父谓孔子曰:'人有畏影恶迹而去之走者,举足逾数而迹逾多,走逾疾而影不离,自以尚迟,疾走不休,绝力而死。不知处阴以休影,处静以息迹,愚亦甚矣!子修心守真,还以物与人,则无异矣。不修身而求之人,不亦外事者乎?'"[6]

刘辰翁点评说:"对易问难,他人无此怀也。"意思是能问出这样的问题,比回答这个问题要难,除了谢灵运谁又有这样的情怀呢?

〔1〕谢灵运:小名客儿,谢玄之孙,袭爵康乐公,人亦称谢康乐。少好学,有盛名,初为晋琅邪王大司马行参军,南朝宋时为永嘉太守,不久去官,移居会稽,好游山水。有文才,其诗多写山水,风格清新,盛传一时。南朝宋文帝元嘉十年(433),被诬谋反,流放广州,后被杀。曲柄笠:形状类似曲盖的斗笠。按:曲盖是官员出行时仪仗所用的曲柄伞。

〔2〕希心:向往。高远:指远离纷争俗世的隐士心态和生活。

〔3〕遗:放弃。曲盖之貌:指用戴曲柄笠方式自我标榜的形象。

〔4〕辞荣就约:远离尊荣的生活,过简单的日子。

〔5〕将不畏影者未能忘怀:莫不是害怕影子的人不能忘记那影子吧。将不,将无,指莫非、莫不是。

〔6〕《庄子》云数句:出自《庄子·渔父》。《庄子》认为,谨慎修身,保持本真,使人与物各自还归自然,便不会为物所累。从《庄子》文意的角度解读谢灵运的意思,意谓只要内心真的淡退了,就算带着招摇的帽子也无所谓。这种思想与《言语》第48条高僧竺法深的思想相近。"竺法深在简文坐,刘尹问:'道人何以游朱门?'答曰:'君自见其朱门,贫道如游蓬户。'"不过,从谢灵运一生行事来看,他并不是真正想隐的人,也没有真正地超脱,所以他的话实为文饰之辞。

【归纳探究】

《世说新语·言语》门所记的人物中,你最喜欢哪一位(几位)?请结合文中的内容简述你喜欢他(们)的理由。

提示:我最喜欢谢安。如2.71所记录的故事,谢太傅在寒雪日召集子侄辈讲论文义,表现出他高雅的生活情趣和对子弟教育的重视。在谢朗和谢道韫分别说出不同的咏雪诗句时,他没有直接评价,而只是"大笑乐",可看出他懂得教育方法,能保护孩子的自尊心。

政事第三

【导读】

　　本门记述了魏晋时期官员处理政事的故事，阐发了以仁德治国的政治主张。

　　3.15 丞相末年[1]，略不复省事[2]，正封箓诺之[3]。自叹曰："人言我愦愦，后人当思此愦愦[4]。"徐广《历纪》曰："导阿衡三世[5]，经纶夷险[6]，政务宽恕，事从简易，故垂遗爱之誉也[7]。"

　　〔1〕丞相：王导，《言语》31条已见。

　　〔2〕略不：全不。省事：指处理政务。省，查看、检查。

　　〔3〕正封箓诺之：此句言王导晚年较少干预政事，只是做一些封缄簿籍、画押文书等小事。正，只。箓(lù 录)，簿籍、文书等。诺，画诺。古时批"诺"字于公文之尾，表示同意、许可。

　　〔4〕愦愦：昏庸，糊涂。王导为政清净简易，"后人当思此愦愦"，即王导对己为政理念的自信。陈寅恪认为，江东本地吴姓和过江中原士族在政治倾向上有着本能的对立，而在现实处境上，中原士族又必须得到江东吴姓的支持。在这种背景下，处于东晋政权核心的士族文人敏锐地意识到联系和笼络江东大族的重要性，因此采用宽松的政治策略来保持东晋的稳定局面。这是十分必要的。王导的这种"愦愦"之政，受到殷羡、谢安等的称赞，却也为一些人所不理解。如《政事》第14条云："丞相尝夏月至石头看庾公。庾公正料事，丞相云：'暑可小简之。'庾

公曰：'公之遗事，天下亦未以为允。'"庾亮在酷暑天气仍勤勉办公，王导劝他可"小简之"，庾亮却以为王导省简宽容的理政方针，"天下亦未以为允"。关于王导的政治智慧与意义，可参阅陈寅恪《述东晋王导之功业》。

〔5〕阿(ē 俄阴平)衡：商代官名。伊尹曾任商汤阿衡，后引申为辅佐帝王。

〔6〕经纶：原意指整理丝缕、编丝成绳，后引申为治理国政。夷险：平坦与险阻，此指国家危难。

〔7〕垂：留下。遗爱：留于后世恩惠、贡献等。

3.18 王、刘与林公共看何骠骑[1]，骠骑看文书不顾之[2]。《晋阳秋》曰："何充与王濛、刘惔好尚不同[3]，由此见讥于当世。"王谓何曰："我今故与林公来相看，望卿摆拨常务[4]，应对玄言[5]，那得方低头看此邪？"何曰："我不看此，卿等何以得存？"诸人以为佳[6]。

〔1〕王、刘与林公：王濛、刘惔、支道林。王濛字仲祖，小字阿奴，太原晋阳（今山西太原西南）人。司徒王导辟为掾，出补长山令，徙中书郎。会稽王司马昱辅政，为"入室之宾"，后转司徒左长史。温润恬和，能言理，善隶书，与刘惔并为东晋风流之宗。刘惔，《言语》第48条已见。《赏誉》第87条云："刘尹每称王长史云：'性至通而自然有节。'"林公，支遁，《言语》第63条注已见。何骠骑：何充字次道，庐江灊（今安徽霍山东北）人。官至中书监、骠骑将军、录尚书事，因称何骠骑。看：看望，拜访。

〔2〕看：审阅。顾：回头看，引申为理会。

〔3〕好尚：爱好。王、刘、林公等人好清谈，而何充勤理政事，无意清言。

〔4〕摆拨：撇开，摆脱。

〔5〕玄言：一作"共言"，一起谈论。

〔6〕诸人以为佳：这也是士人对玄言与政务的看法。《晋书·熊远传》记载熊远所述当时风气："今当官者以理事为俗吏，奉法为苛刻，尽礼为谄谀，从容为高妙，放荡为达士，骄蹇为简雅。""应对共言，虽负清高之名，但官吏终究得亲吏事，国计民生亦非清言能济。遗落世务，资待无由，人何以得存？此王、刘诸人所以叹

何充之言为佳也。"(参见龚斌《世说新语校释》)

【归纳探究】

　　《世说新语·政事》门体现出怎样的为政思想？请从两个故事中任选其一说说你的理解。

　　提示：《政事》18中王濛、刘惔、支道林去看望何充时，何充一直在处理政务，体现出为官应当勤勉政务、关注民生的为政思想。

文学第四

【导读】

《世说新语·文学》门是第四门,专门记述了与文学相关的故事。有的是对古诗文中某一两句的赞赏,也有对一书、一文的评价;有的直接谈论是非得失,有的借讨论问题间接流露自己的看法。另外还有一些探讨问题的问答,也因受到编纂者的赏识而收录进来。

4.1 郑玄在马融门下[1],融《自叙》曰:"融字季长,右扶风茂陵人。少而好问,学无常师。大将军邓骘召为舍人[2],弃,游武都[3]。会羌虏起,自关以西道断[4]。融以谓古人有言:'左手据天下之图,而右手刎其喉,愚夫不为。'何则?生贵于天下也[5]。岂以曲俗咫尺为羞[6],灭无限之身哉?因往应之,为校书郎,出为南郡太守。"三年不得相见,高足弟子传授而已[7]。尝算浑天不合[8],诸弟子莫能解。或言玄能者[9],融召令算,一转便决[10],众咸骇服[11]。及玄业成辞归,既而融有"礼乐皆东"之叹[12]。《高士传》曰:"玄字康成,北海高密人。八世祖崇,汉尚书。"《玄别传》曰:"玄少好学书数[13],十三诵五经[14],好天文占候、风角隐术[15]。年十七,见大风起,诣县曰:'某时当有火灾。'至时果然,智者异之。年二十一,博极群书,精历数、图纬之言[16],兼精算术。遂去吏[17],师故兖州刺史第五元先[18]。就东郡张恭祖受《周礼》《礼记》《春秋传》[19]。周流博观,每经历山川,及接颜一见,皆终身不忘。扶风马季长以英儒著名,玄往从之,参考同异。季长后戚[20],嫚于待士[21],玄不得见,住左右,自起精庐[22],既因绍介得通[23]。时涿郡卢子幹为门人冠首[24],季长又不解剖裂七事[25],玄思得五,子幹得三。季长谓子幹曰:'吾与汝皆弗如也。'季长临别,执玄手曰:'大道东矣,子勉之!'后遇党锢[26],隐居著述,凡百余万言。大将军何进辟玄[27],乃缝掖相见[28]。玄长八尺余,须眉美秀,姿容甚伟。进待以宾礼,授以几杖[29]。玄多所匡正,不用而退。袁绍辟玄[30],及去,饯之城东[31],欲玄必醉。会者三百余人,皆离席奉觞,自旦及莫[32],度玄饮三百余杯,而温克之容[33],终日无怠。献帝在许都[34],征为大司农[35],行至元城卒。"恐玄擅名而心忌焉[36]。玄亦疑有追,乃坐桥下,在水上据屐[37]。融果转式逐之[38],告左右曰:"玄在土下水上而据木,此必死矣。"遂罢追。玄竟以得免。马融海内大儒,被服仁义[39]。郑玄名列门人,亲传其业,何猜忌而行鸩毒乎[40]?委巷之言[41],贼夫人之子[42]。

〔1〕郑玄:字康成,东汉北海高密(今山东高密西南)人。受业于第五元先、张恭祖,后游学于马融门下。郑玄淹贯五经,包罗众家,是汉代经学的集大成者,号称"郑学"。马融:字季长,东汉扶风茂陵(今陕西兴平东北)人,名将马援从孙。博通经籍,遍注儒家经典,旁及《老子》《淮南子》等书,世称通儒。

〔2〕邓骘(zhì 至):字昭伯,东汉南阳新野(今属河南)人,汉和帝皇后之兄。官至大将军,封上蔡侯。舍人:官名。公府之属官。

〔3〕武都:治所在今甘肃陇南市成县境内。

〔4〕关:指函谷关。

〔5〕生贵于天下也:生,一作"身"。生命贵于世间其他事物。马融客游武都,正值羌人侵犯,关陇一带社会动荡不安,故马融感喟"生贵于天下",认为不能因害怕乡曲之士嘲笑而遭性命之忧,便应召做了官。按:"古人"之言盖本于《淮南子》,其思想源于老、庄。这是马融接受老、庄达生思想的表现,是汉末士风转变中比较典型的例子。

〔6〕曲俗:乡曲之见,浅陋之见。

〔7〕高足弟子:优秀门生。按:转相授受从西汉董仲舒开始便存在。经师选择少数高足弟子给其他弟子传授学业,逐次相传,以解决弟子众多而经师一人难以遍教的问题。郑玄初在马融门下,亦是受教于高足弟子,故三年未能与马融相见。

〔8〕浑天:我国古代的一种宇宙理论。东汉张衡《浑仪注》曰:"浑天如鸡

47

子。天体圆如弹丸,地如鸡子(按:即鸡蛋)中黄,孤居于内,天大而地小。天表里有水,天之包地,犹壳之裹黄。天地各乘气而立,载水而浮。"文中"算浑天"指演算天文学中的算术问题。

〔9〕或:某人,有的人。

〔10〕转:转动计算用具进行推算。

〔11〕骇服:惊叹佩服。

〔12〕礼乐皆东:儒家的经典学问都被带到了东方。郑玄是北海高密人,在东方。郑玄学成东归,东方便成了讲授礼乐的中心。

〔13〕书数:"六艺"中的六书、九数之学。

〔14〕五经:五部儒家经典,即《诗》《书》《易》《礼》《春秋》。

〔15〕天文占候:视天象变化以预言人事吉凶。风角隐术:根据风向、风力、风速、风色以及起风时间等来预测人事吉凶。占候、隐术:指预言吉凶的占卜之术。当时亦有称"风角占候"者,指风角这种方术。

〔16〕历数:天道、天运,指星象运行的轨道及周期。古人以此观盛衰兴亡的气数。图纬:图谶和纬书。

〔17〕去吏:辞去吏职。郑玄曾为乡啬夫。《后汉书·党锢传·杜密》:"(杜密)行春到高密县,见郑玄为乡佐,知其异器,即召署郡职,遂遣就学。"此乡佐即乡啬夫一职,主管收税。

〔18〕第五元先:第五元先,京兆人,曾任兖州刺史。事迹不详。

〔19〕张恭祖:张恭祖,东郡聊城(今山东聊城)人,东汉末年经学家。

〔20〕后戚:皇后的亲戚。马融是汉明帝马皇后的从侄。

〔21〕嫚:轻慢,待人不尽礼数。

〔22〕精庐:学舍。

〔23〕绍介:介绍人,引荐人。

〔24〕卢子幹:卢植字子幹,东汉涿郡涿(今属河北)人。少时师事马融。灵帝时征为博士,后任九江太守,以北中郎将率军镇压黄巾起义。著有《尚书章句》《三礼解诂》等,俱亡佚。冠首:排在首位。

〔25〕剖裂:《太平广记》卷一百六十九作"剖裂书"。其详不可考。

〔26〕党锢:东汉桓帝、灵帝时期士大夫与太学生反对宦官专权而遭禁锢不得

出仕的政治事件。郑玄也在被禁之列。

〔27〕何进：字遂高，东汉南阳宛(今河南南阳)人。东汉灵帝何皇后之兄，官至大将军，总揽朝政。

〔28〕缝掖：大袖单衣，古儒者所服。缝掖相见，指以儒服相见。

〔29〕几杖：凭几与手杖，皆老者所用，古常用为敬老之物。

〔30〕袁绍：字本初，东汉汝南汝阳(今河南商水西北)人，出身世家大族。灵帝时被大将军何进聘为掾属，后为侍御史、虎贲中郎将。袁绍劝何进召董卓进京，董卓入京废少帝，袁绍出奔冀州。初平元年(190)，起兵讨董卓，号车骑将军，领司隶校尉。后据有冀、青、幽、并四州。连年兴兵与曹操争战。建安五年(200)，双方决战于官渡(今河南中牟东北)，大败，后病死。

〔31〕饯：设酒食送行。古代一种礼仪。

〔32〕自旦及莫：从早到晚。莫，"暮"的本字。

〔33〕温克：谓醉酒后能蕴藉自持，后亦谓人持有温和恭敬的态度。

〔34〕献帝：汉献帝刘协，东汉最后一位皇帝。公元189—220年在位。被曹操挟制，迁都于许(在今河南许昌)。

〔35〕大司农：官名。汉武帝时更大农令为大司农，位列九卿，掌全国租赋和财政收支。东汉末年职权已虚化，是尊荣性的官职，没有实际事务。

〔36〕擅名：独揽名声。

〔37〕在水上据屐：谓穿着木屐躲在水边。水上，水边。

〔38〕转式：式，通"栻"，占卜之具，上盘圆形，象天，下盘方形，象地。转式，即旋转式盘推演吉凶。按：下文马融推算的结果是郑玄在"土下水上而据木"，把"土下"理解为埋在地下，把"水上"理解为黄泉之上，把"据木"理解为装在棺材里，因此认为郑玄已死。其实这是同样精通占卜的郑玄故意诱导马融落入圈套的结果。古代的桥多以土石为之，郑玄穿着木屐躲在桥下水边，也正是"土(土桥)下""水(河水)上""据木(木屐)"的状态。

〔39〕被服：信奉。

〔40〕鸩毒：以毒酒害人，引申为毒害。

〔41〕委巷：僻陋曲折的小巷，借指见识不高的小地方，引申为僻陋、鄙俗之意。

〔42〕贼夫人之子:指害了人家的孩子。语出《论语·先进》:"子路使子羔为费宰。子曰:'贼夫人之子!'"常用于对错误导向者的斥责。此处指《高士传》述马融害玄之事为骰乱视听之词。《言语》第5条亦有"贼夫人之子"之用,可参见。贼,诋毁。夫,这,那。

4.2 郑玄欲注《春秋传》[1],尚未成时,行与服子慎遇宿客舍[2],先未相识,服在外车上与人说己注《传》意。《汉南纪》曰:"服虔字子慎,河南荥阳人。少行清苦,为诸生[3],尤明《春秋左氏传》[4],为作训解。举孝廉,为尚书郎、九江太守。"玄听之良久,多与己同。玄就车与语曰[5]:"吾久欲注,尚未了。听君向言[6],多与吾同。今当尽以所注与君[7]。"遂为服氏《注》[8]。

李贽点评说:"便是大贤心事。"(《初潭集·师友·六经子史》)

〔1〕《春秋传》:《春秋》,相传为孔子在鲁国的编年史的基础上删订而成。传,注释,解说。《春秋》有《左氏传》《公羊传》《穀梁传》三《传》,此指《左氏传》,相传为鲁国左丘明所作。

〔2〕遇宿客舍:在同一家客店中住宿而相遇。

〔3〕诸生:汉代太学生,西汉称"博士弟子",东汉称"诸生"或"太学生"。

〔4〕明:精通。

〔5〕就车:登车。就,靠近,接近。

〔6〕向言:刚才所言。

〔7〕尽以所注与君:将我所注的内容全部都给你。

〔8〕服氏《注》:即服虔的《春秋左氏传解谊》。

该书今佚,清马国翰辑佚为四卷。

4.3 郑玄家奴婢皆读书。尝使一婢,不称旨[1],将挞之[2]。方自陈说[3],玄怒,使人曳著泥中[4]。须臾[5],复有一婢来,问曰:"胡为乎泥中[6]?"卫《式微》诗也。毛公曰:"泥中,卫邑名也。"答曰:"薄言往愬,逢彼之怒。[7]"卫《邶·柏舟》之诗[8]。

〔1〕称旨:称意,称心。
〔2〕挞:用鞭子或棍子打。
〔3〕方:正要,将要。
〔4〕曳著泥中:拖拽至泥水坑中。
〔5〕须臾:一会儿。
〔6〕胡为乎泥中:出自《诗经·邶风·式微》:"式微式微,胡不归?微君之躬,胡为乎泥中?"这原本是人民苦于劳役而抒发的埋怨之辞。此处断章取义,仅用字面意思,询问为何站在泥水坑中。
〔7〕"薄言往愬"二句:出自《诗经·邶风·柏舟》:"我心匪鉴,不可以茹。亦有兄弟,不可以据。薄言往愬,逢彼之怒。"这原本是妇女自伤不得于夫、见侮于众妾的诗,表达了无可告诉的委曲忧伤。这里也是仅用字面意思,表达自己想要辩解陈述,主人却发怒的意思。这种断章取义引用《诗经》的方式,在春秋时期,尤其是外交辞令中比较常见。两位婢女问答,风趣幽默,令人不由地想象淹贯"五经"的大学者郑玄的形象。
〔8〕卫《邶·柏舟》:《邶风·柏舟》所写之事与卫国有关,故前蒙以"卫"字。前文"卫《式微》"同此。

4.4 服虔既善《春秋》,将为注,欲参考同异;闻崔烈集门生讲传[1],挚虞《文章志》曰:"烈字威考,高阳安平人,骃之孙,瑗之兄子也。灵帝时,官至司徒、太尉,封阳平亭侯。"遂匿姓名,为烈门人赁作食[2]。每当至讲时,辄窃听户壁间[3]。既知不能逾己,稍共诸生叙其短长[4]。烈闻,不测

51

何人^[5]，然素闻虔名，意疑之。明旦往^[6]，及未寤^[7]，便呼："子慎！子慎！"虔不觉惊应^[8]，遂相与友善。

〔1〕崔烈：字威考，东汉涿郡安平（今河北安平县）人。历位郡守、九卿，被誉为冀州"名士"。家传《春秋》之学，常为门生讲授《左传》。传：解释，解说。

〔2〕赁作食：指受雇给人做饭。赁，出卖劳力，受雇。

〔3〕窃听户壁间：在门窗墙边偷听。

〔4〕稍共诸生叙其短长：渐渐地与诸学生评论短长。诸生，此指崔烈的门生。诸，这些。

〔5〕不测：难以测度。

〔6〕明旦：第二天早晨。旦，通"早"。

〔7〕未寤：没睡醒的时候。

〔8〕惊应：惊醒并答应。

4.10 何晏注《老子》未毕^[1]，见王弼自说注《老子》旨^[2]。何意多所短^[3]，不复得作声，但应诺诺^[4]，遂不复注，因作《道德论》^[5]。《文章叙录》曰："自儒者论以老子非圣人，绝礼弃学^[6]。晏说与圣人同，著论行于世也。"

〔1〕何晏：字平叔，南阳宛（今河南南阳）人，汉大将军何进之孙。以母再嫁曹操，成为曹操养子，后娶魏金乡公主，赐爵列侯。曹魏后期党附曹爽，正始十年（249），与曹爽同为司马懿所杀。好老、庄，与夏侯玄、王弼等倡导玄学，开魏晋清谈风气。

〔2〕王弼：字辅嗣，山阳高平（今山东邹城西南）人。魏晋玄学的代表人物之一。著有《老子注》《周易注》等。

〔3〕何意多所短：何晏的《老子》注义多不及王弼之说。

〔4〕但：只是。诺诺：连声应诺。按：《文学》第6条云："何晏为吏部尚书，有位望，时谈客盈坐，王弼未弱冠往见之，晏闻弼名，因条向者胜理语弼曰：'此理

仆以为理极,可得复难不?'弼便作难,一坐人便以为屈,于是弼自为客主数番,皆一坐所不及。"王弼首先剖析何晏自以为无法再深入的义理,然后又自我论难,把义理推到更加卓绝的地步,充分体现了高妙的见识。又有《魏氏春秋》曰:"弼论道约美不如晏,自然出拔过之。"何晏的文辞美,王弼见解新颖出众。何晏自弃其注而推王弼,是晋人崇尚思理的体现。

〔5〕《道德论》:按《文学》第7条云:"何平叔注《老子》始成,诣王辅嗣。见王注精奇,乃神伏曰:'若斯人,可与论天人之际矣!'因以所注为《道德二论》。"此为一事,而文字与这一则稍有不同。余嘉锡认为,这是因为刘义庆当时看到了两种版本的纪录,因不能确定孰是孰非,所以并存(参见《世说新语笺疏》)。

〔6〕绝礼弃学:按《老子》第十九章曰:"绝圣弃智,民利百倍;绝仁弃义,民复孝慈;绝巧弃利,盗贼无有。"即"绝礼弃学"之意。

4.14 卫玠总角时问乐令"梦"[1],乐云"是想"。卫曰:"形神所不接而梦[2],岂是想邪?"乐云:"因也[3]。未尝梦乘车入鼠穴,捣齑啖铁杵[4],皆无想无因故也。"《周礼》有六梦:一曰正梦,谓无所感动,平安而梦也。二曰噩梦,谓惊愕而梦也。三曰思梦,谓觉时所思念也。四曰寤梦,谓觉时道之而梦也。五曰喜梦,谓喜说而梦也。六曰惧梦,谓恐惧而梦也。按乐所言"想"者,盖思梦也。因者,盖正梦也。卫思"因",经日不得,遂成病。乐闻,故命驾为剖析之[5]。卫既小差[6]。乐叹曰:"此儿胸中当必无膏肓之疾[7]。"《春秋传》曰:"晋景公有

宗白华说:"卫玠姿容极美,风度翩翩,而因思索玄理不得,竟至成病,这不是柏拉图所说的富有'爱智的热情'么?"

疾,求医于秦,秦伯使医缓为之[8]。未至,公梦疾为二竖子[9]。曰:'彼,良医也,惧伤我焉!'其一曰:'居肓之上,膏之下,若我何?'医至,曰:'疾不可为也!在肓之上,膏之下,攻之不可达,刺之不可及,药不至焉。'公曰:'良医也。'"注:"肓,鬲也。心下为膏。"

〔1〕卫玠:《言语》第32条已见。总角:古时儿童束发为两结,向上分开,形状如角,故称总角。借指童年。乐令:乐广,曾任尚书令,人称"乐令"。《德行》第23条已见。

〔2〕形神所不接而梦:即无想、无思、无见之事物来入梦。

〔3〕因:乐广对"因"并未细说,以至于卫玠思之成病。刘孝标注"因者,盖正梦也",也颇难解释。钱锺书认为:"盖心中之情欲、忆念,概得曰'想',则体中之感觉受触,可名曰'因'。当世西方治心理者所谓'愿望满足'及'白昼遗留之心印',想之属也;所谓'睡眠时之五官刺激',因之属也。"(《管锥编》第二册第751页,三联书店2007年版2014年重印)可以帮助理解梦之"想"与"因"。

〔4〕齑(jì 记):切成细末的腌菜或酱菜。

〔5〕命驾:命人驾车马,谓立即动身。

〔6〕小差:疾病稍愈。

〔7〕膏肓(huāng 荒)之疾:指难以医治的疾病,引申为难以救药的失误或缺点。此处指卫玠心中有疑问必求剖析而后已,因此心思通透,没有疑惑。

〔8〕秦伯:周有公、侯、伯、子、男五等爵,秦国君主乃伯爵,故称秦伯。此事见载于《春秋左氏传》成公十七年,秦伯乃秦桓公。缓:医生名缓。

〔9〕竖子:儿童。此处指晋景公梦见疾病化作两个小孩。

4.18 阮宣子有令闻[1],太尉王夷甫见而问曰[2]:"老、庄与圣教同异[3]?"对曰:"将无同[4]?"太尉善其言,辟之为掾[5]。世谓"三语掾"。卫玠嘲之曰[6]:"一言可辟,何假于三[7]?"宣子曰:"苟是天下人望[8],亦可无言而辟,复何假一?"遂相与为友[9]。《名士传》曰:"阮修字宣子,陈留尉氏人。好《老》《易》,能言理。不喜见俗人,时误相逢[10],即舍去。傲然无营[11]，家无儋石之储[12]，晏如也[13]。琅邪王处仲为鸿胪卿[14]，谓曰：'鸿胪丞差有禄[15]，卿常无食，能作不？'修曰：'为复可耳[16]。'遂为鸿胪丞、太子洗马。"

〔1〕阮宣子：阮修字宣子。一说作阮瞻。阮瞻字千里，陈留尉氏（今河南尉氏）人，"竹林七贤"阮咸之子，《德行》第23条已见。令闻：美好的声誉。

〔2〕王夷甫：王衍字夷甫，琅邪临沂（今山东临沂）人。是当时清谈的领袖。《言语》第23条注已见。

〔3〕圣教：旧称尧、舜、周文、周武、周公、孔子的教导。

〔4〕将无同：恐怕是相同的吧。将无，口气舒缓之词，莫非。按：阮氏模棱两可的回答，有调和儒、道之意，依据本体的"无"义而主张儒道同，正是魏晋之际的流行思想。

〔5〕辟：礼聘。掾：官府中佐助官吏的通称。

〔6〕卫玠：《言语》第32条已见。

〔7〕假：借用，利用。

〔8〕人望：为众人所仰望的人。

〔9〕相与为友：阮宣以"将无同"三语被辟为属掾，卫玠又言"一言可辟"，晋人崇尚言语简约精妙，注重在文字之中寻求深奥含蕴的思致之趣。二人思想趣味相投，故相与为友。

〔10〕误相逢：指无意相逢。误，无意。

〔11〕营：谋求。

〔12〕儋石：此指少量的粮食。儋，量词，一人之所负担为一儋。《汉书》"一石为石，再石为儋"。

〔13〕晏如：轻松恬淡。

〔14〕王处仲：王敦字处仲，琅邪临沂（今山东临沂）人，王导从兄，尚晋武帝女襄城公主。与王导一起拥立晋元帝建立东晋，历扬州刺史、都督征伐诸军事，拜侍中、大将军、江州、荆州牧等，晚年手握重兵屯据武昌。后元帝重用刘隗、刁协、戴渊等以牵制之。敦遂起兵，以讨伐刘隗等为名，率兵进攻京师。胜利后，自任丞相，还屯武昌，遥控朝政。明帝时，移镇姑孰（今安徽当涂），再次举兵，不久病死

于军中。鸿胪卿:官名。掌管朝贺庆吊时的相关礼仪。

〔15〕鸿胪丞:鸿胪卿属官。差有禄:稍微还有一点点俸禄。差,稍微。

〔16〕为复:还是。

4.19 裴散骑娶王太尉女[1]。婚后三日,诸婿大会,《晋诸公赞》曰:"裴遐字叔道,河东人。父纬,长水校尉。遐少有理称[2],辟司空掾、散骑郎。"《永嘉流人名》:"衍字夷甫,第四女适遐也。"当时名士,王、裴子弟悉集[3]。郭子玄在坐[4],挑与裴谈。子玄才甚丰赡,始数交未快[5]。郭陈张甚盛[6],裴徐理前语[7],理致甚微,四坐咨嗟称快[8]。邓粲《晋纪》曰:"遐以辩论为业,善叙名理,辞气清畅,泠然若琴瑟。闻其言者,知与不知,无不叹服。[9]"王亦以为奇,谓诸人曰:"君辈勿为尔,将受困寡人女婿[10]!"

〔1〕王太尉:王衍。《言语》第23条注已见。

〔2〕理称:为人处世很有条理。

〔3〕王、裴子弟:王衍出自琅邪王氏,裴遐出自河东裴氏,都是当时的门阀士族,子弟众多。

〔4〕郭子玄:郭象字子玄,河南(治河南洛阳东)人。少有才理,好老、庄,善清谈,曾注《庄子》。被聘为司徒掾,后被西晋东海王越聘为太傅主簿。永嘉末年卒。

〔5〕始数交未快:刚开始相互辩论,辞理未能使众人快意。

〔6〕陈张甚盛:指赋陈辩说的气势很盛壮。

〔7〕徐理前语:慢慢地分析刚才所说的话。理,分析,分辨。裴遐的慢条斯理、从容不迫与郭象滔滔不绝、口若悬河的气势形成了鲜明的对比。

〔8〕咨嗟:感叹。

〔9〕"遐以辩论为业"数句:泠然,形容清越激扬的声音。按:晋人的清谈辩论有一种表演性。裴遐清谈,其音声清越激扬若琴瑟之响,轻重疾徐,自有一番风韵,听者无论是否理解其义理,皆有快意。由此不难看出,参与清谈的听众,于义理之外,亦注重言辞音韵的欣赏,甚至对后者的重视超过了对义理的理解,这类例

子如《言语》第93条"道壹道人好整饰音辞",《文学》第40条,支遁、许询清谈,听众"但共嗟咏二家之美,不辨其理所在"等,经常可见。

〔10〕寡人:古者诸侯自称曰寡人,王衍为太尉,自以当古时公侯,所以自称寡人。

4.25 褚季野语孙安国褚裒、孙盛并已见。云[1]:"北人学问,渊综广博[2]。"孙答曰:"南人学问,清通简要[3]。"支道林闻之曰[4]:"圣贤固所忘言[5]。自中人以还[6],北人看书,如显处视月[7];南人学问,如牖中窥日[8]。"支所言,但譬成孙、褚之理也。然则学广则难周,难周则识暗,故如显处视月;学寡则易覈[9],易覈则智明,故如牖中窥日也。

余嘉锡认为:"此言北人博而不精,南人精而不博。"

〔1〕褚季野:褚裒字季野,河南阳翟(今河南禹州)人,女褚蒜子为晋康帝皇后。持重少言,有盛名。初辟西阳王掾、吴王文学。平苏峻叛乱有功,封都乡亭侯。历仕豫章太守、江州刺史、中书令等职。晋穆帝即位,授卫将军,徐、兖二州刺史,镇京口。永和年间北伐失利,裒惭愤而卒。孙安国:孙盛字安国,太原中都(今山西平遥西南)人。初为佐著作郎,荆州刺史庾亮引为征西主簿,后为安西将军桓温参军。后历任长沙太守、秘书监、给事中等。博学有盛名,著《晋阳秋》,词直理正,世称良史。又有《魏氏春秋》及诗、赋、论、难等数十篇。

〔2〕渊综广博:宽广博大。北人治学,承继了汉代经学的传统,穷尽一枝一节,非常广博。

57

〔3〕清通简要:简练扼要,明白通达。晋室南迁之后,南方学问深受玄风影响,钩玄提要,简洁扼要。按:唐长孺认为,三国、西晋时期,新学风(玄学)兴起于河南,大河以北及长江以南一般仍守东汉传统,所谓南北之分乃是黄河南北,而非长江南北。至东晋时期,京洛风气才移到了以建康为中心的江南地区。故褚裒所谓"北人学问渊综广博"乃指大河以北流行的汉儒经学传注;孙盛所谓"南人学问清通简要"乃指大河以南流行的玄学。(《读〈抱朴子〉推论南北学风的异同》)

〔4〕支道林:支遁字道林。《言语》第63条注已见。

〔5〕忘言:得意忘言,不说不道。按:道家主张言辞在于达意,既已得意便可以扔掉言辞。

〔6〕中人:才智中等的人。

〔7〕显处视月:在宽敞的地方看月亮,所见广博,但重点不通透。此比喻北人学问广博,但难以见其精义之处。

〔8〕牖中窥日:从窗洞里看太阳,所见有限,但看得通透。此比喻南人学问不够广博,但是能够提炼要点,道理透彻。牖,窗户。

〔9〕覈(hé核):深刻。

4.52 谢公因子弟集聚[1],问《毛诗》何句最佳?遏[2]谢玄小字。已见。称曰:"昔我往矣,杨柳依依;今我来思,雨雪霏霏。[3]"公曰:"訏谟定命,远猷辰告。[4]"《大雅》诗也。毛苌注曰[5]:"訏,大也。谟,谋也。辰,时也。"郑玄注曰:"猷,图也。大谋定命,谓正月始和,布政于邦国都鄙[6]。"谓此句偏有雅人深致[7]。

〔1〕谢公:谢安。《言语》第62条已见。集聚:宴集,聚会。

〔2〕遏:谢玄小字。谢玄,《言语》第71条已见。

〔3〕"昔我往矣"四句:出自《诗经·小雅·采薇》。这是一位戍边兵士返乡途中所发的感慨。出征之时,杨柳依依随风吹;归来途中,大雪纷纷满天飞。诗句通过对杨柳和雨雪诗意化的描写,道出戍边时间之久,也寄寓了人物内心复杂的情感。

〔4〕"讦(xū须)谟定命"二句：出自《诗经·大雅·抑》："讦谟定命，远猷辰告。敬慎威仪，维民之则。"《抑》是一首讽喻诗，旨在劝告周王勤政修德、谨言慎行，不能沉湎酒色、自以为是。二句意为确定远谋大略而不轻易改变，到时颁布施行下去。

〔5〕毛苌：西汉经学家，与毛亨共同注释毛诗，是西汉古文《诗》学"毛诗"的传授者。

〔6〕都鄙：周朝时，称建有宗庙的城邑曰都，小的城邑称鄙。

〔7〕雅人深致：高雅之人的深远意趣。按：谢玄从文学感受性出发，认为描写物态人情的"昔我往矣"句更佳，而"讦谟定命"体现了政治家体国经野的气度和胸怀，这很契合谢安当时的政治情怀，故称叹之。

4.53 张凭举孝廉出都[1]，负其才气，谓必参时彦[2]。欲诣刘尹[3]，乡里及同举者共笑之。张遂诣刘。刘洗濯料事[4]，处之下坐[5]，唯通寒暑[6]，神意不接[7]。张欲自发无端[8]。顷之[9]，长史诸贤来清言[10]。客主有不通处[11]，张乃遥于末坐判之[12]，言约旨远[13]，足畅彼我之怀，一坐皆惊。真长延之上坐[14]，清言弥日[15]，因留宿至晓。张退，刘曰："卿且去，正当取卿共诣抚军[16]。"张还船，同侣问何处宿[17]？张笑而不答。须臾[18]，真长遣传教觅张孝廉船[19]，同侣惋愕[20]。即同载诣抚军。至门，刘前进谓抚军曰[21]："下官今日为公得一太常博士妙选[22]！"既前，抚军与之话言，咨嗟称善曰[23]："张凭勃窣为理窟[24]。"即用为太常博士。宋明帝《文章志》曰："凭字长宗，吴郡人。有意气[25]，为乡间所称。学尚所得[26]，敏而有文[27]。太守以才选举孝廉，试策高第[28]。为惔所举，补太常博士。累迁吏部郎、御史中丞。"

〔1〕举：参加察举。孝廉：选拔人才的科目之一。参见《言语》第22条注〔1〕。出都：到京城建康。

〔2〕参时彦：加入当时的名流行列，意谓被选拔上。

〔3〕刘尹:刘惔字真长,东晋清谈领袖人物。《言语》第48条已见。

〔4〕洗濯料事:洗刷东西,料理杂事。

〔5〕处之下坐:安排在末座。

〔6〕寒暑:指彼此问候起居寒暖。

〔7〕神意不接:神意,神态心意。指不做深入的交谈与接待。

〔8〕欲自发无端:想要自己主动发表见解却又没有缘由。

〔9〕顷之:不久。

〔10〕长史:王濛,官至司徒左长史,因称"长史"。《政事》第18条已见。

〔11〕客主:清谈中分客主双方互相辩论。

〔12〕判:剖判分析。

〔13〕言约旨远:言辞简约,意旨玄远。

〔14〕真长:刘惔,字真长。延:邀请。

〔15〕弥日:终日。

〔16〕正当:即将,将要。取:迎接。抚军:晋简文帝司马昱,曾任抚军大将军,因称"抚军"。《言语》第48条已见。

〔17〕同侣:同伴。

〔18〕须臾:片刻,不久。

〔19〕传教:掌传教令的郡吏。

〔20〕惋愕:怅叹惊愕。

〔21〕前进:上前。

〔22〕太常博士:官名。掌引导乘舆,参与讨论国家礼制以及议定王公以下谥号等事。

〔23〕咨嗟称善:赞叹称好。

〔24〕勃窣(sū苏):犹婆娑,形容才气横溢,词彩缤纷。理窟:义理的渊薮。

〔25〕意气:潇洒的气概。

〔26〕学尚所得:学问高深而有所得。

〔27〕敏而有文:聪慧通达而有文才。

〔28〕试策:参加策问考试。按:策问也称"对策"。汉魏六朝时期,朝廷针对当时社会面临的重大问题诸如治理国家的方针政策,刑罚的宽严,巩固边防的

战略等等内容设问,令应试者书面作答。两晋南北朝时期,一般秀才试策为五道题,"五问并得为上,四、三为中,二为下,一不合与第"(《南齐书·谢超宗传》)。试策最优等也称高第。

4.63 殷仲堪云[1]:"三日不读《道德经》,便觉舌本间强[2]。"《晋安帝纪》曰:"仲堪有思理,能清言。"

〔1〕殷仲堪:陈郡长平(治今河南西华)人。能清言,善属文。历任晋陵太守、太子中庶子、黄门郎、荆州刺史等。与桓玄、杨佺期结盟,不受朝命。三人联兵倾覆东晋,后因与桓玄矛盾加剧,相互攻伐,兵败自杀。

〔2〕舌本间强:舌根僵硬。按:《道德经》是玄言清谈的重要文本与思想来源,东晋士人的玄言清谈大多本于此。殷仲堪此语,体现了当时玄学士人对清谈的追求已经融入日常生活中。

4.66 文帝尝令东阿王七步中作诗[1],不成者行大法[2]。应声便为诗曰:"煮豆持作羹,漉菽以为汁[3]。萁在釜下然[4],豆在釜中泣。本自同根生,相煎何太急?"帝深有惭色。《魏志》曰:"陈思王植字子建,文帝同母弟也。年十余岁诵诗论及辞赋数万言。善属文[5],太祖尝视其文曰[6]:'汝倩人邪[7]?'植跪曰:'出言为论,下笔成章,顾当面试,奈何倩人?'时邺铜雀台新成,太祖悉将诸子登之[8],使各为赋。植援笔立成,可观。性简易,不治威仪[9],舆马服饰[10],不尚华丽。每见难问[11],应声而答,太祖宠

刘辰翁点评说:"'萁在釜下然,豆在釜中泣'十字自然,不待下句。妙,妙!"

李贽点评说:"览此诗,虽铁为肝,铁索为肠,亦软矣。"
《初潭集·兄弟下》

61

爱之,几为太子者数矣[12]。文帝即位,封鄄城侯[13],后徙雍丘,复封东阿。植每求试不得,而国亟迁易[14],汲汲无欢[15]。年四十一薨。"

〔1〕文帝:曹丕字子桓,沛国谯县(今安徽亳州)人,曹操次子,东汉建安二十二年(217)被立为魏王太子,曹操去世,袭封魏王,继任丞相。延康元年(220)十月,代汉称帝,国号魏,改元黄初,公元220—226年在位,史称魏文帝。善文学,与曹操、曹植并称"三曹"。东阿王:曹植字子建,曹操第三子,曹丕同母弟。聪慧有才,曹丕即位后,植屡受猜忌,封地屡次改易,先后徙封雍丘、东阿、陈郡等地。魏明帝太和六年(232年)去世,谥思,史称陈王或陈思王。他因曾封东阿,故也称"东阿王"。曹植人称才高八斗,好文学,善诗赋,为建安文学的代表人物,著有《洛神赋》《白马篇》等,后人辑有《曹子建集》。

〔2〕大法:死刑。

〔3〕漉(lù 路):过滤。菽:豆类。

〔4〕萁:豆茎。釜:用以烹饪的食器。然:"燃"的本字。

〔5〕属(zhǔ 主)文:撰写文章。属,连缀,撰写。

〔6〕太祖:曹操,字孟德,小字阿瞒,沛国谯郡(今安徽亳州市)人。少机警,有权谋,年二十举孝廉为郎。后征讨黄巾军,汉灵帝末年拜为典军校尉。汉献帝初平元年(190),与袁绍等同时起兵讨董卓,占据兖州。建安元年(196),迎汉献帝迁都许昌,拜为司空,挟天子以令诸侯。建安十三年进位为丞相,十六年统一北方,二十一年进爵魏王,二十五年病卒于洛阳,谥曰武王。曹丕称帝后,追赠为武皇帝,庙号太祖。曹操精通兵法,著有《孙子略解》《兵书摘要》等。还好文学,善诗歌,与其子曹丕、曹植并称"三曹"。

〔7〕倩(qìng 庆):请。

〔8〕将:带领。

〔9〕威仪:庄重的仪态。

〔10〕舆马:车马。

〔11〕见:助词,表示被动关系。难问:考问。

〔12〕几:几乎,差点。

〔13〕鄄(juàn 卷)城:在今山东菏泽。

〔14〕国:封国,封地。亟(qì气):屡次。

〔15〕汲汲:惶恐不安的样子。

4.70 乐令善于清言[1],而不长于手笔[2]。将让河南尹[3],请潘岳为表。《晋阳秋》曰:"岳字安仁,荥阳人。夙以才颖发名[4],善属文,清绮绝世,蔡邕未能过也。仕至黄门侍郎,为孙秀所害。"潘云:"可作耳。要当得君意。"乐为述己所以为让,标位二百许语[5]。潘直取错综[6],便成名笔。时人咸云:"若乐不假潘之文,潘不取乐之旨,则无以成斯矣。"

〔1〕乐令:乐广,曾任尚书令,后人称为"乐令"。《德行》第23条已见。

〔2〕手笔:撰写文章。

〔3〕让:推辞。河南尹:即河南郡太守,《晋书·职官志》:"郡皆置太守,河南郡京师所在,则曰尹。"

〔4〕夙:向来。才颖:才华突出。

〔5〕标位:揭示,阐述。许:表示约略估计的词。

〔6〕直取错综:直取其意,错综成文。按:"魏晋名士有善谈论而不娴属文者,有善属文而口舌木讷者。然为人仰慕倾倒者,终究如王弼、支遁、韩伯、殷仲堪之流,既能清言又善文藻,供人欣赏玩味也。"(龚斌《世说新语校释》)

4.72 孙子荆除妇服[1],作诗以示王武子[2]。《孙楚集》云:"妇,胡毋氏也。"其诗曰:"时迈不停[3],日月电流[4]。神爽登遐[5],忽已一周[6]。礼制

袁中道点评说:"妙甚!"(《舌华录》卷九《凄语》)

63

有叙[7],告除灵丘[8]。临祠感痛,中心若抽[9]。"王曰:"未知文生于情,情生于文[10]。一作"文于情生,情于文生"。览之悽然,增伉俪之重[11]。"

〔1〕孙子荆:孙楚字子荆,太原中都(今山西平遥西南)人。历仕佐著作郎、梁令、卫将军司马、冯翊(píng yì 平易,治所在今陕西大荔县)太守等职。孙楚才藻卓绝,孤傲不群,与王济为友。除妇服:除服,脱去丧服。古代丧服由重至轻,有斩衰(cuī 崔)、齐衰(zī cuī 兹崔)、大功、小功、缌(sī 思)麻五等。丈夫为妻子服丧是一年,属于齐衰。

〔2〕王武子:王济字武子。《言语》第26条已见。

〔3〕迈:时光消逝。

〔4〕电流:如闪电般流逝。

〔5〕神爽:神魂离开,谓死去。爽,丧失,失去。登遐:弃世,逝世。

〔6〕一周:一周年。

〔7〕叙:通"序"。

〔8〕灵丘:坟墓。

〔9〕中心若抽:中心,内心。抽,裂也。指内心感痛,就如撕裂一般。

〔10〕文生于情,情生于文:孙楚作诗"文生于情",王济读诗"览之悽然",则"情生于文"。此文章创作与欣赏两佳境也。刘勰《文心雕龙·情采》有:"故情者文之经,辞者理之纬。经正而后纬成,理定而后辞畅,此立文之本源也。昔诗人什篇,为情而造文;辞人赋颂,为文而造情。何以明其然?盖风雅之兴,志思蓄愤,而吟咏情性,以讽其上,此为情而造文也。诸子之徒,心非郁陶,苟驰夸饰,鬻声钓世,此为文而造情也。"刘勰讨论情与文的关系,强调情的重要性,以及情与文相统一的作文要求。余嘉锡认为,刘勰的这番话是从本条王济感叹孙楚悼亡诗中悟出的。

〔11〕伉俪:夫妻。

4.76 郭景纯诗云[1]:"林无静树,川无停流。"王隐《晋书》曰:"郭璞字景纯,河东闻喜人。父瑗,建平太守。"《璞别传》曰:"璞奇博多通,文藻粲丽[2],才学赏豫[3],足参上流[4]。其诗赋诔颂,并传于世,而讷于言[5]。造次咏语[6],常人无异。又不持仪检[7],形质颓索[8],纵情嫚惰[9],时有醉饱之失[10]。友人干令升戒之曰[11]:'此伐性之斧也[12]。'璞曰:'吾所受有分,恒恐用之不尽,岂酒色之能害![13]'王敦取为参军[14]。敦纵兵都辇[15],乃咨以大事,璞极言成败[16],不为回屈[17]。敦忌而害之。"诗,璞《幽思篇》者。阮孚[18]阮孚别见云:"泓峥萧瑟[19],实不可言。每读此文,辄觉神超形越[20]。"

〔1〕郭景纯:郭璞字景纯,河东闻喜(今山西闻喜)人。博学高才,通五行、天文、卜筮之术。避乱过江,王导引为参军。后迁著作佐郎、尚书郎。王敦叛乱,用为记室参军。王敦将举兵反晋,命郭璞占吉凶,郭璞借机讥刺,遂为王敦所杀。注《穆天子传》《山海经》《尔雅》,后人辑有《郭弘农集》行世。

〔2〕粲丽:绚丽。

〔3〕赏豫:优美富赡。

〔4〕参:并列。

〔5〕讷:说话迟钝。

〔6〕造次:仓促间,匆忙。咏语:吟咏说话。

〔7〕不持仪检:不注意仪态和行为。

〔8〕形质:外形、外表。颓索:颓唐散漫。

〔9〕嫚(màn 慢)惰:懒散。

〔10〕醉饱之失:酒食过度而导致一些过失。

〔11〕干令升:干宝字令升,新蔡(治今河南新蔡)人。博览群书,仕为佐著作郎。东晋初领修国史,补山阴令,迁始安太守。王导引为司徒右长史,迁散骑常侍、领著作。著《晋纪》《搜神记》《春秋左氏义外传》,注《周易》《周官》等。

〔12〕伐性之斧:砍伐人性的斧头,指危害身心的事物。语出《吕氏春秋·本生》:"靡曼皓齿,郑卫之音,务以自乐,命之曰伐性之斧。"

〔13〕"吾所受有分"三句:谓人的禀赋自有天数,生死有命,无关乎酒色。及时行乐,把握当下,乃为适性。分,性分。

〔14〕王敦:《文学》18条已见。

〔15〕纵兵都辇:率领军队进攻京都建康。都辇,京城。

65

〔16〕极言:竭力陈说。

〔17〕不为回屈:郭璞时为王敦记室参军,劝阻王敦起兵。《晋书·郭璞传》记载:"敦将举兵,又使璞筮。璞曰:'无成。'敦固疑璞之劝(温)峤、(庾)亮,又闻卦凶,乃问璞曰;'卿更筮吾寿几何?'答曰:'思向卦,明公起事,必祸不久。若住武昌,寿不可测。'敦大怒曰:'卿寿几何?'曰:'命尽今日日中。'敦怒,收璞,诣南冈斩之。"

〔18〕阮孚:字遥集,陈留尉氏(在今河南尉氏)人,"竹林七贤"之一阮咸次子。西晋末年渡江为司马睿安东参军,转丞相从事中郎。后任散骑常侍、左卫率、屯骑校尉、侍中、吏部尚书、丹阳尹。常蓬头不修边幅,饮酒不务政事。

〔19〕泓峥萧瑟:泓,又深又大的水流。峥,高峻的山峰。萧瑟,风声。

〔20〕神超形越:身心超逸。此四句为阮孚赏味郭璞诗而产生的山水美的感受,并由此领悟到天地大化、流运不居的玄理。

4.84 孙兴公云[1]:"潘文烂若披锦[2],无处不善;《续文章志》曰:"岳为文,选言简章,清绮绝伦。"陆文若排沙简金[3],往往见宝。"《文章传》曰:"机善属文,司空张华见其文章[4],篇篇称善,犹讥其作文大冶[5]。谓曰:'人之作文,患于不才;至子为文,乃患太多也。'"

〔1〕孙兴公:孙绰字兴公,太原中都(今山西平遥西南)人,孙楚之孙。与许询同为一时名流。西晋末过江居会稽,优游十余年,与谢安、王羲之等友好。博学善文,后为著作佐郎,袭长乐侯。历征西将军庾亮参军、章安令、太学博士、尚书郎、永嘉太守、散骑常侍、著作郎。

〔2〕潘:潘岳,字安仁,荥阳中牟(今河南中牟东)人。才华出众,早年为人所嫉,仕途坎坷,先后为河阳令、怀令、著作郎、给事黄门侍郎等。与石崇等同为贾谧"二十四友"之一,后与贾谧、石崇一同被政敌赵王司马伦杀害。岳美姿仪,辞藻艳丽,善于写作哀诔之文,与陆机并称"潘陆"。《文学》第70条注已见。烂若披锦:华美灿烂如展开的锦绣。披,展开。

〔3〕陆:陆机字士衡,西晋著名文学家。生平事迹《言语》第26条已见。排沙简金:拨开沙子挑选金子。排,除去。简,选取。

〔4〕张华:《言语》第23条已见。

〔5〕大治:一作"大冶",指陆机文辞繁缛而艳丽。按:《文学》第70条刘孝标注引《晋阳秋》称潘岳为文"清绮绝世",刘勰《文心雕龙·才略》称潘岳"辞自和畅"。而陆机以博才称,其诗文"才高词赡,举体华美"(钟嵘《诗品》)。刘勰《文心雕龙·才略》称:"陆机才欲窥深,辞务索广,故思能入巧而不制繁。"《熔裁》篇评:"士衡才优,而缀辞尤繁。"《文学》第89条有:"孙兴公云:'潘文浅而净,陆文深而芜。'"陆机与潘岳是西晋太康文坛的两位著名士人,他们的文辞特点由此可以见出。

4.86 孙兴公作《天台赋》成[1],以示范荣期,《中兴书》曰:"范启字荣期,慎阳人。父坚,护军[2]。启以才义显于世,仕至黄门郎[3]。"云:"卿试掷地,要作金石声[4]。"范曰:"恐子之金石,非宫商中声[5]!"然每至佳句,"赤城霞起而建标,瀑布飞流而界道[6]"。此赋之佳处。辄云:"应是我辈语[7]。"

〔1〕孙兴公:孙绰,《文学》第84条已见。

〔2〕护军:官名。即护军将军,总领宿卫中军之统帅,掌宫门及京城宿卫,兼任征伐,典选武官,官五品。职权颇重。

〔3〕黄门郎:官名。给事黄门侍郎的简称。主要侍从皇帝,传达诏令。

〔4〕要:应当。金石声:演奏钟、磬类乐器的声音,其声清越响亮。此处形容文章优美铿锵,可以讽咏。

〔5〕宫商:五音之中的宫、商之音。文学作品中要求宫商相应,音韵和谐。此处言非宫商中声,即指金石声不合宫商之音,没有音韵之美。

〔6〕赤城霞起:赤城,山名,山石为赤红色。霞起,即如云霞飞起一般,色彩绚丽。建标、界道:建立标识,以分疆界。

〔7〕应:的确,确实。我辈:我们这些人。孙兴公对于文章的音韵美的欣赏,或是继承玄言清谈中品赏言语音韵之美而来。音韵中所蕴含的风神气质,也是品赏的对象。这对后来诗文创作中讲求音律有一定的影响。至南朝齐代,沈约便明

确提出了"四声"问题。

4.88 袁虎少贫[1]，虎，袁宏小字也。尝为人佣载运租[2]。谢镇西经船行[3]，其夜清风朗月，闻江渚间估客船上有咏诗声[4]，甚有情致[5]。所诵五言，又其所未尝闻，叹美不能已。即遣委曲讯问[6]，乃是袁自咏其所作《咏史诗》。因此相要[7]，大相赏得。《续晋阳秋》曰："虎少有逸才，文章绝丽，曾为《咏史诗》，是其风情所寄。少孤而贫，以运租为业。镇西谢尚，时镇牛渚，乘秋佳风月，率尔与左右微服泛江[8]。会虎在运租船中讽咏[9]，声既清会[10]，辞文藻拔[11]。非尚所曾闻，遂住听之，乃遣问讯。答曰：'是袁临汝郎诵诗[12]，即其《咏史》之作也。'尚佳其率有胜致[13]，即遣要迎，谈话申旦[14]。自此名誉日茂。"

这里介绍了袁虎的才华，《言语》2.83也写了与袁虎有关的事，同学们可以一起阅读。

〔1〕袁虎：字彦伯，小字虎，故称袁虎。《言语》第83条已见。

〔2〕运租：运送租税。

〔3〕谢镇西：谢尚字仁祖，小字坚石、阿大，陈郡阳夏（今河南太康）人，谢鲲子。善乐舞，博众艺，袭爵咸亭侯。王导辟为掾属，历任江州、豫州刺史、尚书仆射、镇西将军等。因称谢镇西。经船行：以船经行，指乘船往来经过某地。

〔4〕估客：行商。

〔5〕情致：情趣风致。

〔6〕委曲：详尽。

〔7〕相要（yāo腰）：邀请。要，通"邀"。

〔8〕率尔:随便,随意。微服:平民便装,一般人的装束。

〔9〕讽咏:吟咏。

〔10〕清会:声调清和。

〔11〕藻拔:辞藻出众。

〔12〕袁临汝:袁宏父亲袁勖,曾为临汝(治所在今河南汝州市境内)令,故称。

〔13〕胜致:高雅的意趣。

〔14〕申旦:直到早上。

4.100 羊孚作《雪赞》云[1]:"资清以化,乘气以霏。遇象能鲜,即洁成辉。[2]"桓胤遂以书扇。《中兴书》曰:"胤字茂祖,谯国人。祖冲,太尉。父嗣,江州刺史。胤少有清操[3],以恬退见称[4],仕至中书令。玄败[5],徙安成郡,后见诛。"

〔1〕羊孚:字子道,泰山南城(今山东费县)人。《言语》第104条刘孝标注引《羊氏谱》曰:"孚字子道,泰山人。祖楷,尚书郎。父绥,中书郎。孚历太学博士、州别驾、太尉参军。年四十六卒。"

〔2〕"资清以化"四句:称赞雪的清、轻、洁、辉的特点,带有晋人清逸的审美趣味。因此以清操见称的桓胤甚为喜爱,书之于扇。

〔3〕清操:清峻的节操。

〔4〕恬退:恬淡谦退。

〔5〕玄败:东晋元兴元年(402)桓玄逼晋安帝禅位,建号曰楚,定都建康,改元"永始"。三个月后刘裕举兵讨伐,桓玄败。桓胤为桓玄从侄,桓玄死后,归降晋廷。义熙三年(407),东阳太守殷仲文与永嘉太守骆球谋反,拥立桓胤为桓玄嗣子,事发,被刘裕收捕诛杀。

4.101 王孝伯在京行散[1],至其弟王睹户前,睹,王爽小字也。《中兴书》曰:"爽字季明,恭第四弟也。仕至侍中,恭事败,赠太常。"问:"古诗中何句为

69

最？"睇思未答。孝伯咏"'所遇无故物,焉得不速老!^[2]'此句为佳。"

〔1〕王孝伯：王恭字孝伯,《德行》第44条注已见。行散：晋人好服食五石散,服后须散步运调气脉,又称行药。

〔2〕"所遇无故物"二句：出自《古诗十九首·回车驾言迈》。按：魏晋名士多饶伤逝之感。

【归纳探究】

你最喜欢本门中的哪一则故事？为什么？

提示：本门记述的故事都与文学相关,同学们可以从文学角度切入,说说自己的阅读体验。

方正第五

【导读】

在本门中,"方正"的内涵是以门第出身而不是以个人道德品质作为人们出仕、交流、婚娶等社交生活的标准,坚持这个价值取向的人和行事被给予"方正"的评价。

5.1 陈太丘与友期行[1],期日中[2]。过中不至,太丘舍去,去后乃至。元方时年七岁[3],门外戏[4]。陈寔及纪,并已见[5]。客问元方:"尊君在不[6]?"答曰:"待君久不至,已去。"友人便怒曰:"非人哉!与人期行,相委而去[7]。"元方曰:"君与家君期日中[8]。日中不至,则是无信;对子骂父,则是无礼。"友人惭,下车引之[9]。元方入门不顾。

王世懋点评说:"小儿语,故自'方正'。"

〔1〕期:约定,相约。
〔2〕日中:中午。
〔3〕元方:陈纪字元方,陈寔长子。
〔4〕戏:玩耍。

〔5〕并已见:指已见于《德行》第6条刘孝标注,曰:"陈寔字仲弓,颍川许昌人。为闻喜令、太丘长,风化宣流。"又注引《先贤行状》曰:"陈纪字元方,寔长子也。至德绝俗,与寔高名并著,而弟谌又配之。每宰府辟召,羔雁成群,世号'三君',百城皆图画。"

〔6〕尊君:谈话时尊称对方的父亲。不(fǒu 缶):通"否"。

〔7〕委:抛弃、舍弃。

〔8〕家君:对人谦称自己的父亲。

〔9〕引之:拉他(大概是想套近乎)。引,拉。

5.8 高贵乡公薨,内外喧哗[1]。《魏志》曰:"高贵乡公讳髦,字彦士,文帝孙[2],东海定王霖之子也。初封郯县高贵乡公。好学夙成[3]。齐王废[4],群臣迎之,即皇帝位。"《汉晋春秋》曰:"自曹芳事后,魏人省彻宿卫[5],无复铠甲,诸门戎兵,老弱而已。曹髦见威权日去,不胜其忿[6],召侍中王沈、尚书王经、散骑常侍王业谓曰:'司马昭之心,路人所知也。吾不能坐受废辱,今日当与卿自出讨之。'王经谏不听,乃出怀中板令投地曰[7]:'行之决矣!正使死,何所恨!况不必死邪!'于是入白太后[8]。沈、业奔走告昭,昭为之备。髦遂率僮仆数百,鼓噪而出[9]。昭弟屯骑校尉伷入[10],遇髦于东止车门,左右诃之[11],伷众奔走。中护军贾充又逆髦[12],战于南阙下。髦自用剑,众欲退。太子舍人成济问充曰:'事急矣!当云何?'充曰:'公畜汝等,正为今日。今日之事,无所问也。'济即前刺髦,刃出于背。"《魏氏春秋》曰:"帝将诛大将军,诏有司复进位相国,加九锡[13]。帝夜自将冗从仆射李昭、黄门从官焦伯等下陵云台[14],铠仗授兵[15],欲因际会[16],遣使自出致讨,会雨而却[17]。明日,遂见王经等,出黄素诏于怀曰[18]:'是可忍也,孰不可忍?今当决行此事。'帝遂拔剑升辇[19],率殿中宿卫、仓头、官僮[20],击战鼓,出云龙门。贾充自外而入,帝师溃散,帝犹称天子,手剑奋击,众莫敢逼。充率厉将士,骑督成倅、弟济以矛进[21],帝崩于师。时暴雨,雷电晦冥[22]。"司马文王问侍中陈泰曰[23]:《魏志》曰:"泰字玄伯,司空群之子也。""何以静之[24]?"泰云:"唯杀贾充以谢天下。"文王曰:"可复下此不[25]?"对曰:"但见其上,未见其下[26]。"干宝《晋纪》曰:"高贵乡公之杀,司马文王召朝臣谋其故,太常陈泰不至。使其舅荀𫖮召之,告以可不。泰曰:'世之论者,以泰方于舅,今舅不如泰也。'子弟内外咸共逼之,垂涕而入。文王待之曲室[27],谓曰:'玄伯,卿何以处我?'对曰:'可诛贾充以谢天下。'文王曰:'为吾更思其次。'泰曰:'唯有进于此,不知其次。'文王乃止。"《汉晋春秋》曰:"曹髦之薨,司马昭闻之,自投于地曰:'天下谓我何[28]?'于是召百官议其事。昭垂涕问陈泰曰:'何以居我?'泰曰:"公光辅数世[29],功盖天下,谓当并迹古人,垂美于后,一旦有杀君之事,不亦惜乎! 速斩贾充,犹可以自明也。'昭曰:'公闲不可得杀也,卿更思余计。'泰厉声曰:'意唯有进于此耳,余无足委者也。'归而自杀。《魏氏春秋》曰:"泰劝大将军诛贾充,大将军曰:'卿更思其他。'泰曰:'岂可使泰复发后言。'遂呕血死。"

刘辰翁点评说:"真'方正'之目也,神志凛然。"

〔1〕内外喧哗:喧哗,声音大而杂乱。指当时在位的皇帝曹髦被司马昭的属下成济杀死,引起了朝廷内外的震动。

〔2〕文帝:魏文帝曹丕。《文学》第66条已见。

〔3〕夙成:早成,早熟。

〔4〕齐王:曹芳字兰卿,魏明帝曹叡养子,公元239—254年在位。嘉平六年(254)曹芳被司马师废黜,选立曹髦为魏帝。

〔5〕省彻宿卫:裁减宫中警卫。

〔6〕忿:忿恨。

〔7〕板令:诏令。

〔8〕白:告诉,禀报。

〔9〕鼓噪:擂鼓呐喊。

〔10〕司马伷(zhòu昼):字子将,司马懿第五子,司马师、司马昭异母弟。入晋,封东莞郡王,后改封琅邪王。

〔11〕诃(hē河阴平):大声斥责,责骂。

73

〔12〕贾充:字公闾,平阳襄陵(今山西临汾东南)人。初拜尚书郎,后参大将军司马师军事,又为大将军司马昭司马,转右长史。深得司马氏信任,入晋转车骑将军、散骑常侍、尚书仆射,封鲁郡公。后为司空、侍中、尚书令。女贾南风为晋惠帝皇后。景元元年(260),魏帝曹髦率兵攻司马昭,贾充示意太子舍人成济杀帝。逆:迎接,此指迎击。

〔13〕九锡(cì 赐):古代帝王颁赐给大臣以示尊礼的九种器物。其名目古书记载大同小异,排列次序也前后不一。据《晋书》记载,景元四年(263)十月,魏帝加司马昭九锡的内容是(一)大辂、戎辂各一,玄牡二驷;(二)衮冕之服,赤舄;(三)轩悬之乐、六佾之舞;(四)朱户;(五)纳陛;(六)武贲之士三百人;(七)铁钺各一;(八)彤弓一、彤矢百,玈弓十、玈矢千;(九)秬鬯一卣,圭瓒。魏晋以后,权臣篡位之前,一般先加九锡。

〔14〕宂从仆射:宫中侍卫的主官。宂,同"冗"。

〔15〕铠仗:铠甲和兵器。此指装束铠仗。

〔16〕际会:机遇,时机。

〔17〕却:停下来。

〔18〕黄素诏:写在黄绢上的诏书。

〔19〕升辇(niǎn 碾):坐上车。辇,古时用人拉或抬的车。

〔20〕仓头:汉魏时期,对奴仆的称呼。汉时奴仆以深青色布包头,故称。官僮:官府的侍役。

〔21〕骑督:指骑兵统领官。以矛进:拿着矛上前(与魏帝曹髦)格斗。

〔22〕晦冥:天色昏暗不明。

〔23〕司马文王:司马昭,字子上,司马懿次子。兄司马师卒,进位大将军,加侍中、都督中外诸军事、录尚书事。专曹魏国政,后被封为晋王。卒谥文王。子司马炎代魏后,追尊号为文皇帝。陈泰:字玄伯,颍川许昌(今河南许昌东)人。历任并州刺史、雍州刺史、尚书右仆射等职。高贵乡公曹髦被杀,陈泰力主诛贾充,不合司马昭意,后哀恸吐血而死。被追赠为司空,谥为穆侯。

〔24〕静:使朝野安定。

〔25〕可复下此不:还有没有比这轻点的办法。

〔26〕"但见其上"二句:意谓只有比这更严重的,没有比这更轻的。按:陈泰

此语直逼司马昭,意即贾充背后主使之人为司马昭,若不杀贾充,那么司马昭应该自己请罪。杀贾充已是最下之策了。后注文中所言"唯有进于此,不知其次""意唯有进于此耳,余无足委者也""岂可使泰复发后言"皆是此意。

〔27〕曲室:密室。

〔28〕天下谓我何:天下人怎么看我。

〔29〕光辅:辅佐君主,发扬君主的美德。

5.14 晋武帝时,荀勖为中书监[1],虞预《晋书》曰:"勖字公曾,颍川颍阴人,汉司空爽曾孙也。十余岁能属文,外祖钟繇曰:'此儿当及其曾祖[2]。'为安阳令,民生为立祠[3]。累迁侍中、中书监。"和峤为令[4]。故事[5],监、令由来共车[6]。峤性雅正[7],常疾勖谄谀。王隐《晋书》曰:"勖性佞媚,誉太子,出齐王[8],当时私议,损国害民,孙、刘之匹也[9]。后世若有良史,当著《佞幸传》。"后公车来,峤便登,正向前坐,不复容勖[10]。勖方更觅车[11],然后得去。监、令各给车自此始。曹嘉之《晋纪》曰:"中书监、令常同车入朝。至和峤为令,而荀勖为监,峤意强抗,专车而坐,乃使监、令异车,自此始也。"

〔1〕中书监:中书监与中书令同掌中书省,而位次略高。主要职责是撰拟诏命,主管文书。

〔2〕及:比得上。

〔3〕民生为立祠:指荀勖在任安阳令期间,治理有方,民众感念其德,为他建立了生祠。古时,祠堂本是祭祀祖先或先贤的场所,为故去的人而建。民众为活人修建祠堂,以资感念。

〔4〕和峤为令:和峤为中书令。峤字长舆,汝南西平(今河南西平西)人。少有盛名,袭父爵上蔡伯,起家太子舍人。累迁颍川太守、黄门侍郎、中书令、侍中。惠帝即位,任太子少保。家豪富,而性吝啬,杜预谓其有"钱癖"。

〔5〕故事:先例,惯例。

〔6〕由来:历来。

〔7〕雅正:典雅纯正。

75

〔8〕誉太子,出齐王:晋武帝之子司马衷为太子,痴呆不慧,武帝恐其即位之后会有乱国之祸,于是派遣荀勖与和峤去看看太子的情况。归来之后,荀勖大赞太子之德,而和峤则据实禀报太子与先前一样。齐王,即司马昭次子,晋武帝同母弟司马攸,过继为伯父司马师嗣子,为人孝友贤能。司马昭认为夺权大业是在司马师手中完成的,按理应由其后嗣承继位,所以司马昭每次看到司马攸,就拍着座位说:"这是桃符(司马攸的小字)的座位!"几次都要指定司马攸当太子。经群臣力劝,才让司马炎继位。晋朝建立,司马攸被封为齐王。太子司马衷不慧,故朝中大臣希望立齐王。荀勖、冯纨与齐王不谐,因向武帝进谗言。齐王被迫回到封地,不久病卒。

〔9〕孙、刘:孙资、刘放,深受魏明帝宠信,参与朝政,专门奉承皇帝的意思。又肆意打击正直的官员,损国害民。

〔10〕不复容勖:不给荀勖留地方。和峤方正,不愿意与荀勖等谄媚之徒为伍。

〔11〕方更:重新。

5.22 阮宣子论鬼神有无者[1],或以人死有鬼,宣子独以为无,曰:"今见鬼者云,著生时衣服[2],若人死有鬼,衣服复有鬼邪?"《论衡》曰:"世谓人死为鬼,非也。人死不为鬼,无知[3],不能害人。如审鬼者死人精神[4],人见之宜从裸袒之形[5],无为见衣带被服也[6]。何则?衣无精神也。由此言之,见衣服象人,则形体亦象人。象人,知非死人之精神也。凡天地之间有鬼,非人死之精神也。"

〔1〕阮宣子:阮修字宣子,陈留尉氏(今河南尉氏)人。历仕鸿胪丞、太子洗马等。好《老》《易》,能清言。《文学》第18条注已见。

〔2〕著:穿着。

〔3〕无知:没有知觉。

〔4〕如审鬼者死人精神:谓如果人死了精神确实能变成鬼。审,详究、细察。按:阮修的思想与王充的思想有渊源关系。又,《晋书·阮修传》中记载,阮修要伐社树,有人制止他。古人封土为社,奉树为土神。阮修说:"如果土神只是这一

棵树,那么树被砍之后,连土神也会一起死去;如果这棵树是土神的话,那么砍树之后,土神就会搬家了。"阮修说理取譬浅显通俗而剀切。

〔5〕裸袒:赤身露体。

〔6〕衣带被服:系着带子,穿着衣服。

5.62 太极殿始成,徐广《晋纪》曰:"孝武宁康二年[1],尚书令王彪之等启改作新宫。太元三年二月[2],内外军六千人始营筑,至七月而成。太极殿高八丈,长二十七丈,广十丈。尚书谢万监视,赐爵关内侯。大匠毛安之,关中侯。"王子敬时为谢公长史[3],谢送版[4],使王题之。王有不平色,语信云[5]:"可掷著门外[6]。"谢后见王曰:"题之上殿何若[7]?昔魏朝韦诞诸人,亦自为也[8]。"王曰:"魏阼所以不长[9]。"谢以为名言。宋明帝《文章志》曰:"太元中,新宫成,议者欲屈王献之题榜[10],以为万代宝。谢安与王语次[11],因及魏时起陵云阁忘题榜,乃使韦仲将县梯上题之[12]。比下[13],须发尽白,裁余气息[14]。还语子弟云:'宜绝楷法!'安欲以此风动其意[15]。王解其旨,正色曰:'此奇事。韦仲将魏朝大臣,宁可使其若此?有以知魏德之不长。'安知其心,乃不复逼之。"

〔1〕孝武宁康二年:公元374年。宁康,东晋孝武帝司马曜年号。

〔2〕太元三年:公元378年。太元,东晋孝武帝司马曜年号。

〔3〕王子敬:王献之字子敬,王羲之第七子。《言语》第91条已见。谢公:谢万未为尚书,此处疑为谢安。

〔4〕版:匾额,用于题写殿名。

〔5〕信:使者,信使。

〔6〕掷著门外:扔在门外。著,放置。

〔7〕题之上殿何若:直接在殿门上题写如何。何若,如何,怎样。

〔8〕自为:亲自做过。韦诞曾为太极殿题榜,见《巧艺》第3条。

〔9〕阼:通"祚",国运。

〔10〕屈:让某人屈尊做某事,表敬之辞。

〔11〕语次:交谈之间。

〔12〕县梯:悬梯。县,"悬"的本字。

〔13〕比:待到,等到。

〔14〕裁:才,仅仅。

〔15〕风动:说动,劝动。风,同"讽",婉转规劝。

【归纳探究】

在本门所记的故事中,哪个人物给你留下了深刻的印象?请结合文章内容具体说说。

提示:本门所记故事中的人物,都有正直的特点。同学们可以结合人物的言行来说说"方正"在他的身上是怎样具体体现的。

雅量第六

【导读】

"雅"是美,是脱俗,"雅量"指的是宽宏的气量,本门所记载的是名士们的雅量故事。魏晋士人优雅从容的举止集中体现在《世说新语·雅量》门,这些优雅从容的魏晋士人在评价他人时常称之为"风流""风度"。

6.2 嵇中散临刑东市[1],神气不变。索琴弹之,奏《广陵散》。曲终曰:"袁孝尼尝请学此散[2],吾靳固不与[3],《广陵散》于今绝矣!"《晋阳秋》曰:"初,康与东平吕安亲善[4]。安嫡兄逊淫安妻徐氏[5],安欲告逊遣妻[6],以咨于康,康喻而抑之[7]。逊内不自安,阴告安挝母[8],表求徙边[9]。安当徙,诉自理[10],辞引康。"《文士传》曰:"吕安罹事[11],康诣狱以明之[12]。钟会庭论康,曰:'今皇道开明,四海风靡[13],边鄙无诡随之民[14],街巷无异口之议[15]。而康上不臣天子,下不事王侯,轻时傲世,不为物用,无益于今,有败于俗。昔太公诛华士,孔子戮少正卯,以其负才乱群惑众也[16]。今不诛康,无以清洁王道[17]。'于是录康闭狱[18],临死,而兄弟亲族咸与别。康颜色不变,问

鲁迅点评说:"嵇康的见杀,是因为他的朋友吕安不孝,连及嵇康,罪案和曹操的杀孔融差不多。魏晋,是以孝治天下的,不孝,故不能不杀。为什么要以孝治天下呢?因为天位从禅让,即巧取豪夺而来,若主张以忠治天下,他们的立脚点便不稳,办事便棘手,立论也难了,所以一定要以孝治天下。但倘只是实行不孝,其实那时倒不很要紧,嵇康的害处在发议论;阮籍不同,不大说关于伦理上的话,所以结局也不同。"(《魏晋风度及文章与药及酒之关系》)

79

其兄曰:'向以琴来不邪[19]?'兄曰:'以来。'康取调之[20],为《太平引》,曲成,叹曰:'《太平引》于今绝也!'"太学生三千人上书[21],请以为师,不许。文王亦寻悔焉[22]。王隐《晋书》曰:"康之下狱,太学生数千人请之,于时豪俊皆随康入狱,悉解喻[23],一时散遣。康竟与安同诛[24]。"

〔1〕嵇中散:嵇康字叔夜,谯国铚县(今安徽宿州西南)人。家世儒学,而康好老、庄,拜中散大夫,世称嵇中散。后因牵连好友吕安兄弟争讼之事,钟会趁机向司马昭进谗言,与吕安一同被害,时年四十。中散大夫,秦汉时设置,无定员,无固定职事,主要参与讨论政事,以备顾问咨询。三国时,魏、蜀、吴承袭汉制皆设置,但其职事进一步虚化,逐渐演变为文散官。东市:刑场。汉时长安道东西均有市场,处决犯人都在东市,后世遂用以称刑场。

〔2〕袁孝尼:袁准字孝尼,陈郡扶乐(今河南太康西北)人。以儒学知名。晋武帝泰始年间,官至给事中。著有《袁子正论》《正书》等。

〔3〕靳固:吝惜固守。靳,紧收、固守,引申为吝惜、舍不得。

〔4〕吕安:吕安字仲悌,东平(治今山东东平西)人。狂放不羁,与嵇康、山涛、向秀等交游。

〔5〕逊:应作"巽(xùn 训)"。吕巽,吕安之兄。

〔6〕遣妻:出妻,休妻。

〔7〕喻而抑之:指吕安欲告其兄,询问嵇康,嵇康劝其隐忍,兄弟和睦。喻,说明,劝说。抑,抑制。

〔8〕挝(zhuā 抓):抓,打。此句言吕巽反而诬告吕安殴打母亲。按:司马氏号称以孝治天下,不孝的罪行很重。钟会即以此为口实给吕安、嵇康定罪,唆使司马昭将他们处死。

〔9〕徙边:流放边塞之地。

〔10〕诉自理:上诉自我辩护。

〔11〕罹(lí 离):遭逢,遭受。

〔12〕诣狱以明之:指嵇康为吕安出庭作证。诣,到。

〔13〕风靡:随风倾倒,比喻服从或流行。

〔14〕边鄙:边远或边境地区。诡随:狡猾善变。

〔15〕异口之议:指嵇康在《与山巨源绝交书》中否定上古贤君商汤、周武王,鄙薄上古圣贤周公、孔子的言论。

〔16〕"昔太公诛华士"三句:华士,西周时齐国声望很高的隐士。齐太公吕尚以其思想言论离经叛道,将其处死。少正卯,春秋时鲁国大夫,曾在鲁国讲学,信徒很多,影响力与孔子比肩。其思想与鲁国正统言论背离,孔子被任命为司寇(参与鲁国国政的高官)后,以少正卯学说扰乱视听,将其治罪。按:嵇康在《与山巨源绝交书》中非汤、武而薄周、孔,其实质是指斥司马氏集团虚伪、险恶,不愿与司马氏集团同流合污。嵇康是"竹林七贤"之一,娶曹操曾孙女长乐亭主为妻,也是当时士林的领袖人物,声望很高,他"上不臣天子,下不事王侯",如站出来公开反对司马氏集团,那么在曹魏与司马氏的矛盾斗争中,对司马氏集团无疑是很不利的。钟会一定要诬告他"负才乱群惑众",根本原因也在于此。司马昭听信钟会谗言,决意杀害嵇康的原因也在于此。所谓"太公诛华士,孔子戮少正卯",只不过是比附前贤,找一个表面上说得过去的托辞。

〔17〕清洁王道:清除违背王道的一些不良思想。清洁,清理洁净。王道,古代儒家推崇的以仁义治天下,以德政养臣民的为政之道。

〔18〕录:收押,羁押。

〔19〕以:拿。不,通"否"。

〔20〕调:弹曲。

〔21〕太学生:即太学里的学生。

〔22〕文王:司马昭,《方正》第8条已见。寻:随即,不久。

〔23〕解喻:解释晓喻。

〔24〕竟:终究。

6.15 祖士少好财,阮遥集好屐[1],并恒自经营[2]。同是一累[3],而未判其得失[4]。《祖约别传》曰:"约字士少,范阳遒人。累迁平西将军、豫州刺史,镇寿阳。与苏峻反[5],峻败,约投石勒[6]。约本幽州冠族[7],宾客填门,勒登高望见车骑,大惊。又使占夺乡里先人田地,地主多恨。勒恶之,遂诛约。"《晋阳秋》曰:"阮孚字遥集,陈留人,咸第二子也[8]。少有智调[9],而无俊异[10]。累迁侍中、吏部尚书、广州刺史。"人有诣祖[11],见料视财物[12]。客至,屏当未

81

尽[13],余两小簏著背后[14],倾身障之,意未能平[15]。或有诣阮,见自吹火蜡屐[16],因叹曰:"未知一生当著几量屐[17]!"神色闲畅。于是胜负始分[18]。《孚别传》曰:"孚风韵疏诞[19],少有门风[20]。"

〔1〕屐(jī基):木屐。汉末,京师人皆好木屐,魏晋时仍很流行。

〔2〕恒自:经常。自,后缀词,无意义。经营:料理,置办。

〔3〕累:毛病,缺点。

〔4〕判:分辨,判别。

〔5〕苏峻:字子高,长广掖县(今山东莱州市)人。晋元帝时任为鹰扬将军,迁兰陵相。讨王敦之乱有功,进冠军将军、历阳内史、散骑常侍,封邵陵公。庾亮执政后,解其兵权。苏峻不满,咸和三年(328)与祖约起兵攻入建康,专擅朝政。不久,温峤、陶侃起兵讨伐,苏峻战败被杀。

〔6〕石勒:石勒字世龙,初名石㔨,小字匐勒,羯人,上党武乡(今山西榆社西北)人。十六国时期,后赵的建立者,史称后赵明帝,公元319—333在位。

〔7〕冠族:豪门世族。

〔8〕咸:阮咸,字仲容,陈留尉氏(今河南尉氏)人,为"竹林七贤"之一。历任散骑侍郎、始平太守。通音律,善弹琵琶。

〔9〕智调:聪慧有才调。

〔10〕俊异:卓异,非同寻常。

〔11〕诣:造访。

〔12〕料视:检点料理。

〔13〕屏当:收拾。

〔14〕簏(lù路):竹编小篓。著,放置。

〔15〕意未能平:谓心里有事,神态不自然。

〔16〕蜡屐:以蜡涂木屐(可以防潮)。

〔17〕几量:几双。量,通"两"。

〔18〕胜负始分:世人以阮孚为高,祖约为下。好财与好屐皆为偏嗜,而晋人以此品量人物,其估价之标准,本于人之内心是否洒脱。祖约好财,见人至便侧身

将钱筐藏于身后,神态也不自然,可见其胸怀不够坦荡。阮孚蜡屐,所为如杂役贱工,而不以为耻,反有人生不永之叹。其襟怀与境界可谓超尘脱俗,令人企慕。

〔19〕疏诞:放达不拘。

〔20〕门风:家族的风度气质。

6.19 郗太傅在京口[1],遣门生与王丞相书[2],求女婿。丞相语郗信[3]:"君往东厢,任意选之。"门生归,白郗曰:"王家诸郎,亦皆可嘉,闻来觅婿,咸自矜持[4]。惟有一郎,在床上坦腹卧[5],如不闻。"郗公云:"正此好[6]!"访之,乃是逸少[7],因嫁女与焉。《王氏谱》曰:"逸少,羲之小字。羲之妻,太傅郗鉴女,名璇,字子房。"

刘辰翁点评说:"晋人风致,著此故为第一。在古人中真不可无。"

〔1〕郗太傅:郗鉴字道徽,高平东乡(今山东嘉祥南)人。好学博览,以儒雅著称。惠帝时,参司空军事,累迁中书侍郎。历任兖州刺史、车骑将军、都督青兖徐三州军事,镇广陵。苏峻之乱平,迁侍中、司空,进爵南昌县公。后进位太尉。京口:故址在今江苏镇江市。六朝时期为军事重镇。永嘉乱后,北方流人过江者,多侨居于此。

〔2〕门生:门人,世家大族里的门客或私属。王丞相:王导,《言语》第31条已见。

〔3〕信:使者。指这位门生。

〔4〕自:后缀词,无意义。

〔5〕在床上坦腹卧:床,床榻,一说胡床。坦,通"袒",裸露。王羲之不骄矜自高,袒腹而卧,真率自然。

〔6〕正:只。

〔7〕逸少:王羲之字逸少。《言语》第62条注已见。

6.28 谢太傅盘桓东山时[1],与孙兴公诸人泛海戏[2]。《中兴书》曰:"安先居会稽,与支道林、王羲之、许询共游处[3]。出则渔弋山水[4],入则谈说属文,未尝有处世意也[5]。"风起浪涌,孙、王诸人色并遽[6],便唱使还[7]。太傅神情方王[8],吟啸不言。舟人以公貌闲意说[9],犹去不止。既风转急,浪猛,诸人皆喧动不坐。公徐云[10]:"如此,将无归[11]!"众人即承响而回[12]。于是审其量,足以镇安朝野[13]。

〔1〕谢太傅:谢安。《言语》第62条已见。盘桓:悠游,逗留。东山:会稽上虞县山名,位于今浙江绍兴市上虞区西南。谢安出仕前曾隐居东山。

〔2〕孙兴公:孙绰字兴公。《文学》第84条已见。孙兴公诸人,指孙绰、王羲之、许询、支遁等人。泛海戏:泛舟海上游乐。

〔3〕游处:出游和家居。借指相处交游,生活在一起。

〔4〕渔弋:捕鱼猎禽。

〔5〕处世:经营与政治活动相关的事情。

〔6〕色:神色。遽(jù巨):惶恐,惧怕。

〔7〕唱:叫喊,高呼。

〔8〕神情方王:指游览的兴致正盛。王,通"旺",旺盛,兴旺。

〔9〕貌闲意说:神态闲适舒畅。说,同"悦"。

〔10〕徐:缓慢,慢悠悠。

〔11〕将无:莫非、莫不是。此句意即,要是这样的话,我们是不是就要回去了?!

〔12〕承响:听到话音。

〔13〕镇安朝野:安定朝廷内外。按:谢安的雅量在《世说新语》中多有记载,多表现在大事或紧急情况中优雅从容、镇定自若,喜、怒、惧等皆不形于色。晋人崇尚这种气度,谢安也成为当时士人倾慕的楷范。宗白华说:"美之极,即雄强之

极。……淝水的大捷植根于谢安这美的人格和风度中。谢灵运泛海诗'溟涨无端倪,虚舟有超越',可以借此来体会谢公此时的境界和胸襟。"

6.29 桓公伏甲设馔[1],广延朝士[2],因此欲诛谢安、王坦之[3]。《晋安帝纪》曰:"简文晏驾[4],遗诏桓温依诸葛亮、王导故事[5]。温大怒[6],以为黜其权,谢安、王坦之所建也。入赴山陵[7],百官拜于道侧,在位望者,战栗失色。或云自此欲杀王、谢。"王甚遽[8],问谢曰:"当作何计[9]?"谢神意不变,谓文度曰:"晋阼存亡[10],在此一行。"相与俱前[11]。王之恐状,转见于色[12]。谢之宽容[13],愈表于貌。望阶趋席[14],方作洛生咏[15],讽"浩浩洪流"[16]。桓惮其旷远[17],乃趣解兵[18]。按宋明帝《文章志》曰:"安能作洛下书生咏,而少有鼻疾,语音浊。后名流多学其咏,弗能及,手掩鼻而吟焉。桓温止新亭,大陈兵卫,呼安及坦之,欲于坐害之。王入失措,倒执手版[19],汗流沾衣。安神姿举动,不异于常。举目遍历温左右卫士,谓温曰:'安闻诸侯有道,守在四邻。明公何有壁间著阿堵辈[20]?'温笑曰:'正自不能不尔[21]。'于是矜庄之心顿尽[22]。命部左右[23],促燕行觞[24],笑语移日[25]。"王、谢旧齐名,于此始判优劣。

〔1〕桓公:桓温,《言语》第55条已见。伏甲:埋伏武士。设馔:安排宴席。

〔2〕延:招揽,邀请。

〔3〕谢安:《言语》第62条已见。王坦之:王坦之字文度,太原晋阳(今山西太原西南)人,王述子,袭父爵蓝田县侯。历任参军、从事中郎、大司马桓温长史、侍中、中书令、丹阳尹等职。

〔4〕晏驾:车驾晚出。古代称帝王死亡的讳辞。

〔5〕故事:先例,惯例。

〔6〕温大怒:简文帝临崩,诏大司马桓温依周公摄政之礼代居其位处理政务,王坦之、谢安劝简文帝而改诏,稍减桓温的权势,桓温大怒,因此欲诛杀二人。

〔7〕入赴山陵:由外地来京都参加皇帝的丧礼。山陵:帝王的陵墓。

〔8〕遽(jù巨):惶恐,惧怕。

85

〔9〕当作何计:该怎么办。

〔10〕阼:通"祚",国运。

〔11〕相与:共同,一道。

〔12〕转:更加。

〔13〕宽容:安闲的神色。

〔14〕望阶趋席:升堂入座。阶,台阶。席,席位,坐位。

〔15〕洛生咏:洛下书生咏,指以西晋京都洛阳地区的声调吟咏诗书,其音重浊舒缓。按:谢安在此压抑紧张之时,仍然能够从容地做洛生咏,特别能够显出其镇定自若的气度与胸怀。谢安作洛生咏因此也成为后人所追慕的对象,加以模仿。

〔16〕讽:吟诵。浩浩洪流:嵇康《赠秀才入军诗》诗"浩浩洪流,带我邦畿"。浩浩洪流指黄河,邦畿指洛阳。大河像带子一样绕着京城,这种阔大的景象也契合长江与建康的山水形势。

〔17〕旷远:豁达,心胸开阔。按:晋人对于人物的风流蕴藉普遍怀有一种崇拜和美的欣赏,桓温对谢安的旷远也无法抗拒,这种人物神韵之美充满魅力,让人不愿意摧残与亵渎。谢安以己之风流雅望使得桓温解兵,一方面可以见出危急时刻谢安的优雅从容的气度,另一方面也是晋人重风神的体现。

〔18〕趣(cù促):赶紧,急忙。

〔19〕手版:古时大臣朝见时,用以记事的狭长板子。

〔20〕何有:一作"何须"。阿堵:六朝人口语,这、这个。

〔21〕正自:正是。

〔22〕矜庄:矜持严肃。

〔23〕部:一作"却",退却。

〔24〕促燕行觞:催促上酒菜,依次向宾客敬酒。燕,同"宴"。

〔25〕移日:移动日影。指很长一段时间。

6.35 谢公与人围棋[1],俄而谢玄淮上信至[2]。看书竟[3],默然无言,徐向局[4]。客问淮上利害[5],答曰:"小儿辈大破贼。"意色举止,不异于常〔6〕。《续晋阳秋》曰:"初,符坚南寇〔7〕,京师大震。谢安无惧色,方命驾出墅〔8〕,与兄子玄围棋。夜还乃处分〔9〕,少日皆办。破贼又无喜容。其高量如此〔10〕。"《谢车骑传》曰:"氐贼符坚,倾国大出,众号百万。朝廷遣诸军距之〔11〕,凡八万。坚进屯寿阳〔12〕,玄为前锋都督〔13〕,与从弟琰等选精锐决战〔14〕。射伤坚,俘获数万计,得伪辇及云母车〔15〕,宝器山积,锦罽万端〔16〕,牛、马、驴、骡、驼十万头匹。"

〔1〕谢公:谢安,《言语》第62条已见。

〔2〕谢玄:谢安之侄,《言语》第71条已见。淮上信至:淝水前线的信使到来。按:前秦君主符坚举国百万雄兵南下,东晋以谢安为征讨大都督,命谢石、谢玄率八万军队迎战。谢玄领军在淝水处与前秦符融所领先锋部队交战,取得决定性的胜利。随后前秦军队全面溃败。

〔3〕竟:完毕,终了。

〔4〕徐向局:慢慢地转向棋局继续下棋。

〔5〕利害:指胜败。

〔6〕不异于常:指谢安闻得捷报,而了无喜色,围棋如故。古人常于大事仓猝之时托情博弈,以示镇静。谢安在客人面前,喜怒哀乐不形于色,以渊深度量控制情感,表现出与常人不同的淡然超逸。这就是晋人推崇的雅量。

〔7〕符坚:今一般写作"苻坚"。下同。寇:劫掠,入侵。

〔8〕命驾:命人驾车马。

〔9〕处分:处置,处理。

〔10〕高量:广大的度量。

〔11〕距:通"拒",抗拒,抵御。

〔12〕屯:驻扎。

〔13〕都督:部队军事长官。

〔14〕琰:谢琰,字瑗度,谢安次子,谢玄从弟。淝水之战时任辅国将军,以功封望蔡公。历任会稽内史、尚书右仆射、徐州刺史等。在讨伐孙恩之乱时被害身亡。

〔15〕伪辇(niǎn碾):帝王所乘之车。此处称伪,是对敌对政权的贬称。云母车:帝后所乘之车,以云母为饰。

〔16〕锦罽(jì记)：精美有纹彩的毡毯。端：布帛的长度单位，两丈为一端，一说六丈为一端。

【归纳探究】

本门所记故事中的人物，有的在其他门也有相应的记述。请选择其中你最喜欢的一个人物，说说读过本门故事后，你对他又有了怎样的认识。

提示：同学们可以从本门故事所记人物中，选择一个自己最喜欢的人物，说说本门故事表现了他怎样的特点。再摘选几个与这个人物相关的其他门类的故事，从多个角度来说说你对他的评价，以形成对人物更丰富全面的认识，也为制作人物档案做准备。

识鉴第七

【导读】

识鉴指能知人论世,鉴别是非,赏识人才。魏晋时代,讲究品评人物,其中有相当一部分涉及人物的品德才能,并由此预见这一人物未来的变化和优劣得失,如果这一预见终于实现,预见者就被认为有识鉴。品评也包括审察人物的相貌和言谈举止而下断语,这类断语一旦被证实,同样认为有识鉴。这种有知人之明的人,能够在少年儿童中识别某人将来的才干和官爵禄位,也能够在默默无闻的人群中选拔超群的人才。本门主要记载识别人物的事例。

7.1 曹公少时见乔玄[1],玄谓曰:"天下方乱,群雄虎争,拨而理之,非君乎?然君实乱世之英雄,治世之奸贼。[2]恨吾老矣,不见君富贵,当以子孙相累[3]。"《续汉书》曰:"玄字公祖,梁国睢阳人。少治《礼》及《严氏春秋》[4]。累迁尚书令。玄严明有才略,长于知人。初,魏武帝为诸生,未知名也,玄甚异之。"《魏书》曰:"玄见太祖曰[5]:'吾见士多矣,未有若君者!天下将乱,非命世之才不能济也[6]。能安之者,其在君乎?'"按《世语》曰:"玄谓太祖:'君未有名,可交许子将[7]。'太祖乃造子将,子将纳焉[8]。"孙盛《杂语》曰:"太祖尝问许子将:'我何如人[9]?'固问,然后子将答曰:'治世之能臣,乱世之奸雄。'太祖大笑。"《世说》所言谬矣。

89

〔1〕曹公:曹操。《文学》第66条已见。

〔2〕乱世之英雄,治世之奸贼:治世,安定的时代。按:英雄,汉魏之间品评人物的名目之一。聪明秀出为英,胆力过人为雄。天下大乱,拨乱反正,则需英雄。关于"乱世之英雄,治世之奸贼"这一评语,范晔《后汉书》所载是许劭评语,他说曹操是"清平之奸贼,乱世之英雄"。刘孝标注引东晋时孙盛所著《杂语》也记载,许劭评曹操为"治世之能臣,乱世之奸雄"。孙盛所记,似源于陈寿《三国志·魏书·武帝纪》"治世之能臣,乱世之奸雄"。因此,刘孝标注曰"《世说》所言谬矣"。

〔3〕累:烦劳,劳累。

〔4〕严氏:严彭祖,字公子,东海下邳(今江苏睢宁县古邳镇)人。西汉时人,汉宣帝时为博士,教授《春秋公羊传》,创立春秋公羊严氏学派。

〔5〕太祖:曹操。

〔6〕命世:上天赋予使命的大人才,一般指政治人物。济:拯救(天下)。

〔7〕许子将:许劭字子将,汝南平舆(治在今河南平舆县)人。东汉末年名士,善品评人物,每月更换其品题,世称"月旦评"。

〔8〕纳:接待。

〔9〕何如:什么样。

7.7 石勒不知书[1],《石勒传》曰:"勒字世龙,上党武乡人,匈奴之苗裔也[2]。雄勇好骑射。晋元康中[3],流宕山东[4],与平原在平人师欢家庸[5],耳恒闻鼓角鞞铎之音[6],勒私异之。初,勒乡里原上地中生石日长,类铁骑之象。国中生人参[7],葩叶甚盛[8]。于时父

凌濛初点评说:"异哉此虏!识乃在汉高上。"

老相者皆云〔9〕:'此胡体貌奇异,有不可知。'劝邑人厚遇之〔10〕,人多哂而不信〔11〕。永嘉初〔12〕,豪杰并起,与胡王阳等十八骑诣汲桑〔13〕,为左前督。桑败,共推勒为主。攻下州县,都于襄国。后僭正号〔14〕,死,谥明皇帝。"使人读《汉书》。闻郦食其劝立六国后,刻印将授之,大惊曰:"此法当失,云何得遂有天下?"至留侯谏,乃曰:"赖有此耳!"〔15〕邓粲《晋纪》曰:"勒手不能书,目不识字,每于军中令人诵读,听之,皆解其意。《汉书》曰:"项羽急围汉王于荥阳,汉王与郦食其谋挠楚权〔16〕。食其劝立六国后,王令趣刻印〔17〕。张良入谏,以为不可。辍食吐哺〔18〕,骂郦生曰:'竖儒,几败乃公事〔19〕!'趣令销印。"

〔1〕知书:识字。

〔2〕苗裔:子孙后代。

〔3〕元康:西晋惠帝司马衷年号,公元291—299年。

〔4〕流宕:漂泊,流浪。

〔5〕家庸:私家雇工。

〔6〕鼓角鞞(pí 皮)铎:鼓,战鼓。角,号角。鞞,古代军中所用的小鼓。铎(duó 夺),古代乐器,大铃的一种,古代宣布政教法令或遇战事时使用。此四种乐器,在军队中亦用以报时、警众或发号施令。

〔7〕国中:一作"园中"。

〔8〕葩(pā 趴)叶:花与叶子。

〔9〕相者:看相的人。

〔10〕邑人:同邑的人,同乡的人。

〔11〕哂(shěn 审):讥笑。

〔12〕永嘉:西晋怀帝司马炽年号,公元307—313年。

〔13〕诣:到。

〔14〕僭:超越本分,冒用在上者的职权、名义行事。正号:正式的名位,指建号为赵。

〔15〕"闻郦食其(lì yì jī 丽艺机)"数句:郦食其,汉高祖刘邦重要的谋士,曾献计攻克陈留,封广野君。留侯,张良,汉高祖刘邦重要谋士,与萧何、韩信并称"汉初三杰",被封为留侯。郦食其劝刘邦立六国后裔,被张良谏阻。石勒听《汉

91

书》至刘邦接受郦食其劝立六国之后的建议时大惊，认为这个办法不可行，后听至张良成功劝阻此事之后，才感叹幸有此举才不至于失去天下。此处赞叹石勒对于政治军事形势的识见与决断，虽然他不识字，不能写，不能读，但对于用兵为政之道有相当敏锐的洞察力，能够清晰地了解到其中关捩。

〔16〕挠：扰乱，分化。

〔17〕趣：通"促"，赶紧，催促。

〔18〕辍食吐哺：吐掉饭菜不吃了。此处形容刘邦气愤之情。

〔19〕竖儒：对儒生的鄙称。

7.10 张季鹰辟齐王东曹掾[1]，在洛见秋风起，因思吴中菰菜羹、鲈鱼脍[2]，曰："人生贵得适意尔，何能羁宦数千里以要名爵！[3]"遂命驾便归。俄而齐王败，时人皆谓为见机[4]。《文士传》曰："张翰字季鹰。父俨，吴大鸿胪。翰有清才美望，博学善属文，造次立成[5]，辞义清新。大司马齐王冏辟为东曹掾。翰谓同郡顾荣曰[6]：'天下纷纷未已，夫有四海之名者，求退良难。吾本山林间人，无望于时久矣。子善以明防前[7]，以智虑后。'荣捉其手，怆然曰：'吾亦与子采南山蕨，饮三江水尔！'翰以疾归，府以辄去除吏名[8]。性至孝，遭母艰[9]，哀毁过礼[10]。自以年宿[11]，不营当世，以疾终于家。"

〔1〕齐王：司马冏字景治，齐王司马攸次子，晋武帝司马炎之侄。东曹掾：官名。公府部属分曹治事。曹，分科办事的官署。

〔2〕菰菜羹、鲈鱼脍：一作"菰菜、莼羹、鲈鱼脍"，为江东特有的三种佳味。

〔3〕"人生贵得适意尔"两句：张翰放纵不拘，以适意为人生之旨，亦好酒，时人比之阮籍。《任诞》第20条有："张季鹰纵任不拘，时人号为'江东步兵'。或谓之曰：'卿乃可纵适一时，独不为身后名邪？'答曰：'使我有身后名，不如即时一杯酒！'"羁宦：因做官羁绊在外。要：求取。

〔4〕见机：看清事情将要发生的端倪。张翰归吴，在西晋惠帝太安元年（302）八九月间，而齐王冏于本年十二月被长沙王乂所杀。张翰已辞官归里，未被牵连其中。

〔5〕造次:仓促,紧迫。

〔6〕顾荣:字彦先,吴郡吴县(今江苏苏州)人。属江左大族,吴亡后入晋为官,因战乱南归。西晋末年司马政权南渡,顾荣以江南士族之首拥立司马睿。《德行》第25条注已见。

〔7〕明:英明,高明。

〔8〕辄去:不报告就径自离职。除吏名:革除做官的资格。

〔9〕艰:父母之丧。

〔10〕哀毁过礼:居丧期间悲伤过度而损害其身。过礼,超过了常礼,指哀伤之情没有节制。

〔11〕年宿:老前辈。

7.22 郗超与谢玄不善[1]。符坚将问晋鼎[2],既已狼噬梁、岐[3],又虎视淮阴矣[4]。车频《秦书》曰:"符坚字永固,武都氐人也。本姓蒲,祖父洪,诈称谶文[5],改曰'符'。言己当王,应符命也。坚初生,有赤光流其室,及诞,背赤色隐起[6],若篆文。幼有美度[7],石虎司隶徐正名知人[8],坚六岁时,尝戏于路,正见而异焉,问曰:'符郎!此官街[9],小儿行戏,不畏缚邪?'坚曰:'吏缚有罪,不缚小儿。'正谓左右曰:'此儿有王霸相。'石氏乱,伯父健及父雄西入关,健梦天神使者朱衣冠,拜肩头为龙骧将军。肩头,坚小字也。健即拜为龙骧,以应神命。后健僭帝号[10]。死,子生立,凶暴,群臣杀之而立坚。坚立十五年,遣长乐公丕攻没襄阳。十九年,大兴师伐晋,众号百万,水陆俱进,次于项城[11]。自项城至长安,连旗千里,首尾不绝。乃遣告晋曰:'已为晋君于长安城中建广夏之室[12],今故大举渡江相迎,克日入宅也[13]。'"于时朝议遣玄北讨[14],人间颇有异同之论[15]。唯超曰:"是必济事[16]。吾昔尝与共在桓宣武府[17],见使才皆尽[18],虽履屐之间[19],亦得其任。以此推之,容必能立勋[20]。"元功既举[21],时人咸叹超之先觉,又重其不以爱憎匿善[22]。《中兴书》曰:"于时氐贼强盛,朝议求文武良将可镇靖北方者[23]。卫大将军安曰[24]:'唯兄子玄可任此事。'中书郎郗超闻而叹曰:'安违众举亲,明也。玄必不负其举。'"

93

〔1〕郗超:《言语》第59条刘孝标注引《中兴书》曰:"超字景兴,高平人,司空愔之子也。少而卓荦不羁,有旷世之度。累迁中书郎、司徒左长史。"郗超为大司马桓温谋主,劝桓温代晋自立。谢玄:谢安兄谢奕之子,《言语》第71条已见。

〔2〕符坚:今一般写作"苻坚",前秦君主。问鼎:图谋王位。此处指苻坚意欲灭掉晋朝。

〔3〕狼噬:像狼一样吃掉。此指侵占。梁、岐:梁指古梁州的地域,即今四川东北部、陕西南部、湖北北部等地。岐指今陕西关中一带。

〔4〕虎视:谓如虎之雄视,有伺机攫取之意。淮阴,淮河北部地区,此泛指淮河一带,乃东晋北境。

〔5〕谶(chèn 趁)文:具有预示性质的图箓或文字。

〔6〕隐起:鼓起,凸起。六朝常语。

〔7〕美度:俊美的风度。

〔8〕石虎:后赵武帝石虎,字季龙,羯族,上党武乡(今山西榆社西北)人,十六国时期后赵君主,公元334—349年在位。司隶徐正:后赵武帝石虎臣下司隶校尉徐正。名知人:以善于识别人才闻名。

〔9〕官街:官道。

〔10〕僭帝号:窃用帝王的名号。

〔11〕次:驻扎。

〔12〕广夏:高大的房屋。夏,通"厦",高楼。

〔13〕克日:约定或限定日期。

〔14〕朝议:朝廷讨论。

〔15〕人间颇有异同之论:人们对此颇有不同的意见。

〔16〕是必济事:这样安排必定能成事。是,这样。

〔17〕桓宣武:桓温。《言语》第55条已见。谢玄早年曾为大司马桓温部将。

〔18〕使才皆尽:用人都能使其各尽其才。

〔19〕履屐之间:比喻小事。

〔20〕容:表或然之词,或许、大概、也许。

〔21〕元功:大功,首功。

〔22〕不以爱憎匿善:不因自己的爱憎而埋没别人的优点。

〔23〕镇靖：安抚、安定。

〔24〕安：谢安。《言语》第62条已见。谢玄为谢安侄。

【归纳探究】

本门主要记载识别人物的事例。请结合本篇具体事例简要说说，这一篇记录了哪类识别人物的事例。

提示：这一篇记录了去除个人爱憎品评人物的事例。例如第22，郗超本来跟谢玄不和，在苻坚大军压境时却推断谢玄可以御敌，为国立功，启发我们不要以个人爱憎来评价人物。

赏誉第八

【导读】

本门记述了当时人们所赞赏的内容,如品德、才情、容貌等。

8.2 世目李元礼[1]:"谡谡如劲松下风[2]。"《李氏家传》曰:"膺岳峙渊清[3],峻貌贵重[4]。华夏称曰:'颍川李府君,颙颙如玉山[5]。汝南陈仲举[6],轩轩如千里马[7]。南阳朱公叔[8],飂飂如行松柏之下[9]。'"

〔1〕目:品题,形容。李元礼:李膺字元礼,《德行》第4条称"李元礼风格秀整,高自标持,欲以天下名教是非为己任。"《后汉书·李膺传》有:"是时朝庭日乱,纲纪颓陁,膺独持风裁,以声名自高。"

〔2〕谡(sù 肃)谡:劲风声。劲松下,风急而凌厉,以此喻李膺为人严肃冷峻。

〔3〕岳峙渊清:像高山一样矗立,像深潭一样清澈。比喻气度宏大深沉。

〔4〕峻貌:山势高大陡峭。汉魏时期,多以此形容人威严刚正。

〔5〕颙(jūn 均)颙:意近"颗砡",石头累积成山的样子。东汉马融《长笛赋》:"夫其面旁则重巘增石,简积颗砡。"唐代李周翰注:"颗砡,石齐头貌也。"

〔6〕陈仲举:陈蕃字仲举。《德行》第1条注已见。

〔7〕轩轩:意气高昂的样子。

〔8〕朱公叔:朱穆字公叔,一字文元,南阳郡宛(今河南南阳)人,东汉士人。

〔9〕飂(liáo 聊)飂:疾风吹过时那种劲急的响声和清冷的感觉。

8.8 裴令公目夏侯太初[1]:"肃肃如入廊庙中[2],不修敬而人自敬[3]。"《礼记》曰:"周丰谓鲁哀公曰:'宗庙社稷之中,未施敬而民自敬。'"一曰:"如入宗庙,琅琅但见礼乐器[4]。见钟士季[5],如观武库[6],但睹矛戟。见傅兰硕[7],江廧靡所不有[8]。见山巨源[9],如登山临下,幽然深远。"玄、会、嘏、涛,并已见上。

刘辰翁点评说:"少得此人。"

〔1〕裴令公:裴楷字叔则,河东闻喜(今山西闻喜)人。为人清通,官至中书令。《言语》第19条已见。夏侯太初:夏侯玄字太初,魏谯县(今安徽亳州市)人。博学多识,有名望,少为"四聪"之一。精通玄学,与何晏、王弼等开玄学清谈风气。

〔2〕肃肃:恭敬庄重貌。廊庙:朝堂大殿。

〔3〕修敬:表示敬意。

〔4〕琅琅:像玉石一般明净。礼乐器:宗庙中祭祀所用的礼器、乐器,比较贵重。

〔5〕钟士季:钟会字士季,颍川长社(今河南长葛东)人。博学善玄理,与王弼并知名。魏时为秘书郎、尚书中书侍郎,赐爵关内侯。讨毌丘俭、诸葛诞有功,进黄门侍郎、司隶校尉。又参与平蜀,独揽大权,在蜀中起兵反司马昭,失败被杀。

〔6〕武库:储藏兵器的仓库。按:此处用矛戟形容钟会,是形容他有锋芒,气势凌人,令人畏惧。

〔7〕傅兰硕:傅嘏字兰石,北地泥阳(今陕西耀州区东南)人。少年知名,善玄理,是谈才性论的代表性人物。历任尚书郎、黄门侍郎、河南尹、尚书。平毌丘

97

俭有功,进封阳乡侯。按:傅嘏的字,《晋书》本传作"兰石",刘盼遂曰:"硕、石古同字。"

〔8〕江廧(qiáng 墙):一作"汪廧",即汪洋,水势浩大的样子。傅嘏才学丰赡,因此有汪洋浩大之目。

〔9〕山巨源:山涛字巨源,河内怀县(今河南武陟西南)人。有器量,好老、庄,与嵇康、阮籍等交游。历任大将军从事中郎、相国左长史、尚书仆射,领吏部等。每选官任用,下笔品题,绝妙当时,时人称"山公启事"。

8.10 王戎目山巨源[1]:"如璞玉浑金[2],人皆钦其宝[3],莫知名其器[4]。"顾恺之《画赞》曰:"涛无所标明[5],淳深渊默[6],人莫见其际,而其器亦入道[7]。故见者莫能称谓,而服其伟量[8]。"

〔1〕王戎:字濬冲,琅邪临沂(今山东临沂)人。"竹林七贤"之一。聪颖机敏,潇洒不修边幅,长于清谈,善于品鉴人才。历仕荆州刺史、尚书左仆射、司徒等,封安丰县侯。山巨源:山涛,《赏誉》第8条已见。

〔2〕璞玉:未被雕琢的玉石。浑金:未被冶炼的金子。

〔3〕钦:敬仰。

〔4〕莫知名其器:意谓不知道他能做什么。按:裴楷称山涛"幽然深远",顾恺之称"无所标明,淳深渊默",与此处王戎的品题内涵相近,都是说山涛器量渊深莫测,人人都觉得他气度宏大,不能测度其边际。

〔5〕标明:显露。

〔6〕淳深渊默:深沉静默。

〔7〕其器:疑作"嚣然",自得之貌。入道:入老、庄无为无不可为的宏大之道。

〔8〕伟量:宏大的器量。

8.15 庾子嵩目和峤[1]:"森森如千丈松[2],虽磊砢有节目[3],施之大厦,有栋梁之用。"《晋诸公赞》曰:"峤常慕其舅夏侯玄为人[4],故于朝士中峨然不群[5],时类惮其风节[6]。"

〔1〕庾子嵩:庾敳(ái 皑)字子嵩,颍川鄢陵(今河南鄢陵)人。与王敦等号为"四友"。好老、庄,胸怀广大有度量,历任陈留相、吏部郎,参东海王越太傅军事、军咨祭酒等。永嘉年间石勒大败晋兵,敳与王衍同被杀。和峤:和峤字长舆。《方正》第14条已见。

〔2〕森森:树木茂盛的样子。

〔3〕磊砢(luǒ 裸):树干多节不平滑的样子。节目:树木上的节疤。

〔4〕夏侯玄:《赏誉》第8条已见。

〔5〕峨然:卓然挺立的样子。

〔6〕时类:时人。风节:凛然端正的风度。

8.16 王戎云[1]:"太尉神姿高彻[2],如瑶林琼树[3],自然是风尘外物[4]。"《名士传》曰:"夷甫天形奇特[5],明秀若神。"《八王故事》曰:"石勒见夷甫[6],谓长史孔苌曰:'吾行天下多矣!未尝见如此人,当可活不?'苌曰:'彼晋三公,不为我用。'勒曰:'虽然[7],要不可加以锋刃也[8]。'夜使推墙杀之。"

〔1〕王戎:《赏誉》第10条已见。

〔2〕太尉:王衍字夷甫,官至太尉,位列三公(司徒、司空、太尉,西晋最高的官位)。《言语》第23条注已见。《晋书》称其"神情明秀,风姿详雅"。神姿高彻:风神姿态超凡脱俗。

〔3〕瑶林琼树:玉树,仙树。也是形容王衍气质超逸,没有凡俗之气。

〔4〕风尘外物:尘俗之外的人。按:据《晋书·王衍传》记载,晋武帝曾问王戎,王衍当世谁能比拟,王戎说:"未见其比,当从古人中求之。"可见其容貌气质非凡。《赏誉》第37条云:"王公目太尉:'岩岩清峙,壁立千仞。'"王公即王导。"岩岩清峙,壁立千仞",侧重形容其与俗人之间有距离,不过这一品题略显宽泛,因为严肃庄重的人也可以用"壁立千仞"来形容。王戎的品题强调其气质超逸不群,《名士传》亦曰"天形奇特,明秀若神",这可能更切合当时人的观感。

99

〔5〕天形：天然的形体，指体格和气质。

〔6〕石勒：十六国后赵的建立者，公元319—333年在位。《雅量》第15条已见。

〔7〕虽然：纵然如此。

〔8〕要不可：定不可，断然不可。按：同样是杀害，加以锋刃与推墙掩杀的区别今难得其实。推测而言，如加以锋刃，则坐实了屠戮名士的恶名，毕竟王衍当时人望很高；推墙掩杀，则可以托辞意外事故，舆论上尚有回旋的余地。只不过史家原心纪事，揭露了石勒内心虚伪的考量。

8.29 林下诸贤[1]，各有俊才子。籍子浑，器量弘旷[2]。《世语》曰："浑字长成，清虚寡欲，位至太子中庶子[3]。"康子绍，清远雅正。已见[4]。涛子简，疏通高素[5]。虞预《晋书》曰："简字季伦，平雅有父风[6]。与嵇绍、刘漠等齐名。迁尚书，出为征南将军。"咸子瞻，虚夷有远志[7]。瞻弟孚，爽朗多所遗。《名士传》曰："瞻字千里，夷任而少嗜欲[8]，不修名行[9]，自得于怀。读书不甚研求，而识其要。仕至太子舍人。年三十卒。"《中兴书》曰："孚风韵疏诞[10]，少有门风。初为安东参军，蓬发饮酒，不以王务婴心[11]。"秀子纯、悌，并令淑有清流[12]。《竹林七贤论》曰："纯字长悌，位至侍中。悌字叔逊，位至御史中丞。"《晋诸公赞》曰："洛阳败，纯、悌出奔，为贼所害。"戎子万子，有大成之风，苗而不秀[13]。《晋诸公赞》曰："王绥字万子，辟太尉掾，不就。年十九卒。"《晋书》曰："戎子万，有美号而太肥，戎令食糠，而肥愈甚也。"惟伶子无闻。凡此诸子，唯瞻为冠，绍、简亦见重当世。

王思任点评说："字不乱下，俱错落安致。"

〔1〕林下诸贤:指竹林七贤,阮籍、嵇康、山涛、阮咸、向秀、王戎、刘伶。

〔2〕器量弘旷:胸怀宏远放旷。

〔3〕太子中庶子:官名。太子太傅或太子少傅的属官,秩五品。

〔4〕已见:刘孝标指在《德行》第43条已注。王隐《晋书》曰:"绍字延祖,谯国铚人。父康有奇才俊辩。绍十岁而孤,事母孝谨,累迁散骑常侍。惠帝败于荡阴,百官左右皆奔散,唯绍俨然端冕,以身卫帝。兵交御辇,飞箭雨集,遂以见害也。"嵇绍受山涛推荐,晋惠帝时官至侍中。在惠帝军队与成都王司马颖的战争中,为护卫惠帝中箭而死。

〔5〕疏通高素:随和、高雅、质朴。

〔6〕平雅:平和高雅。

〔7〕虚夷:恬淡寡欲。

〔8〕夷任:恬淡放达。

〔9〕名行:名声与品行。

〔10〕疏诞:不受拘束,行事有点特立独行。

〔11〕婴心:关心,挂心。

〔12〕令淑:美好。

〔13〕苗而不秀:《论语·子罕》有:"子曰:苗而不秀者有矣夫!秀而不实者有矣夫!"颜渊早卒,孔子甚痛惜之。苗而不秀指少年之才早卒。

8.32 王太尉云[1]:"郭子玄语议如悬河泻水[2],注而不竭[3]。"

《名士传》曰:"子玄有俊才,能言《庄》《老》。"

〔1〕王太尉:王衍。《言语》第23条注已见。

〔2〕郭子玄:郭象字子玄。《文学》第19条已见。在王衍的诸婿大会中,郭象与裴遐谈论,"陈张甚盛",有滔滔不绝、口若悬河的气势。语议:议论,谈论。悬河:瀑布。

〔3〕注:灌注,流淌。

8.66 桓茂伦云[1]:"褚季野皮里阳秋[2]。"谓其裁中也[3]。《晋阳秋》曰:"裒简穆有器识[4],故为彝所目也。"

〔1〕桓茂伦:桓彝字茂伦,谯国龙亢(今安徽怀远西北龙亢集)人,桓温父。起家州主簿,累官尚书吏部郎。晋明帝拜散骑常侍。苏峻反,桓彝固守宣城,城陷被害。

〔2〕褚季野:褚裒字季野。《文学》第25条已见。皮里阳秋:阳秋,春秋。简文帝司马昱之母郑太后名阿春,故避讳"春秋"为"阳秋"。《春秋》微言大义,寓褒贬于其中,因而此处以"春秋"代指褒贬。皮里阳秋,指言外无臧否,而心中有评判。皮里:指肚皮里。

〔3〕裁中:鉴裁得中。

〔4〕简穆:简约沉静。器识:器量见识。

8.91 简文道王怀祖[1]:"才既不长,于荣利又不淡;直以真率少许[2],便足对人多多许[3]。"《晋阳秋》曰:"述少贫约,箪瓢陋巷[4],不求闻达,由是为有识所重[5]。"

〔1〕简文:东晋简文帝司马昱。《言语》第48条已见。王怀祖:王述字怀祖,太原晋阳(今山西太原西南)人。为人性情真率。袭爵蓝田县侯,历任宛陵令、尚书令等。

〔2〕直:只。

〔3〕足对人多多许:足以抵得别人许多。此四句言王述才能不优秀,对功名利禄也不淡漠,但是他有少许真诚坦率,便足以抵得别人许多了。由此可见,真率在当时人格审美中的重要程度。

〔4〕箪瓢陋巷:一箪食物,一瓢汤水,生活在环境糟糕的小巷子里。语出《论语·雍也》:"一箪食,一瓢饮,在陋巷,人不堪其忧,回也不改其乐。"

〔5〕有识:有鉴识之人。

8.107 孙兴公为庾公参军[1]，共游白石山。卫君长在坐，《卫氏谱》曰："承字君长，成阳人，位至左军长史。"孙曰："此子神情都不关山水[2]，而能作文。"庾公曰："卫风韵虽不及卿诸人，倾倒处亦不近[3]。"孙遂沐浴此言[4]。

〔1〕孙兴公：孙绰，《文学》第84条已见。庾公：庾亮，《言语》第53条已见。

〔2〕此子神情都不关山水：指卫承神情与山水全无关系，岂能做文章？这是孙绰的嘲笑之语。东晋时期，士人流连于山水，在山水中安放精神，因此，山水之美成为重要的审美对象，并且与士人的人格之美联系起来，与山水相关的文学创作也随之兴起。孙绰在此处肯定了山水自然与文人的艺术创作之间的联系。

〔3〕倾倒处亦不近：指卫承虽然风韵不及众人，但其亦有不平庸之处能够令人钦服。倾倒，心折，佩服。近，鄙薄，平庸。

〔4〕沐浴：涵泳。

8.109 王长史云[1]："刘尹知我[2]，胜我自知。"《濛别传》曰："濛与沛国刘惔齐名，时人以濛比袁曜卿[3]，惔比荀奉倩[4]，而共交友，甚相知赏也[5]。"

〔1〕王长史：王濛，官至司徒左长史，因称"王长史"。《政事》第18条已见。

〔2〕刘尹：刘惔，官至丹阳尹，故称"刘尹"。《言语》第48条已见。

〔3〕袁曜卿：袁涣字曜卿，陈郡（今河南太康西北）人，东汉司徒袁滂之子。以直言敢谏著称，历任郡功曹、侍御史、郎中令。据《三国志·魏书·袁涣传》记载："当时诸公子多越法度，而涣清静，举动必以礼。"《晋书·王濛传》记载："濛少时放纵不羁，不为乡曲所齿，晚节始克己励行，有风流美誉，虚己应物，恕而后行，莫不敬爱焉。"

〔4〕荀奉倩：荀粲字奉倩，颍川颍阴（今河南许昌）人，荀彧幼子。为人简约自重，与傅嘏、夏侯玄友善。据《三国志》裴松之注引何邵《荀粲传》记载："粲简贵，不能与常人交接，所交皆一时俊杰。"据《晋书·刘惔传》记载："惔少清远，有标奇，与母任氏寓居京口，家贫，织芒屩以为养，虽荜门陋巷，晏如也。人未之识，

惟王导深器之。后稍知名,论者比之袁羊。惔喜,还告其母。其母,聪明妇人也,谓之曰:'此非汝比,勿受之。'又有方之范汪者。惔复喜,母又不听。及惔年德转升,论者遂比之荀粲。"

〔5〕知赏:赏识。

8.135 刘尹道江道群"不能言而能不言"[1]。江灌已见。

〔1〕刘尹:刘惔,《言语》第48条已见。江道群:江灌字道群,陈留圉县(今河南杞县西南)人。《赏誉》第84条刘孝标注引《中兴书》曰:"江灌字道群,陈留人,仆射彪从弟也。有才器,与从兄道名相亚。仕尚书中护军。"不能言而能不言:指江灌不善清谈,却能够不强作清谈。清谈是当时士人骄傲的才能,不善清谈的人也多附庸风雅,勉强为之。刘惔称赞的正是江灌的真率之性。

【归纳探究】

试着概括作者在本门所赞誉的内容,分条概括即可。

提示:本门赞誉的内容非常广泛,品德、节操、本性、心地、才情、识见、容貌、举止、神情、风度、意趣、清谈、为人处世等等,都在赞誉之列。

品藻第九

【导读】

"品藻",即较量高下,鉴定等级。本门按照时代的先后顺序逐一记录了从汉末到三国、两晋时期,各个时代士人品评人物的风貌。很多故事都可以从细微处入手品评人物,请在你喜欢的内容旁写出你的品评。

9.4 诸葛瑾、弟亮及从弟诞,《吴书》曰:"瑾字子瑜,其先葛氏,琅邪诸县人,后徙阳都。阳都先有姓葛者,时人谓'诸葛',因为氏[1]。瑾少以至孝称。累迁豫州牧,六十八卒。"《魏志》曰:"诞字公休,为吏部郎,人有所属托[2],辄显其言而亟用之[3]。后有当不[4],则公议其得失,以为褒贬。自是群寮莫不慎其所举[5]。累迁扬州刺史、镇东将军、司空。谋逆伏诛。"并有盛名,各在一国。于时以为"蜀得其龙,吴得其虎,魏得其狗"[6]。诞在魏与夏侯玄齐名;瑾在吴,吴朝服其弘量[7]。《吴书》曰:"瑾避乱渡江,大皇帝取为长史[8],遣使蜀,但与弟亮公会相见,反无私面[9],而又有容貌思度[10],时人服其弘量。"

凌濛初点评说:"不目武侯,特妙,《世说》佳处正以此。"

105

〔1〕因为氏:因此以"诸葛"为姓氏。

〔2〕属托:请托。指推荐人为官。

〔3〕显其言而亟用之:亟,一作"承"。把推举之辞公布于众之后再任用被推荐之人。

〔4〕不:同"否"。

〔5〕自是:从此。群寮:同僚。寮,同"僚"。

〔6〕蜀得其龙,吴得其虎,魏得其狗:这是时人对兄弟三人才能的比较和评价。按:"狗"称动物幼小之意,而非蔑称。余嘉锡曰:"太公《六韬》以文、武、龙、虎、豹、犬为次,知古人之视犬,仅下龙、虎一等。"

〔7〕弘量:宽宏的度量。

〔8〕大皇帝:孙权字仲谋,吴郡富春(今浙江富阳)人,孙策弟。吴黄武元年(222),魏文帝曹丕封孙权为吴王,建立吴国。黄武八年(229)年,权即皇帝位于武昌(今湖北鄂州),国号吴,改元黄龙,都建业(今江苏南京)。死后谥曰"大皇帝"。

〔9〕反无私面:(从公开会面上)退下之后没有私下里见面。指诸葛瑾与弟弟诸葛亮各为其主,诸葛瑾作为吴国使臣出使蜀国,与诸葛亮都在公会上相见,公会之后,兄弟间没有私下会面。反,一作"退"。私面,私自会面。

〔10〕思度:才思器量。

9.17 明帝问谢鲲[1]:"君自谓何如庾亮[2]?"答曰:"端委庙堂[3],使百僚准则[4],臣不如亮。一丘一壑[5],自谓过之。"《晋阳秋》曰:"鲲随王敦下[6],入朝,见太子于东宫,语及夕,太子从容问鲲曰:'论者以君方庾亮,自谓孰愈[7]?'对曰:'宗庙之美,百官之富,臣不如亮。纵意丘壑,自谓过之。'"邓粲《晋纪》曰:"鲲与王澄之徒[8],慕竹林诸人[9],散首披发,裸袒箕踞[10],谓之八达[11]。故邻家之女,折其两齿[12]。世为谣曰:'任达不已,幼舆折齿。'鲲有胜情远概[13],为朝廷之望[14],故时以庾亮方焉。"

〔1〕明帝:晋明帝司马绍字道畿,晋元帝司马睿长子。公元323—326年在位。时明帝为太子。谢鲲:谢鲲任达不拘,好老、庄。《德行》第23条已见。

106

〔2〕何如：与……相比怎么样。庾亮：《言语》第53条已见。

〔3〕端委庙堂：穿着朝服站在朝廷之上，此指治国理政。端委，古代礼服。

〔4〕使百僚准则：作为百官的榜样，让百官学习。准则，学习、仿效。

〔5〕一丘一壑：指心胸超逸放旷。按：顾恺之在为谢鲲作画时，便将他置于岩石之间。有人问其缘由，顾恺之曰："谢云：'一丘一壑，自谓过之。'此子宜置丘壑中。"（《巧艺》第12条）又，《品藻》第22条亦云："明帝问周伯仁：'卿自谓何如庾元规？'对曰：'萧条方外，亮不如臣；从容廊庙，臣不如亮。'"其意思与本条相近。刘孝标注曰："诸书皆以谢鲲比亮，不闻周顗。"

〔6〕随王敦下：永昌元年（322），王敦叛乱下京都。谢鲲随王敦入朝见皇太子（明帝司马绍），太子在东宫见之。

〔7〕愈：胜过。

〔8〕王澄：《德行》第23条已见。

〔9〕竹林诸人：指阮籍、嵇康等竹林七贤。

〔10〕箕踞：两脚张开，两膝微曲地坐着，形状像箕，是一种随意而不拘礼节的坐姿。

〔11〕八达：指光逸、谢鲲、阮放、毕卓、羊曼、桓彝、阮孚、胡毋辅之八人，他们散发裸裎，放浪形骸，时人称"八达"。

〔12〕故邻家之女，折其两齿：《晋书·谢鲲传》记载，谢鲲邻家高氏之女有美色，鲲曾去挑逗她，结果被她扔过来的梭子砸掉两颗牙齿。谢鲲不以为意，仍傲然长啸，并说"犹不废我啸歌"。

〔13〕胜情远概：高雅的情趣、远大的气度。

〔14〕望：有声望的人。

9.23 王丞相辟王蓝田为掾[1]，庾公问丞相："蓝田何似[2]？"王曰："真独简贵[3]，不减父祖[4]；然旷澹处故当不如尔[5]。"王述猲隘故也[6]。

〔1〕王丞相：王导。《言语》第31条已见。王蓝田：王述字怀祖，袭爵蓝田县侯，世称王蓝田。《赏誉》第91条已见。

107

〔2〕何似:如何,怎样。

〔3〕真独简贵:率真孤傲,矜持自重。

〔4〕父祖:王述出身太原王氏,祖父王湛,为西晋名士,为人冲虚恬淡,沉静随和。父亲王承,清虚寡欲,乃两晋之交名士,《晋书》称"渡江名臣王导、卫玠、周颛、庾亮之徒皆出其下,为中兴第一"。

〔5〕旷澹:旷达而淡泊。王述性情较为急躁,荣利之心也不轻,所以较其父祖有不及。

〔6〕狷隘:急躁。

9.30 时人道阮思旷[1]:"骨气不及右军[2],简秀不如真长[3],韶润不如仲祖[4],思致不如渊源[5]。而兼有诸人之美。"《中兴书》曰:"裕以人不须广学[6],正应以礼让为先,故终日颓然,无所修综,而物自宗之。"

刘辰翁点评说:"如此更高。"

〔1〕道:评论。阮思旷:阮裕字思旷,陈留尉氏(今河南尉氏)人,阮籍族弟,以德行知名。历任溧阳令、尚书郎、临海太守、东阳太守等。《品藻》第36条有孙盛评阮裕"弘润通长"。

〔2〕骨气:风骨气度。右军:王羲之,官至右军将军,世称"王右军"。《言语》第62条注已见。按:王羲之曾被品为"风骨清举",以骨气著称。

〔3〕简秀:同"简令",清爽简约秀美。真长:刘惔字真长,《言语》第48条已见。按:孙盛评刘惔"清蔚简令"。

〔4〕韶润:秀美温润。仲祖:王濛字仲祖,《政事》第18条已见。按:孙盛评王仲祖"温润恬和"。

〔5〕思致:指思维能力强。渊源:殷浩字渊源,《言语》第57条已见。

〔6〕广学:学得很多很深。

9.35 桓公少与殷侯齐名[1],常有竞心[2]。桓问殷:"卿何如我?"殷云:"我与我周旋久,宁作我。[3]"

〔1〕桓公:桓温。《言语》第55条已见。殷侯:殷浩。《言语》第57条已见。

〔2〕竞心:相互竞争的心理。

〔3〕我与我周旋久,宁作我:此二句言人熟悉者莫若己,深爱者亦莫若己,我虽不如人,而我亲爱自己,不愿改我本来面目。殷浩此言张扬自我,正是魏晋时代的名士风范。周旋,交往、应酬。

9.37 桓大司马下都[1],问真长曰[2]:"闻会稽王语奇进[3],尔邪[4]?"《桓温别传》曰:"兴宁九年,以温克复旧京[5],肃静华夏[6],进都督中外诸军事、侍中、大司马,加黄钺,使入参朝政。"刘曰:"极进,然故是第二流中人耳!"桓曰:"第一流复是谁[7]?"刘曰:"正是我辈耳!"

〔1〕桓大司马:桓温。《言语》第55条已见。下都:从长江上游下至都城建康。桓温时为荆州刺史,在建康上游。

〔2〕真长:刘惔字真长。《言语》第48条已见。

〔3〕会稽王:晋简文帝司马昱。《言语》第48条已见。奇进:大有长进。

〔4〕尔邪:真是这样的吗?

〔5〕克复:攻克收复。旧京:指洛阳。

〔6〕肃静:扫清、扫除。华夏:指中原。

〔7〕复:又。

9.54 支道林问孙兴公[1]:"君何如许掾[2]?"孙曰:"高情远致[3],弟子蚤已服膺[4];一吟一咏[5],许将北面[6]。"

109

〔1〕支道林:支遁字道林。《言语》第63条注已见。孙兴公:孙绰。《文学》第84条已见。

〔2〕许掾(yuàn院):许询字玄度,高阳新城(今河北高阳)人。善属文,与孙绰齐名,是玄言诗的代表人物、清谈领袖。与刘惔、王羲之、孙绰、谢安、郗愔等交游,终身不仕。因曾被征聘为司徒掾,虽未就任,但人们仍称之为"许掾"。

〔3〕高情远致:超逸的情怀、意趣。

〔4〕蚤:同"早"。服膺:铭记在心,衷心信奉。

〔5〕一吟一咏:吟诗作赋。

〔6〕北面:臣服于人。按:《品藻》第61条云:"孙兴公、许玄度皆一时名流。或重许高情,则鄙孙秽行;或爱孙才藻,而无取于许。"

9.74 王黄门兄弟三人俱诣谢公[1],子猷、子重多说俗事,《王氏谱》曰:"操之字子重,羲之第六子。历秘书监、侍中、尚书、豫章太守。"子敬寒温而已[2]。既出,坐客问谢公:"向三贤孰愈[3]?"谢公曰:"小者最胜[4]。"客曰:"何以知之?"谢公曰:"吉人之辞寡,躁人之辞多[5],推此知之。"

〔1〕王黄门兄弟三人:王徽之字子猷,王羲之第五子,仕至黄门侍郎。王操之字子重,王羲之第六子。王献之字子敬,王羲之第七子。谢公:谢安。《言语》第62条已见。

〔2〕寒温:问候冷暖起居。指仅仅客套寒暄,不多谈。

〔3〕向:刚才。愈:胜过。

〔4〕小者:指幼子王献之。

〔5〕吉人之辞寡,躁人之辞多:语出《周易·系辞下》。指有德之人言语少,性情浮躁的人言语多。谢安推崇王献之的渊默不语,与晋人崇尚简约之风有关。晋时品藻人物,皆以闲静慎言为上。

【归纳探究】

有的时候,品评人物无法直接论其高下,但可以选取适当的角度切入进行品评。你能举出一个这样的例子吗?

提示:同学们可以找到由适当角度切入来品评人物的例子,如本门第17则,明帝问谢鲲和庾亮相比如何,谢鲲就巧妙地从治国和欣赏山水两个角度,指出两个各有所长。

规 箴 第 十

【导读】

"规箴",指规劝,告诫。在本门中,可以看到直言敢谏、绝不阿谀逢迎的例子,也可以看到一些和风细雨、含而不露规劝的例子。

10.7 晋武帝既不悟太子之愚[1],必有传后意。诸名臣亦多献直言。帝尝在陵云台上坐,卫瓘在侧[2],欲申其怀[3],因如醉跪帝前[4],以手抚床曰[5]:"此坐可惜。"帝虽悟,因笑曰:"公醉邪?"《晋阳秋》曰:"初,惠帝之为太子,咸谓不能亲政事。卫瓘每欲陈启废之而未敢也。后因会醉[6],遂跪床前曰:'臣欲有所启。'帝曰:'公所欲言者,何邪?'瓘欲言而复止者三,因以手抚床曰:'此坐可惜。'帝意乃悟,因谬曰[7]:'公真大醉也。'帝后悉召东宫官属大会,令左右赍尚书处事以示太子[8],令处决。太子不知所对。贾妃以问外人[9],代太子对,多引古词义。给使张弘曰:'太子不学,陛下所知,宜以见事断,不宜引书也。'妃从之。弘具草奏[10],令太子书呈,帝大说[11],以示瓘。于是贾充语妃曰:'卫瓘老奴,几败汝家。'妃由是怨瓘,后遂诛之。"

〔1〕晋武帝:司马炎。《言语》第19条已见。太子:司马炎第二子司马衷,天生弱智,后即位为晋惠帝,公元290—306年在位。

〔2〕卫瓘:字伯玉,河东安邑(今山西夏县西北)人。初仕魏尚书郎、侍中、廷尉卿。平蜀,封菑阳侯。入晋仕尚书令、侍中、司空。八王之乱起,为贾后所杀。善草书,与索靖并称"二妙"。

〔3〕申其怀:表达自己感想。申,表明、表达。

〔4〕如醉:假装酒醉。卫瓘意欲向晋武帝进言改立太子,但又不敢直言,反复思量再三,只能以说"醉话"隐晦地谏言。

〔5〕床:古代坐具。

〔6〕会:恰巧,适逢。

〔7〕谬:假装。故意说错话,岔开尴尬的局面。

〔8〕赍(jī机):拿,持。指拿尚书所掌之事来让太子决断。

〔9〕贾妃:太子妃贾南风,贾充之女。

〔10〕具草奏:撰写奏章的草稿。具:撰写。

〔11〕说:同"悦"。

10.8 王夷甫妇郭泰宁女[1],《晋诸公赞》曰:"郭豫字太宁,太原人。仕至相国参军,知名。早卒。"才拙而性刚,聚敛无厌[2],干豫人事[3]。夷甫患之而不能禁[4]。时其乡人幽州刺史李阳,京都大侠,《晋百官名》曰:"阳字景祖,高尚人。武帝时为幽州刺史。"《语林》曰:"阳性游侠[5],盛暑,一日诣数百家别[6],宾客与别,常填门[7],遂死于几下,故惧之。[8]"犹汉之楼护,《汉书·游侠传》曰:"护字君卿,齐人。学经传,甚得名誉。母死,送葬车三千两。仕至天水太守。"郭氏惮之。夷甫骤谏之[9],乃曰:"非但我言卿不可,李阳亦谓卿不可。"郭氏小为之损[10]。

〔1〕王夷甫:王衍字夷甫。《言语》第23条注已见。泰宁:刘孝标注作"太宁"。泰、太通。

〔2〕聚敛无厌:积聚钱财,贪得无厌。

〔3〕干豫:同"干预",过问,参预。人事:政事,公事。

〔4〕患之而不能禁:王衍对此很忧虑,但又没有能力约束。按:郭、贾二族都是司马氏王朝的核心成员,权倾朝野。王衍妻郭氏是郭泰宁的女儿,郭泰宁的叔叔郭配是当时惠帝皇后贾南风的外公。郭氏为所欲为,王衍自然是无法管束的。

〔5〕游侠:到处为人打抱不平的侠客,此指具有侠客精神。

〔6〕诣:造访。

〔7〕填门:门户填塞,形容登门人多。

〔8〕"《语林》曰"数句:按:此处文意颇不顺畅。唐写本《世说新语》残卷"遂死于几下"作"遂死几下",无"故惧之"三字。又,《渊鉴类函》"游侠"条引裴启《语林》曰:"晋李阳大侠,士庶无不倾心。为幽州刺史,当之职,盛暑一日诣数百家别,宾客常填门。"似较明晰。

〔9〕骤:多次,屡次。

〔10〕小为之损:稍稍有所克制,此处指郭氏的恶劣作风稍有所收敛。小,稍。损,抑制,克制。

10.11 元帝过江犹好酒[1],王茂弘与帝有旧[2],常流涕谏。帝许之,命酌酒一酣[3],从是遂断。邓粲《晋纪》曰:"上身服俭约,以先时务[4]。性素好酒,将渡江,王导深以谏,帝乃令左右进觞,饮而覆之,自是遂不复饮。克己复礼[5],官修其方[6],而中兴之业隆焉。"

〔1〕元帝:东晋元帝司马睿,公元317—323年在位。《言语》第29条已见。

〔2〕王茂弘与帝有旧:王导字茂弘,《言语》第31条已见。西晋时,元帝为琅邪王,与王导相善。元帝在洛阳,王导便劝导其回到自己的封地。元帝拜安东将军出镇下邳,王导为其司马。过江之后,王导辅助元帝创立东晋政权。

〔3〕酣:应作"啍",即歠,以唇轻轻抿。

〔4〕先时务:在当世率先垂范。

〔5〕克己复礼:语出《论语·颜渊》:"克己复礼为仁。"克,胜、克制。复,归返。指克制自己的私欲,使言行都合于礼。

〔6〕官修其方:指官员恪尽职守,井井有条。语出《左传·昭公二十九年》:"夫物,物有其官,官修其方。"

10.24 远公在庐山中[1],《豫章旧志》曰:"庐俗字君孝,本姓匡,夏禹苗裔[2],东野王之子。秦末,百越君长与吴芮助汉定天下[3],野王亡军中。汉八年,封俗鄡阳男[4],食邑兹部[5],印曰庐君[6]。俗兄弟七人,皆好道术,遂寓于洞庭之山[7],故世谓庐山。孝武元封五年[8],南巡狩[9],浮江[10],亲睹神灵,乃封俗为大明公,四时秩祭焉[11]。"远法师《庐山记》曰:"山在江州寻阳郡,左挟彭泽[12],右傍通川[13],有匡俗先生,出自殷、周之际,遁世隐时[14],潜居其下[15]。或云:匡俗受道于仙人,而共游其岭,遂托室崖岫[16],即岩成馆[17],故时人谓为神仙之庐而命焉[18]。"《法师游山记》曰:"自托此山二十三载,再践石门[19],四游南岭,东望香炉峰,北眺九江。传闻有石井方湖,中有赤鳞踊出[20],野人不能叙[21],直叹其奇而已矣。"虽老,讲论不辍[22]。弟子中或有堕者[23],远公曰:"桑榆之光,理无远照;但愿朝阳之晖,与时并明耳[24]。"执经登坐[25],讽诵朗畅,词色甚苦[26]。高足之徒,皆肃然增敬。

〔1〕远公:慧远,东晋高僧,本姓贾,雁门楼烦(今山西宁武附近)人。早年博通六经,尤善《老》《庄》,后从道安出家,善般若(bō rě 波惹)学。入庐山,隐居传教,为净土宗之始祖。世称"远公"。

〔2〕苗裔:后世子孙。

〔3〕百越:春秋至秦汉时期,中原人对长江中下游及以南地区各种民族的泛称。吴芮:秦汉时百越领袖,响应秦末农民起义,项羽分封诸侯,吴芮被封为衡阳王,汉朝建立后,改封为长沙王。

〔4〕汉八年:指汉高祖八年,公元前199年。男:爵位名。春秋时期有五等爵位制,公、侯、伯、子、男。秦汉时期,主要行用二十等爵制,其中无男爵。此封鄡阳男,或当时杂用五等爵制。其详待考。

〔5〕食邑兹部:食邑,古代君主赏赐臣子封地,即以此地租税作为其俸禄。指汉帝将鄡阳作为其封地。

〔6〕印曰庐君:官印上刻着庐君的称号。

〔7〕寓:寄居,居住。

〔8〕孝武元封五年:元封,西汉孝武帝刘彻年号。孝武元封五年为公元前106年。

〔9〕巡狩:天子到地方游巡。

〔10〕浮江:行船于江上。

〔11〕秩祭:按照相应的等级祭祀。

〔12〕挟:倚仗,此处指靠着。

〔13〕通川:指长江。

〔14〕遁世:逃避人世,指隐居。

〔15〕潜居:隐居。

〔16〕托室崖岫:指以山崖上的石洞为住所。岫,有洞穴的山。

〔17〕即:靠近。

〔18〕命:取名。

〔19〕再:两次。践:踏上,登上。

〔20〕赤鳞:赤色的鱼。踊出:跳出。

〔21〕野人:山野之人,农人。

〔22〕辍:停止,废止。

〔23〕堕:通"惰",怠惰。

〔24〕"桑榆之光"四句:此为慧远教导弟子勤加学习、发扬佛法的话。桑榆,日落的地方,比喻垂老之年。意即我已经垂垂老矣,不能向更广远的地方宣讲佛法,希望弟子们将精力投入进来,如初升旭日照耀天下,光大佛法。

〔25〕登坐:登坛就坐讲经。

〔26〕词色甚苦:言辞恳切。苦,热切。

【归纳探究】

　　本门记录了规劝他人的故事,你喜欢哪种规劝方式?为什么?结合本门故事具体说一说。

　　提示:同学们先读懂文章,然后找出自己喜欢的规劝方式,根据具体的故事内容,概括出规劝的方法。

捷悟第十一

【导读】

"捷悟"指迅速领悟。本门记录了两则对人、对事快速而正确地分析和理解的事例。

11.1 杨德祖为魏武主簿[1],时作相国门,始构榱桷[2],魏武自出看,使人题门作"活"字,便去。杨见,即令坏之。既竟[3],曰:"门中'活','阔'字。王正嫌门大也。"《文士传》曰:"杨修字德祖,弘农人,太尉彪子[4]。少有才学思干[5]。魏武为丞相,辟为主簿。修常白事[6],知必有反覆教[7],豫为答对数纸[8],以次牒之而行[9]。敕守者曰:'向白事,必教出相反覆,若按此次第连答之。'已而风吹纸次乱,守者不别,而遂错误。公怒推问[10],修惭惧,然以所白甚有理,终亦是修[11]。后为武帝所诛。"

〔1〕魏武:魏武帝曹操。汉献帝建安十三年(208),曹操为丞相。曹丕称帝后,追尊曹操为魏武帝。《文学》第66条已见。

〔2〕榱桷(cuī jué 崔决):屋椽。

〔3〕既竟:已经完成。此处指杨修坏门之后。

〔4〕彪:杨修之父杨彪,字文先,东汉弘农华阴(今陕西华阴东南)人。汉献帝时为太尉,录尚书事。位列三公,名重天下。

〔5〕思干:思考能力。

〔6〕白事:禀告公务,陈说事情。

〔7〕反覆:退回来。教:文体的一种,汉魏时期,为长官发给下属的文件。此指曹操就所禀报之事反复查问相关情况的文书。

〔8〕豫:通"预",预备。

〔9〕以次楪之:按次序叠放在一起。楪,通"叠"。

〔10〕推问:调查责问。

〔11〕是修:以杨修的意见办理。

11.3 魏武尝过曹娥碑下[1],杨修从[2],碑背上见题作"黄绢幼妇,外孙齑臼"[3]八字。魏武谓修曰:"解不?"答曰:"解。"魏武曰:"卿未可言,待我思之。"行三十里,魏武乃曰:"吾已得。"令修别记所知[4]。修曰:"黄绢,色丝也,于字为绝。幼妇,少女也,于字为妙。外孙,女子也,于字为好。齑臼[5],受辛也[6],于字为辞[7]。所谓'绝妙好辞'也。"魏武亦记之,与修同,乃叹曰:"我才不及卿,乃觉三十里[8]。"《会稽典录》曰:"孝女曹娥者,上虞人。父盱,能抚节按歌[9],婆娑乐神[10]。汉安二年[11],迎伍君神[12],泝涛而上,为水所淹,不得其尸。娥年十四,号慕思盱[13],乃投瓜于江[14],存其父尸曰[15]:'父在此,瓜当沉。'旬有七日,瓜偶沉,遂自投于江而死。县长度尚悲怜其义[16],为之改葬,命其弟子邯郸子礼为之作碑[17]。"按曹娥碑在会稽中[18]。而魏武、杨修未尝过江也。《异苑》曰:"陈留蔡邕避难过吴[19],读碑文,以为诗人之作,无诡妄也[20]。因刻石旁作八字。魏武见而不能了,以问群寮[21],莫有解者。有妇人浣于汾渚[22],曰:'第四车解[23]。'既而,祢正平也[24]。衡即以离合义解之[25]。或谓此妇人即娥灵也。"

〔1〕魏武:魏武帝曹操。《文学》第66条已见。

〔2〕杨修:《捷悟》第1条注已见。

〔3〕"黄绢幼妇"二句:即"绝妙好辞"的隐语,采用离合法将四字隐藏于此二句中。黄娟,即色丝,丝旁加一个色字,是"绝";幼妇,即少女,女旁加一个少字,是"妙";外孙,是女儿的孩子,女旁加一个子字,是"好";齑,辛辣的蒜泥、姜末,齑臼是捣蒜的钵子,为盛放辛辣事物的器皿,即受辛,二字合并为一,是"辝

118

（辞）"字。因此为"绝妙好辞",这是蔡邕对碑文的称赞。

〔4〕别:另外。

〔5〕䪢(jì 纪)臼:捣碎辛辣食物的石臼。䪢,"齑"的异体字。齑,捣碎的姜、蒜、韭菜等。

〔6〕受辛:指䪢臼盛放辛辣食物。

〔7〕辞:繁体为"辭","辝"是异体字。

〔8〕乃觉三十里:觉,通"较",相去,相差。杨修见诗,瞬间便得,而曹操则行三十里后乃悟,即见出杨修之捷悟。

〔9〕抚节按歌:即击节唱歌。节,一种古乐器。用两圆竹编成,上合下开似箕,可以拍之成声以节乐。

〔10〕婆娑乐(lè 勒)神:古代祭祀,多以歌舞愉悦神祇。婆娑,舞蹈的样子。

〔11〕汉安二年:汉安,东汉顺帝刘保年号。汉安二年为公元143年。

〔12〕伍君神:涛神。传说伍子胥死后化为涛神,农历五月初五端午节有迎涛神的风俗,流行于吴越地区。

〔13〕号慕:汉魏六朝用语,专指哀悼尊长时的号哭思念。盱(xū 须):即曹娥父曹盱。

〔14〕瓜:《后汉书·列女传》注作"衣",下同。

〔15〕存:恤问。宋本作"祝",祈祷。

〔16〕度尚:字博平,山阳郡湖陆(今山东金乡西)人,东汉名将,时为上虞县长。

〔17〕邯郸子礼:邯郸淳又名竺,字子叔,又字子礼,颍川阳翟(今河南禹州)人。三国魏书法家,官至给事中。与丁仪、丁廙、杨修为曹植之"四友"。

〔18〕按:以下是南朝梁代刘孝标的按语。

〔19〕蔡邕:《德行》第3条已见。

〔20〕"以为诗人之作"二句:意谓碑文思想纯正。诗人特指《诗经》的作者。《论语·为政》载:"子曰:《诗》三百,一言以蔽之,曰'思无邪'。"

〔21〕群寮:指百官。寮,同"僚"。

〔22〕汾渚:位置不详。渚,水边。

〔23〕第四车解:坐在第四车中的人可以解之。

〔24〕祢正平:祢衡字正平,东汉末平原般县(今山东乐陵西南)人。少有才辩,长于笔札,而性刚傲物。

〔25〕离合义:指将字之结构分离、组合,与谜语、隐语类似。汉末时多以离合义作字谜。

【归纳探究】

思考:怎样才能做到捷悟?

提示:多学多思,迅速判断,思维敏捷。

夙惠第十二

【导读】

《夙惠》门记录了聪慧少年儿童的故事。

12.3 晋明帝数岁[1],坐元帝膝上。有人从长安来,元帝问洛下消息[2],潸然流涕[3]。明帝问何以致泣?具以东渡意告之[4]。因问明帝:"汝意谓长安何如日远?"答曰:"日远。不闻人从日边来[5],居然可知[6]。"元帝异之。明日集群臣宴会,告以此意,更重问之。乃答曰:"日近。"元帝失色[7],曰:"尔何故异昨日之言邪?"答曰:"举目见日,不见长安。[8]"

〔1〕晋明帝:司马绍,晋元帝司马睿长子。元帝公元317—323年在位,明帝公元323—326年在位。按:有学者认为,此条并非元帝即帝位后之事,可能是发生在东渡不久时的故事。

〔2〕洛下:洛阳,晋朝故都。

〔3〕潸(shān 山)然:流泪的样子。

〔4〕东渡:西晋覆亡,大批士人自江北避难江东。意:东渡的前后情况。

〔5〕不闻人从日边来:晋明帝对父亲称"日远",是在得知洛阳倾覆、故土沦丧之事以后,以有人从长安来,却不见人从日边来的,说明长安之人虽在沦丧之地,但仍心系晋朝,以此安慰父亲。

121

〔6〕居然:显然,自然。

〔7〕失色:即大惊失色。

〔8〕举目见日,不见长安:晋明帝在群臣前称"日近",是突出失去长安、洛阳等故地,以激励群臣收复故土之志。按:同样的问题,因场合不同而答案不同,且寄寓丰富,意味深长,可见晋明帝善于思考,非常聪慧(参见蒋凡、李笑野、白振奎评注《全评新注世说新语》)。

【归纳探究】

结合对其他门的阅读,说说为什么这些孩子少时就如此聪慧。

提示:《夙惠》中所载晋明帝是东晋著名的皇帝。在魏晋时期,高门士族的家族教育特别发达。高门士族普遍注重早期教育,有的家规门风谨严,长辈亲自督导,例如谢安就曾问子侄:"子弟亦何预人事,而正欲使其佳?"他的侄子谢玄答道:"譬如芝兰玉树,欲使其生于庭阶耳。"(《世说新语·言语》)高门子弟在实践中磨炼,往往很早就脱颖而出。

豪爽第十三

【导读】

豪爽指豪放直爽。魏晋时代,士族阶层讲究豪爽的风姿气度,他们待人或处世,喜欢表现出一种宏大的气魄,直截了当,无所顾忌。本篇所记载的主要是气概方面的豪爽。

13.4 王处仲每酒后辄咏"老骥伏枥,志在千里。烈士暮年,壮心不已"[1]。魏武帝《乐府诗》。以如意打唾壶[2],壶口尽缺。

[1] 王处仲:王敦字处仲。《文学》第18条已见。辄:就。"老骥伏枥"四句:曹操《步出夏门行·龟虽寿》诗句。枥,马槽。烈士,有建功立业之志的人。

[2] 如意:古之爪杖,以骨、角、竹、木等做成,如人手指,背痒可搔。解痒则称心如意,故称"如意"。唾壶:痰盂。《晋书·王敦传》云:"以如意打唾壶为节。"

13.12 王司州在谢公坐[1],咏"人不言兮出不辞,乘回风兮载云旗"[2]。《离骚·九歌·少司命》之辞。语人云:"当尔时,觉一坐无人。"

[1] 王司州:王胡之字修龄,琅邪临沂(今山东临沂)人。王廙次子,才能卓著,历任吴兴郡太守、侍中、丹阳尹等。《言语》第81条注已见。谢公:谢安。《言语》第62条已见。

〔2〕"人不言兮出不辞"二句：出自屈原《九歌·少司命》。刘孝标注曰"《离骚·九歌·少司命》"，这是以屈原最著名的诗篇《离骚》代指总集书名《楚辞》。回风，旋风。云旗，画有云饰的旗帜。《少司命》是祭祀少司命的颂歌。此句描述了少司命神乘风出入往来的飘逸之态。王胡之吟咏之时，沉静于其中，而旁若无人。

容止第十四

【导读】

本门故事里所记录的人物,或具有仪容之美,或具有神韵之美,或二者兼而有之,阅读时用心体会。

14.1 魏武将见匈奴使[1],自以形陋[2],不足雄远国[3],《魏氏春秋》曰:"武王姿貌短小,而神明英发[4]。"使崔季珪代[5],帝自捉刀立床头[6]。既毕,令间谍问曰[7]:"魏王何如?"匈奴使答曰:"魏王雅望非常[8],《魏志》曰:"崔琰字季珪,清河东武城人。声姿高畅,眉目疏朗,须长四尺,甚有威重。"然床头捉刀人,此乃英雄也。"魏武闻之,追杀此使[9]。

李贽点评说:"不得不杀。"
(《初潭集·君臣·英臣》)

〔1〕魏武:魏武帝曹操。《文学》第66条已见。

〔2〕以:认为。形陋:形貌不佳。

〔3〕雄:称雄,威服。

〔4〕神明英发:性情开朗,英气勃勃。

〔5〕崔季珪:崔琰字季珪,东汉清河东武城(今山

东武城西北)人。曹操帐下谋士,官至中尉。《三国志·魏书·崔琰传》云其"仪容威重,朝士瞻望"。

〔6〕床头:坐榻旁边。

〔7〕间谍:密探。

〔8〕雅望:美好的容仪。非常:非比寻常。

〔9〕追杀此使:南宋刘辰翁曰:"谓追杀此使者,乃小说常情。"余嘉锡也认为,此事近于儿戏,不可尽信。

14.2 何平叔美姿仪[1],面至白;魏明帝疑其傅粉[2]。正夏月,与热汤饼[3]。既啖[4],大汗出,以朱衣自拭[5],色转皎然[6]。《魏略》曰:"晏性自喜,动静粉帛不去手[7],行步顾影。"按:此言,则晏之妖丽,本资外饰。且晏养自宫中,与帝相长[8],岂复疑其形姿,待验而明也。

余嘉锡点评说:"何晏之粉白不去手,盖汉末贵公子习气如此,不足怪也。"

〔1〕何平叔:何晏字平叔。《文学》第10条已见。

〔2〕魏明帝:何晏被曹操领养在府中时,魏明帝或许还未出生,此应是魏文帝曹丕,《太平御览》等书引此文正作"魏文帝"。傅粉:搽粉。

〔3〕热汤饼:热汤面。

〔4〕啖(dàn 淡):吃。

〔5〕拭:揩,擦。

〔6〕皎然:洁白明亮。

〔7〕粉帛:帛,通"白"。粉白。汉魏之际,男子亦多傅粉。

〔8〕相长:一起长大。

14.3 魏明帝使后弟毛曾与夏侯玄共坐[1],时人谓"蒹葭倚玉树"[2]。《魏志》曰:"玄为黄门侍郎,与毛曾并坐。玄甚耻之[3],曾说形于色[4]。明帝恨之,左迁玄为羽林监[5]。"

〔1〕魏明帝:魏明帝曹叡字元仲,魏文帝曹丕长子。公元227—239年在位。后弟毛曾:毛曾,河内(治所在今河南沁阳)人,魏明帝曹叡第一任皇后毛氏之弟。夏侯玄:《赏誉》第8条已见。

〔2〕蒹葭:芦苇。玉树:古代神话传说中的仙树。

〔3〕玄甚耻之:夏侯玄出身高贵,渊默持重。毛曾出身微贱,因姐姐毛皇后之故而被封侯迁官,其貌不扬,举止粗俗,故夏侯玄耻与同坐。

〔4〕曾说形于色:曾,《三国志·魏书·夏侯玄传》作"不"。说,同"悦",不高兴的表情都显现在脸上。

〔5〕左迁:降官,贬职。

14.4 时人目"夏侯太初朗朗如日月之入怀,李安国颓唐如玉山之将崩"[1]。《魏略》曰:"李丰字安国,卫尉李义子也。识别人物[2],海内注意。明帝得吴降人,问江东闻中国名士为谁[3]?以安国对之。是时丰为黄门郎,改名宣。上问安国所在?左右公卿即具以丰对。上曰:'丰名乃被于吴越邪?'仕至中书令,为晋王所诛[4]。"

〔1〕目:品题。夏侯太初:夏侯玄。《赏誉》第8条已见。朗朗:磊落坦荡。李安国:李丰字安国,冯翊(治今陕西大荔)人。历任黄门郎、侍中、尚书仆射、中书令等职。颓唐:萎靡懒散。玉山:按:晋人崇尚晶莹剔透、明朗照人之美。肤色白皙,气质温润清逸,因而常以"玉山"比人。

〔2〕识别:鉴别,品鉴。

〔3〕中国:中原。按:古时常以洛阳周围一带称中国。曹魏据有中原,定都洛阳,所以称中国。

〔4〕晋王:按:司马昭,景元四年(263)封晋公,咸熙元年(264)进爵为王。

但李丰实于嘉平六年(254)被司马师杀死。

14.5 嵇康身长七尺八寸[1],风姿特秀。《康别传》曰:"康长七尺八寸,伟容色,土木形骸[2],不加饰厉[3],而龙章凤姿[4],天质自然。正尔在群形之中[5],便自知非常之器。"见者叹曰:"萧萧肃肃[6],爽朗清举[7]。"或云:"肃肃如松下风,高而徐引[8]。"山公曰[9]:"嵇叔夜之为人也,岩岩若孤松之独立[10];其醉也,傀俄若玉山之将崩[11]。"

〔1〕嵇康:《雅量》第2条已见。
〔2〕土木形骸:形体像土木一样,只是它本来的面目。指身形体格本来的样子。
〔3〕饰厉:装饰打扮。
〔4〕龙章凤姿:有龙、凤的文采和姿态。比喻风采脱俗。
〔5〕正尔:正如此。
〔6〕萧萧肃肃:潇洒清朗。
〔7〕清举:清高俊逸。
〔8〕高而徐引:高远而舒缓绵长。按:这是用诗意的语言描绘对人的审美感受。
〔9〕山公:山涛。《赏誉》第8条已见。
〔10〕岩岩:高大,高耸。
〔11〕傀(guī归)俄:同"巍峨"。

14.6 裴令公目王安丰"眼烂烂如岩下电。"[1]王戎形状短小,而目甚清照,视日不眩。

〔1〕裴令公:裴楷。《言语》第19条已见。王安丰:王戎,爵安丰县侯,因称"王安丰"。《赏誉》第10条已见。烂烂:炯炯有神,光彩熠熠。岩下:山崖下。按:以岩下电为喻,意谓晦暗中的闪光格外夺目。

14.7 潘岳妙有姿容,好神情[1]。《岳别传》曰:"岳姿容甚美,风仪闲畅[2]。"少时挟弹出洛阳道[3],妇人遇者,莫不连手共萦之[4]。左太冲绝丑[5],《续文章志》曰:"思貌丑悴[6],不持仪饰。"亦复效岳游遨,于是群妪齐共乱唾之,委顿而返[7]。《语林》曰:"安仁至美,每行,老妪以果掷之,满车。张孟阳至丑[8],每行,小儿以瓦石投之,亦满车。"二说不同。

〔1〕神情:神采。

〔2〕风仪:风姿,举止。

〔3〕挟弹:按:自汉时起,贵游子弟好打弹弓,出行常常随身携带。

〔4〕连手:拉起手。萦:围绕,拉扯。

〔5〕左太冲:左思字太冲,齐国临淄(今山东淄博东北)人。家世儒学,与妹左棻俱以诗赋著称。左棻入宫为晋武帝贵嫔,左思随居京师,官至秘书郎。曾追随贾谧,为"二十四友"之一。著《三都赋》,司空张华称赞不已,豪贵之家竞相传写,洛阳为之纸贵。

〔6〕丑悴:丑陋,寒碜。

〔7〕委顿:神情落寞。

〔8〕张孟阳:张载字孟阳,安平武邑(今属河北)人也。性闲雅,博学有文章,与其弟张协、张亢并称"三张"。历官佐著作郎、肥乡令、乐安相、弘农太守、中书侍郎等。

14.9 潘安仁、夏侯湛并有美容[1],喜同行,时人谓之"连璧"。《八王故事》曰:"岳与湛著契[2],故好同游。"

〔1〕潘安仁:潘岳字安仁,《文学》第70条刘孝标注已见。夏侯湛:《文学》第71条注引《文士传》曰:"湛字孝若,谯国人,魏征西将军夏侯渊曾孙也。有盛才,文章巧思,善补雅词,名亚潘岳。历中书侍郎。"

〔2〕著契:情趣相投。

黄辉点评说:"写得裴令公容采飞动。"

14.12 裴令公有俊容仪[1],脱冠冕[2],粗服乱头皆好[3],时人以为"玉人"。见者曰:"见裴叔则,如玉山上行,光映照人。"

〔1〕裴令公:裴楷。《言语》第19条已见。《晋书·裴楷传》称其"风神高迈,容仪俊爽"。
〔2〕冠冕:冠帽。
〔3〕粗服乱头:粗布衣服、蓬头乱发。指不做任何修饰和打扮。

14.19 卫玠从豫章至下都[1],人久闻其名,观者如堵墙[2]。玠先有羸疾[3],体不堪劳,遂成病而死,时人谓"看杀卫玠"。《玠别传》曰:"玠在群伍之中,寔有异人之望[4]。龆龀时[5],乘白羊车于洛阳市上,咸曰:'谁家璧人?'于是家门州党号为'璧人'[6]。"按《永嘉流人名》曰:"玠以永嘉六年五月六日至豫章[7],其年六月二十日卒。"此则玠之南度豫章四十五日[8],岂暇至下都而亡乎[9]?且诸书皆云玠亡在豫章,而不云在下都也。

〔1〕卫玠:字叔宝,美姿容,风神秀异。其舅王济赞其"明珠在侧,朗然照人"。又善清谈,颇有盛誉。《言语》第32条注已见。从豫章至下都:豫章,治所在今江西南昌市。下都,京都建康(今江苏南京)。按:东晋人称洛阳为上都,建康为下都。《晋书·卫玠传》记卫玠"以王敦豪爽不群,而好居物上,恐非国之忠臣,求向建邺(建兴元年[313],为避晋愍帝司马邺讳,改建邺

为建康)"。

〔2〕观者如堵墙:聚集围观的人像一堵墙一样。

〔3〕羸(léi 雷)疾:虚弱多病。

〔4〕寔:同"实",确实。

〔5〕龆龀(tiáo chèn 条趁):儿童乳齿脱落、更换新齿的年纪,即童年。

〔6〕家门:家里人。州党:古代二千五百家为州,二百五十家为党。此指卫玠家邻居和乡亲们。

〔7〕永嘉六年:公元312年,永嘉,西晋怀帝司马炽年号。

〔8〕度:通"渡"。

〔9〕暇:空闲。

14.24 庾太尉在武昌[1],秋夜气佳景清,使吏殷浩、王胡之之徒登南楼理咏[2]。音调始遒[3],闻函道中有屐声甚厉[4],定是庾公。俄而率左右十许人步来[5],诸贤欲起避之。公徐云[6]:"诸君少住[7],老子于此处兴复不浅[8]!"因便据胡床[9],与诸人咏谑[10],竟坐甚得任乐[11]。后王逸少下[12],与丞相言及此事[13]。丞相曰:"元规尔时风范,不得不小颓[14]。"右军答曰:"唯丘壑独存[15]。"孙绰《庾亮碑文》曰:"公雅好所托,常在尘垢之外[16]。虽柔心应世,蠖屈其迹[17],而方寸湛然[18],固以玄对山水[19]。"

〔1〕庾太尉:庾亮。《言语》第53条已见。

〔2〕使吏:一作"佐吏"。殷浩:《言语》第57条已见。王胡之:《言语》第81条注已见。殷浩、王胡之时为庾亮幕下属官。理咏:吟咏。

〔3〕遒:强劲,高亢。

〔4〕函道:上下城楼的阶梯。屐声:脚步声。厉:声音高而急。

〔5〕俄而:短暂的时间,不久,突然间。

〔6〕徐:慢慢地。

〔7〕少住:暂留。少,通"稍"。

131

〔8〕老子:犹自称老夫。

〔9〕因便据胡床:自己随便坐在交椅上。胡床,马扎,交椅,因从北方少数民族传入所以称胡床。

〔10〕咏谑:吟咏谈笑。

〔11〕竟坐:一坐,所坐诸人。任乐:轻松快乐。

〔12〕王逸少:王羲之字逸少。《言语》第62条注已见。

〔13〕丞相:王导。《言语》第31条已见。

〔14〕不得不小颓:一坐之中有殷浩、王胡之等负有盛誉之人,庾亮的风头稍稍被他们比下去了。另说其时庾亮想要起兵废王导,郗鉴不许,王导此语暗指庾亮之图谋受挫,心情不免低落(故咏谑或许不能像别人那样尽兴)。

〔15〕丘壑:古代多指隐逸山水的意趣,此指超俗的情怀。

〔16〕尘垢:世俗。

〔17〕蠖(huò或)屈其迹:生活行迹像尺蠖这种小虫子一样,委屈自己,应付俗务。

〔18〕湛然:清澈、清朗。

〔19〕玄:指高逸的情怀。

14.26 王右军见杜弘治〔1〕,叹曰:"面如凝脂〔2〕,眼如点漆〔3〕,此神仙中人。"《江左名士传》曰:"永和中〔4〕,刘真长、谢仁祖共商略中朝人士〔5〕。或曰:'杜弘治清标令上〔6〕,为后来之美,又面如凝脂,眼如点漆,粗可得方诸卫玠〔7〕。'"时人有称王长史形者〔8〕,蔡公曰〔9〕:"恨诸人不见杜弘治耳〔10〕!"

〔1〕王右军:王羲之。《言语》第62条注已见。杜弘治:杜乂字弘治,京兆杜陵(今陕西西安东南)人,女为晋恭帝皇后。性纯和,美姿容,有盛名于江左。

〔2〕凝脂:凝固的油脂,指洁白光滑的皮肤。语出《诗经·卫风·硕人》:"手如柔荑,肤如凝脂。"魏晋时人崇尚肤白。

〔3〕点漆:形容眼睛瞳仁像漆一般黝黑明亮。

〔4〕永和:东晋穆帝司马聃年号,公元345—356年。

〔5〕刘真长:刘惔字真长。《言语》第48条已见。谢仁祖:谢尚字仁祖。《文学》第88条已见。商略:讨论。

〔6〕清标令上:清俊脱俗,美好卓越。

〔7〕粗可:大概能够。

〔8〕王长史:王濛。《政事》第18条已见。

〔9〕蔡公:蔡谟字道明,陈留考城(今河南民权东北)人。与阮放、郗鉴等号为"兖州八伯"。东晋时,历任义兴太守、侍中、五部尚书、太常、秘书监、徐州刺史、司徒等。

〔10〕恨:遗憾。

14.30 时人目王右军"飘如游云,矫若惊龙"〔1〕。

〔1〕王右军:王羲之。《言语》第62条注已见。飘如游云:指状态悠然自在。矫若惊龙:指动作迅捷有力。按:唐太宗撰《晋书·王羲之传赞》称王羲之"尤善隶书,为古今之冠,论者称其笔势,以为飘若浮云,矫若惊龙",移以评书,也很恰当。可以说人如其书,书如其人。

14.31 王长史尝病〔1〕,亲疏不通〔2〕。林公来〔3〕,守门人遽启之曰〔4〕:"一异人在门,不敢不启。"王笑曰:"此必林公。"按《语林》曰:"诸人尝要阮光禄共诣林公。阮曰:'欲闻其言,恶见其面。'"此则林公之形,信当丑异。

〔1〕王长史:王濛。《政事》第18条已见。

〔2〕亲疏不通:无论亲近还是疏远的人都不接待。

〔3〕林公:支遁字道林,世又称支公或林公。《言语》第63条注已见。

〔4〕遽(jù巨):赶紧,立刻。启:启禀,通传。

14.32 或以方谢仁祖不乃重者〔1〕。桓大司马曰〔2〕:"诸君莫轻道,仁祖企脚北窗下弹琵琶[3],故自有天际真人想[4]。"《晋阳秋》曰:"尚善音乐。"《裴子》云:"丞相尝曰:'坚石挈脚枕琵琶,有天际想。'"坚石,尚小名。

〔1〕或以方谢仁祖不乃重者:余嘉锡曰:"言有比人为谢尚者,其意乃实轻之。若曰'某不过谢仁祖之流耳'。"方,比况。谢仁祖,谢尚字仁祖,《文学》第88条已见。乃重,甚重,那么推重。

〔2〕桓大司马:桓温。《言语》第55条已见。

〔3〕企脚:抬起小腿。北窗:寝室或堂屋北面的窗户。把卧席设在北窗之下是古来的传统习惯。

〔4〕天际真人想:非世俗中人。按:谢尚善音乐、擅弹琵琶、筝,还能作异舞,为人真率可爱,放达不拘。桓温以在北窗下翘脚弹琵琶之事,称赞他的任达超脱、出尘世外,以反驳轻看谢尚的人。陶渊明《与子俨等疏》有:"五六月中,北窗下卧,遇凉风暂至,自谓是羲皇上人。"其"自谓是羲皇上人"与谢尚"有天际真人想"是同样的情调。

14.33 王长史为中书郎[1],往敬和许[2]。敬和,王洽,已见。尔时积雪,长史从门外下车,步入尚书[3],著公服[4]。敬和遥望,叹曰:"此不复似世中人[5]!"

〔1〕王长史:王濛。《政事》第18条已见。

〔2〕敬和:王洽字敬和,王导第三子。《赏誉》第114条刘孝标注引《中兴书》曰:"王洽字敬和,丞相导第三子,累迁吴郡内史,为士民所怀。征拜中领军,寻加中书令,不拜。年二十六而卒。"许:处,住所。

〔3〕尚书:尚书省。

〔4〕公服:正式的官服。

〔5〕此不复似世中人:指风神韵度超然于尘俗之外,如神仙中人。

14.35 海西时[1],诸公每朝[2],朝堂犹暗;唯会稽王来[3],轩轩如朝霞举[4]。

〔1〕海西:晋废帝海西公司马奕,字延龄,晋成帝司马衍次子,晋哀帝司马丕同母弟。公元366—371年在位,被桓温所废,降封为海西公。

〔2〕朝:上朝。

〔3〕会稽王:司马道子,晋简文帝司马昱第七子,即帝位前曾被封为会稽王。《言语》第48条已见。

〔4〕轩轩:举止轩昂的样子。举:飞,飞起。

14.39 有人叹王恭形茂者[1],云:"濯濯如春月柳[2]。"

〔1〕王恭:字孝伯,太原晋阳(今山西太原西南)人。《德行》第44条注已见。王恭美姿仪,时人多爱悦之。《企羡》第6条有:"孟昶未达时,家在京口。尝见王恭乘高舆,被鹤氅裘。于时微雪,昶于篱间窥之,叹曰:'此真神仙中人!'"此处所见王恭之风神,正是濯濯光洁之态。形茂:仪态丰茂。

〔2〕濯濯:光洁貌。

【归纳探究】

本门故事里所记录的这些人,有哪些共同的特点?

提示:本门所记录的人物有以下共同点:

1. 具有仪容之美。他们容貌俊美,注重眼神,与玉相似,外貌奇特,与自然界中优美的自然景物相似。

2. 具有神韵之美。他们重视精神气韵,追求超凡脱俗。

自新第十五

【导读】

自新指自觉改过,重新做人。

15.1 周处年少时,凶强侠气[1],为乡里所患。《处别传》曰:"处字子隐,吴郡阳羡人。父鲂[2],吴鄱阳太守。处少孤[3],不治细行[4]。"《晋阳秋》曰:"处轻果薄行[5],州郡所弃[6]。"又义兴水中有蛟[7],山中有遭迹一作白额。虎[8],并皆暴犯百姓[9],义兴人谓为三横[10],而处尤剧[11]。或说处杀虎斩蛟[12],实冀三横唯余其一。处即刺杀虎,又入水击蛟,蛟或浮或没,行数十里,处与之俱。经三日三夜,乡里皆谓已死,更相庆,竟杀蛟而出。闻里人相庆,始知为人情所患[13],有自改意。《孔氏志怪》曰:"义兴有邪足虎,溪渚长桥有苍蛟,并大噉人[14],郭西周[15],时谓郡中三害。"周即处也。乃自吴寻二陆,平原不在,正见清河[16],具以情告,并云:"欲自修改,而年已蹉跎[17],终无所成。"清河曰:"古人贵朝闻夕死[18],况君前途尚可。且人患志之不立,亦何忧令名不彰邪[19]?"处遂改励,终为忠臣孝子。《晋阳秋》曰:"处仕晋为御史中丞[20],多所弹纠[21]。氐人齐万年反[22],乃令处距万年[23]。伏波孙秀欲表处母老[24],处曰:'忠孝之道,何当得两全[25]?'乃进战。斩首万计。弦绝矢尽,左右劝退,处曰:'此是吾授命之日[26]。'遂战而没。"

〔1〕凶强侠气:横行霸道,爱寻衅滋事。

〔2〕鲂:周鲂,字子鱼,吴郡阳羡(今江苏宜兴)人。吴国将领,历任丹阳西部都尉、鄱阳太守、昭义校尉、裨将军等,赐爵关内侯。

〔3〕孤:幼年死去父亲。

〔4〕细行:微末的礼节。

〔5〕轻果薄行:谓轻浮好动,品行不端。

〔6〕州郡所弃:谓被家乡人看不起,不予理睬也不关照。

〔7〕蛟:鳄鱼。

〔8〕邅(zhān沾)迹虎:指跛足老虎,同下"邪足虎"。邅迹,行迹曲折。虎跛则脚印曲折不正常,故称"邅迹虎"。

〔9〕暴犯:糟蹋侵害。

〔10〕三横(hèng衡去声):同下所言"三害"。横,横暴,放纵。

〔11〕剧:厉害。

〔12〕说:劝说,唆使。

〔13〕人情:人心,人意。

〔14〕噉(dàn淡):吃。

〔15〕郭西:(义兴郡)城西边。郭:外城的城墙。

〔16〕"乃自吴寻二陆"三句:于是在吴地寻找陆机、陆云兄弟,陆机不在,仅见到陆云。乃自:于是。自,后缀,无实意。二陆:陆机、陆云兄弟。陆机字士衡,官至平原内史,因称"平原"。陆云字士龙,官至清河内史,因称"清河"。正见:仅仅见到。正,仅仅,只是。

〔17〕蹉跎:虚度光阴。

〔18〕朝闻夕死:语出《论语·里仁》:"朝闻道,夕死可矣。"即如果早上明白了大道,哪怕当晚就死去,也是值得的。

〔19〕令名:美好的名声。彰:彰显,闻名。

〔20〕御史中丞:官名。御史台长官,职掌监察、执法,常出督军旅。自东汉至南北朝,御史中丞威权日重,负责纠察百官。

〔21〕弹纠:弹劾,纠察。

〔22〕齐万年:西晋时氐族首领。元康六年(296)齐万年反,西晋朝廷以周处

137

为建威将军,讨伐之。元康七年,周处战死。

〔23〕距:通"拒",抵抗。

〔24〕伏波孙秀:孙秀,富春(今浙江富阳)人。东吴宗室,孙权侄孙。曾任吴国伏波将军、夏口督。晋武帝泰始六年(270)降晋,拜骠骑将军、开府仪同三司,封会稽公。表处母老:上表称周处母亲年老,需要奉养,不能参战。

〔25〕何当:当,与"可"用法相近,常用于口语。指如何可以,哪能。

〔26〕授命:捐躯。

【归纳探究】

本门故事给你怎样的启示?

提示:说明改正错误要振作起来,应有一息尚存,决不松懈之志。

企羡第十六

【导读】

本门主要记述魏晋时代名士之间对对方的衣着、打扮、气度、作品羡慕的言语和行为,表现了那个时代的风气和时尚。

16.2 王丞相过江[1],自说昔在洛水边,数与裴成公、阮千里诸贤共谈道[2]。羊曼曰[3]:"人久以此许卿[4],何须复尔?"王曰:"亦不言我须此,但欲尔时不可得耳![5]"欲,一作叹。

〔1〕王丞相:王导。《言语》第31条已见。

〔2〕裴成公:裴頠,谥号为"成",因此称裴成公。《言语》第23条已见。阮千里:阮瞻,《德行》第23条已见。

〔3〕羊曼:《雅量》第20条刘孝标注引《曼别传》曰:"曼字延祖,泰山南城人。父暨,阳平太守。曼颓纵宏任,饮酒诞节,与陈留阮放等号兖州八达。累迁丹阳尹,为苏峻所害。"

〔4〕许:赞许。

〔5〕"亦不言我须此"二句:意谓并非是我想要表示我曾经与诸位先贤谈论玄理,而是感叹昔日之游已经不可再得了。按:王导对于昔时盛世不再、中朝覆灭的境况深感痛楚,因有此言。

16.3 王右军得人以《兰亭集序》方《金谷诗序》[1],又以已敌石崇[2],甚有欣色。王羲之《临河叙》曰[3]:"永和九年,岁在癸丑,莫春之初[4],会于会稽山阴之兰亭,修禊事也[5]。群贤毕至,少长咸集[6]。此地有崇山峻岭,茂林修竹。又有清流激湍,映带左右。引以为流觞曲水[7],列坐其次[8]。是日也,天朗气清,惠风和畅,娱目骋怀[9],信可乐也。虽无丝竹管弦之盛,一觞一咏[10],亦足以畅叙幽情矣[11]。故列序时人,录其所述。右将军司马太原孙丞公等二十六人,赋诗如左,前余姚令会稽谢胜等十五人不能赋诗,罚酒各三斗。"

〔1〕王右军:王羲之。《言语》第62条刘孝标注已见。《兰亭集序》:东晋穆帝永和九年(353),王羲之、谢安、孙绰等四十一位名士,在会稽山阴兰亭举行修禊活动,曲水流觞,即席赋诗言怀。作诗者二十六人,会后将诗编辑为《兰亭集》,王羲之作序,即《兰亭集序》。这是一次难得的雅集。按:此处刘孝标注对原文有删节改编。《金谷诗序》:晋惠帝元康六年(296),石崇、潘岳等三十多位名士在石崇的别墅,洛阳郊外的金谷园宴游,聚会写诗。这是一次传为佳话的雅集。石崇作有《金谷诗序》。按:《品藻》第57条注曰:"石崇《金谷诗叙》曰:'余以元康六年,从太仆卿出为使持节、监青徐诸军事、征虏将军。有别庐在河南县界金谷涧中,或高或下,有清泉茂林,众果竹柏、药草之属,莫不毕备。又有水碓、鱼池、土窟,其为娱目欢心之物备矣。时征西大将军祭酒王诩当还长安,余与众贤共送往涧中,昼夜游宴,屡迁其坐。或登高临下,或列坐水滨。时琴瑟笙筑,合载车中,道路并作。及住,令与鼓吹递奏。遂各赋诗,以叙中怀。或不能者,罚酒三斗。感性命之不永,惧凋落之无期。故具列时人官号、姓名、年纪,又写诗著后。后之好事者,其览之哉!凡三十人,吴王师、议郎、关中侯、始平武功苏绍字世嗣,年五十,为首。'"石崇的《金谷诗序》多夸耀财富、欣赏悦目欢心之物,在富裕生活前感叹生命短暂和人生无常之感。而王羲之《兰亭集序》更多地流连山水,追求精神上的满足。王羲之所代表的东晋士人相较于西晋时期石崇金谷诗会的士人在山水欣赏与精神境界上都要更具风度。因此后代文人苏轼在《题右军砑胗图》中也对本条中王羲之"甚有欣色"的心态提出质疑:"金谷之会,皆望尘之友也。季伦之于逸少,如鸥鸢之于鸿鹄。"

〔2〕石崇:字季伦,小名齐奴,渤海南皮(今河北南皮东北)人,石苞少子。

伐吴有功,封安阳乡侯。历任黄门郎,侍中,荆州刺史等。石崇与潘岳等谄事贾谧,为"二十四友"之一。置别馆于金谷园,常与王恺、羊琇等争富。后被赵王司马伦心腹孙秀谗毁杀害。

〔3〕《临河叙》:即《兰亭集序》。

〔4〕莫:"暮"的本字。

〔5〕修禊(xì 戏):指古人三月三日在水边祓除不祥的风俗,后来演变为一种交游活动。

〔6〕咸:都。

〔7〕流觞(shāng 商):浮在水上的酒杯。觞,酒器,酒杯。

〔8〕列坐其次:依次坐在弯曲的溪流旁。

〔9〕娱目骋怀:谓观赏美景,放松快乐。

〔10〕一觞一咏:喝一杯酒,写一首诗。

〔11〕畅叙:尽情地表达。

16.6 孟昶未达时[1],家在京口[2]。《晋安帝纪》曰:"昶字彦达,平昌人。父馥,中护军。昶矜严有志局[3],少为王恭所知。豫义旗之勋[4],迁丹阳尹。卢循既下[5],昶虑事不济[6],仰药而死[7]。"尝见王恭乘高舆[8],被鹤氅裘[9]。于时微雪,昶于篱间窥之[10],叹曰:"此真神仙中人!"

〔1〕达:发达,闻名。

〔2〕京口:在今江苏镇江。

〔3〕矜严:严肃,不苟言笑。志局:做事有分寸。

〔4〕豫义旗之勋:指孟昶曾参与平定桓玄叛乱、篡位之事,立了功。豫,通"预",参加。

〔5〕卢循既下:东晋末年,孙恩、卢循等在会稽一带发动起义,失败后卢循退避广州,后来又从广州北上,占领江州,然后顺流而下进攻京城建康。

〔6〕虑事不济:卢循率军东下,适值刘裕带领军队北伐,京城一带防卫力量薄弱。孟昶担心无法抵抗卢循。

〔7〕仰药:服毒药。

〔8〕王恭:《德行》第44条注已见。高舆:一种人抬的轿子。

〔9〕被(pī):通"披"。鹤氅(chǎng)裘:用鹤的羽毛做的大衣。

〔10〕篱间:竹篱笆中。按:东晋朝廷曾在京城以构筑竹篱笆代替城墙。《太平御览》卷一九七引《南朝宫苑记》即曰:"建康篱门,旧南北两岸篱门五十六所,盖京邑之郊门也。如长安东都门,亦周之郊门。江左初立,并用篱为之,故曰篱门"云云。建康的外郭城墙和城门就是晋成帝年间修建的。据此推测,京口似乎也有此种情况。

【归纳探究】

本门故事表现了当时怎样的风尚?

提示:故事主要记述魏晋名士之间对对方衣着、打扮、气度、作品羡慕的言语和行为,表现出当人们仰慕容貌出众、善于清谈、博学多才、超凡脱俗人物的社会风尚。

伤逝第十七

【导读】

本门主要记述丧失亲朋之痛,对兄弟、朋友、属员之丧的悼念及做法。

17.1 王仲宣好驴鸣[1]。《魏志》曰:"王粲字仲宣,山阳高平人。曾祖龚、父畅[2],皆为汉三公。粲至长安见蔡邕,邕奇之,倒屣迎之曰[3]:'此王公孙,有异才,吾不及也!吾家书籍,尽当与之。'避乱荆州,依刘表[4],以粲貌寝通脱[5],不甚重之。太祖以从征吴[6],道中卒。"既葬,文帝临其丧[7],顾语同游曰[8]:"王好驴鸣,可各作一声以送之。"赴客皆一作驴鸣[9]。按戴叔鸾母好驴鸣[10],叔鸾每为驴鸣以说其母。人之所好,傥亦同之。

〔1〕王仲宣:王粲字仲宣,山阳高平(今山东微山)人,"建安七子"之一。汉末社会动乱,王粲先依荆州刘表,未受重用,后归附曹操,任丞相掾,赐关内侯,迁军谋祭酒。魏建立后,拜侍中。王粲博物多识,善属文,著诗赋论议近六十篇,代表作有《七哀诗》《登楼赋》等。

〔2〕龚:王龚,字伯宗,汉顺帝时为太尉。父畅:父,应作"祖父"。王畅字叔茂。王粲父王谦,为大将军何进长史。

〔3〕倒屣(xǐ喜):急于迎宾,将鞋子穿反。屣,鞋子。

〔4〕刘表:字景升,山阳高平(今山东微山)人。西汉鲁恭王之后,乃皇帝宗室,少时知名于世,与范滂、张俭等号为"八友"。初平元年(190)为荆州刺史,从此称雄一方,直至建安十三年(208)病逝。

143

〔5〕貌寝:容貌丑陋。通脱:举止轻浮。

〔6〕以从征吴:建安二十一年(216),王粲随曹操南征孙吴,次年于途中病逝。

〔7〕文帝:魏文帝曹丕。《文学》第66条已见。临其丧:参加王粲的葬礼。

〔8〕同游:同来的人。

〔9〕赴客:来送葬的人。

〔10〕戴叔鸾:戴良字叔鸾,汝南慎阳(在今河南汝南)人。是汉末有名的隐士。按:喜好驴鸣之风,始于东汉末年,魏晋名士承袭不替。除王粲外,晋代尚有王济。《伤逝》第3条曰:"孙子荆以有才,少所推服,唯雅敬王武子。武子丧时,名士无不至者。子荆后来,临尸恸哭,宾客莫不垂涕。哭毕,向灵床曰:'卿常好我作驴鸣,今我为卿作。'体似真声,宾客皆笑。孙举头曰:'使君辈存,令此人死!'"在丧礼上效驴鸣,似有失庄重,但在这怪诞行为的背后,却是他们悲悯逝者的真实体现。另外,还有学者认为,驴鸣是一种另类的"啸",是抒发内心的一种特殊方式。驴鸣的音色悲凉悠长,带有一种凄怆的美感,魏晋士人正是以审美的眼光来观照,从中获得别样的审美趣味。

17.2 王濬冲为尚书令〔1〕,著公服〔2〕,乘轺车〔3〕,经黄公酒垆下过,韦昭《汉书注》曰:"垆,酒肆也。以土为堕,四边高似垆也。"顾谓后车客:"吾昔与嵇叔夜、阮嗣宗共酣饮于此垆,竹林之游,亦预其末。自嵇生夭、阮公亡以来〔4〕,便为时所羁绁〔5〕。今日视此虽近,邈若山河〔6〕。"《竹林七贤论》曰:"俗传若此。颍川庾爰之尝以问其伯文康〔7〕,文康云:'中朝所不闻〔8〕,江左忽有此论,皆好事者为之也。'"

〔1〕王濬冲:王戎字濬冲。《赏誉》第10条已见。

〔2〕公服:官服。

〔3〕轺(yáo摇)车:一种一匹马拉的轻便的车。

〔4〕嵇生夭:嵇康字叔夜,遭钟会谮害,被司马昭所杀,时年三十九,正是盛年,故称"夭"。用此字有惋惜之意。《雅量》第2条已见。阮公:阮籍字嗣宗,《德

行》第23条已见。卒于景元四年(263),时年五十四。"阮公",乃尊称。

〔5〕羁绁(jī xiè 机谢):拘禁,束缚。此指做官,参与政治。羁,马笼头。绁,绳索。按:"竹林七贤"是一个游离于政治和俗世的名士群体。嵇康、阮籍是这一群体的领袖人物。他们相继去世以后,这个群体便风流云散了。

〔6〕邈(miǎo 秒):遥远,久远。

〔7〕庾爱之:东晋征西将军庾翼次子。文康:庾亮卒谥"文康"。《言语》第53条已见。

〔8〕中朝:西晋之时。

17.4 王戎丧儿万子[1],山简往省之[2],王悲不自胜[3]。简曰:"孩抱中物[4],何至于此?"王曰:"圣人忘情,最下不及情[5];情之所钟,正在我辈。"王隐《晋书》曰:"戎子绥,欲取裴遁女。绥既蚤亡,戎过伤痛,不许人求之,遂至老无敢取者。"简服其言,更为之恸。一说是王夷甫丧子,山简吊之。

王世懋点评说:"妙语实境。"

〔1〕王戎:《赏誉》第10条已见。王绥字万子,又称王万,王戎之子,卒时年十九。

〔2〕山简:字季伦,河内怀县(今河南武陟西南)人。西晋名士,山涛第五子。省:探视。

〔3〕不胜:受不住,承受不了。胜,承受,经得起。

〔4〕孩抱中物:怀抱中的小孩儿。按:王万子卒年十九,不可言"孩抱中物",故刘孝标注一说是王衍(字夷甫)丧子。《晋书·王衍传》载此事,谓王衍丧幼子。

145

〔5〕圣人忘情:圣人能忘掉喜怒哀乐等世俗之情。指圣人能超脱,不为世俗人情所扰。按:如何看待人的喜怒哀乐之情,是魏晋清谈中的重要话题。《论语·阳货》记载:"子曰:'唯上知与下愚不移。'"受此影响,玄学家往往把人分为三等。上等是圣贤,下等是指愚昧不可教化之人,此外皆为"中人"。最下不及情,即愚昧不懂得哀乐之情的人。在上、下之间,是对七情敏感的"中人"。王戎把自己摆放在"中人"的位置上,所以重视真实人生感受的表达,他的悲伤是舐犊情深的自然流露。

17.13 戴公见林法师墓[1],《支遁传》曰:"遁太和元年终于剡之石城山[2],因葬焉。"曰:"德音未远[3],而拱木已积[4]。冀神理绵绵[5],不与气运俱尽耳[6]!"王珣《法师墓下诗序》曰:"余以宁康二年[7],命驾之剡石城山,即法师之丘也。高坟郁为荒楚[8],丘陇化为宿莽[9],遗迹未灭,而其人已远。感想平昔,触物凄怀。"其为时贤所惜如此。

〔1〕戴公:戴逵。《雅量》第34条刘孝标注引《晋安帝纪》曰:"戴逵字安道,谯国人。少有清操,恬和通任,为刘真长所知。性甚快畅,泰于娱生。好鼓琴,善属文,尤乐游燕,多与高门风流者游,谈者许其通隐。屡辞征命,遂著高尚之称。"戴逵博学多艺,终生不仕,是东晋著名的隐士。林法师:支遁字道林。《言语》第63条已见。

〔2〕太和元年:公元366年。太和,东晋废帝司马奕年号。

〔3〕德音:美好的名声。

〔4〕拱木:两手拇指、食指合围大小的树木。

〔5〕神理:精神。

〔6〕气运:气数,此指生命。

〔7〕宁康二年:公元374年。宁康,东晋孝武帝司马曜年号。

〔8〕郁:茂盛。荒楚:野草丛木杂生之地。此指长满了杂草。

〔9〕丘陇:坟墓。宿莽:野草。此指野草丛生的荒地。

17.15 王东亭与谢公交恶[1]。《中兴书》曰:"珣兄弟皆婿谢氏[2],以猜嫌离婚。太傅既与珣绝婚,又离妻,由是二族遂成仇衅。"王在东闻谢丧[3],便出都诣子敬[4],道欲哭谢公。子敬始卧[5],闻其言,便惊起曰:"所望于法护[6]。"法护,珣小字。王于是往哭[7]。督帅刁约不听前[8],曰:"官平生在时[9],不见此客。"王亦不与语,直前,哭甚恸,不执末婢手而退[10]。末婢,谢琰小字。琰字瑗度,安少子。开率有大度,为孙恩所害。赠侍中司空。

〔1〕王东亭:王珣字元琳,小字法护,琅邪临沂(今山东临沂)人,王导孙,王洽子。初为桓温掾,转主簿,跟随桓温讨袁真,封东亭侯。因此称王东亭。谢公:谢安。《言语》第62条已见。

〔2〕婿谢氏:王珣娶谢万女,弟王珉(字季琰,小字僧弥)娶谢安女。两家因为嫌隙而离婚,从此结下仇怨。

〔3〕在东:王氏家族居会稽,在京城之东。谢丧:谢安于太元十年(385)卒于都城建康。

〔4〕出都:到京都。

〔5〕子敬:王献之字子敬。《言语》第91条已见。

〔6〕所望于法护:这就是我对你(法护)有所期望的。

〔7〕往哭:去吊唁。

〔8〕督帅:公府属官。这里当是主管丧事的人。不听前:不让上前。听,听任,任凭。

〔9〕官:南朝宋齐之时,属官、婢仆称呼其主人为官。

〔10〕不执末婢手而退:按当时的习俗,吊丧临去,须执孝子之手以示慰勉。按:王、谢两家虽然交恶,但王珣不以嫌隙仍然前来吊唁,说明他对谢安还是极为推重的。由上文王子敬希望王珣前来吊唁,说明王珣的行为也代表了王氏家族对谢安的肯定与尊重。这是大节。"不执末婢手而退"是细微的礼节,也表现了名士傲慢的个性。又,谢安对王献之、王珣之辈的才具风度颇为欣赏。《赏誉》第147条有:"谢公领中书监,王东亭有事应同上省,王后至,坐促,王、谢虽不通,太

傅犹敛膝容之。王神意闲畅,谢公倾目。还谓刘夫人曰:'向见阿瓜,故自未易有。虽不相关,正是使人不能已已。'"

17.16 王子猷、子敬俱病笃[1],而子敬先亡。献之以泰元十三年卒,年四十五。子猷问左右:"何以都不闻消息[2]?此已丧矣!"语时了不悲。便索舆来奔丧[3],都不哭。子敬素好琴,便径入坐灵床上[4],取子敬琴弹,弦既不调,掷地云:"子敬!子敬!人琴俱亡。"因恸绝良久[5],月余亦卒。《幽明录》曰:"泰元中[6],有一师从远来[7],莫知所出。云:'人命应终,有生乐代者,则死者可生。若逼人求代,亦复不过少时。'人闻此,咸怪其虚诞。王子猷、子敬兄弟,特相和睦。子敬疾属纩[8],子猷谓之曰:'吾才不如弟,位亦通塞[9],请以余年代弟。'师曰:'夫生代死者,以己年限有余,得以足亡者耳。今贤弟命既应终,君侯算亦当尽[10],复何所代?'子猷先有背疾,子敬疾笃,恒禁往来。闻亡,便抚心悲惋,都不得一声,背即溃裂。推师之言,信而有实。"

〔1〕王子猷:王徽之字子猷,王羲之第五子,东晋名士、书法家。有才器,放诞不拘。子敬:王献之字子敬。《言语》第91条已见。病笃:指病得很深,性命危在旦夕。

〔2〕都:完全。

〔3〕索:要。舆:车。

〔4〕灵床:为死者神灵所虚设的坐卧之具。

〔5〕恸绝:因悲哀过度而昏厥。

〔6〕泰元:又写作"太元",东晋孝武帝司马曜年号,公元376—396年。

〔7〕师:道人、法师。东晋时道教徒、佛教徒皆可称师。

〔8〕属纩(zhǔ kuàng 主况):即病人临终之前,要用新的丝絮(纩)放在其口鼻上,看是否还有气息。后人因以指临死之时。

〔9〕通塞:境遇的通达与滞塞。此处偏指滞塞。

〔10〕算:命数。此指生命。

【归纳探究】

本门所记录的故事中,人们以哪些方式寄托自己对去世之人的哀思?

提示:本门记述了丧儿之痛,对兄弟、朋友、属员之丧的悼念及做法:有的依亲友的生前爱好奏一曲或学一声驴鸣以祭奠逝者;有的是睹物思人,感慨系怀,而兴伤逝之叹;有的是以各种评价颂扬逝者,以寄托自己的哀思。

栖逸第十八

【导读】

栖逸,指避世隐居。本门记述了魏晋时代名流们的出世情怀和寄情山水的趣味。

18.1 阮步兵啸[1],闻数百步。苏门山中,忽有真人[2],樵伐者咸共传说[3]。阮籍往观,见其人拥膝岩侧[4]。籍登岭就之[5],箕踞相对[6]。籍商略终古[7],上陈黄、农玄寂之道[8],下考三代盛德之美[9],以问之,仡然不应[10]。复叙有为之教[11],栖神导气之术以观之[12],彼犹如前,凝瞩不转[13]。籍因对之长啸。良久,乃笑曰:"可更作。"籍复啸。意尽,退,还半岭许[14],闻上啾然有声[15],如数部鼓吹[16],林谷传响。顾看[17],乃向人啸也[18]。《魏氏春秋》曰:"阮籍常率意独驾,不由径路,车迹所穷,辄恸哭而反。尝游苏门山,有隐者莫知姓名,有竹实数斛[19],杵臼而已[20]。籍闻而从之,谈太古无为之道,论五帝三王之义,苏门先生翛然曾不眄之[21]。籍乃嘐然长啸[22],韵响寥亮[23]。苏门先生乃逌尔而笑[24]。籍既降,先生喟然高啸,有如凤音。籍素知音,乃假苏门先生之论以寄所怀。其歌曰:'日没不周西[25],月出丹渊中[26]。阳精晦不见[27],阴光代为雄[28]。亭亭在须臾[29],厌厌将复隆[30]。富贵俛仰间[31],贫贱何必终。'"《竹林七贤论》曰:"籍归,遂著《大人先生论》,所言皆胸怀间本趣,大意谓先生与己不异也。观其长啸相和,亦近乎目击道存矣[32]。"

150

〔1〕阮步兵:阮籍曾因爱酒求任步兵校尉,世称"阮步兵",事见《任诞》第5条。啸:中国古代一种独特的音乐方式。长啸之音声抑扬顿挫、合于音律,魏晋士人多以长啸来抒发情思。

〔2〕真人:道家称修真得道的人。

〔3〕樵伐者:上山砍柴的人。

〔4〕拥膝:抱着膝盖坐着。

〔5〕就:靠近,接近。

〔6〕箕踞:一种轻慢、不拘礼节的坐姿,即随意张开两腿坐着,形似簸箕。

〔7〕商略:讨论,品评。终古:古昔,过往。

〔8〕黄、农玄寂之道:黄帝、神农氏(炎帝)虚静无为之道。老庄学派认为黄、农是无为而治的典范。

〔9〕三代:夏、商、西周三代。

〔10〕仡(yì意)然:举头的样子。

〔11〕有为之教:儒家主张入世有为的理论。

〔12〕栖神导气:修养精神,疏导精气。这是汉魏时期流行的一种延年养身之术。王充《论衡·道虚》曰:"道家或以导气养性,度世而不死。"

〔13〕凝瞩:呆望着。

〔14〕半岭许:大约半山腰。许,用于数词或数量词组后,表示约数。

〔15〕嗜然有声:即嗜然有声。一说同"啾",谓声音很多。一说同"遒",谓声音很有力。

〔16〕鼓吹:古时的仪仗乐队,常用于军中、宴会,或作为奖励品赐给功臣。

〔17〕顾:回头。

〔18〕向人:刚才那人。

〔19〕竹实:竹子的种子。斛(hú胡):古量器名。十斗为一斛。

〔20〕杵臼(chǔ jiù 楚旧):古代舂捣粮食或药物等的工具。

〔21〕猇(xiāo萧)然:无拘无束的样子。此指漫不经心的样子。眄(miǎn免):斜眼看。

〔22〕嘐(jiāo郊)然:像禽鸟响亮的鸣叫声一样。

〔23〕寥亮:洪亮,嘹亮。

151

〔24〕逌(yóu油)尔:笑的样子,此指放松而笑的样子。

〔25〕不周:不周山,在西北方向。《山海经·大荒西经》有:"西北海之外,大荒之隅,有山而不合,名曰不周。"太阳落下去的地方。

〔26〕丹渊:水名,太阳升起的地方。

〔27〕阳精:太阳。

〔28〕阴光:月亮。

〔29〕亭亭:挺拔的样子。须臾:顷刻,片刻。此句诗谓事物的兴盛东西,也就是那么一会儿。

〔30〕厌厌:颓唐不振的样子。

〔31〕俛仰:一俯一仰。指时间短促。俛,俯。按:此歌为阮籍《大人先生传》中采薪者所歌二章之一。

〔32〕目击道存:眼光相交,便知彼此心意,不必再以言语沟通。

18.3 山公将去选曹[1],欲举嵇康[2];康与书告绝。《康别传》曰:"山巨源为吏部郎,迁散骑常侍,举康,康辞之,并与山绝。岂不识山之不以一官遇己情邪?亦欲标不屈之节,以杜举者之口耳[3]!乃答涛书,自说不堪流俗,而非薄汤、武[4]。大将军闻而恶之[5]。"

〔1〕山公:山涛。《赏誉》第8条已见。选曹:主掌铨选官吏之事的吏部。

〔2〕举:推荐。

〔3〕杜:堵塞,封闭。

〔4〕非薄汤、武:非薄,非难鄙薄商汤、周武王。按:嵇康在《与山巨源绝交书》自称自己"每非汤、武,而薄周、孔",其实是讽刺司马氏篡夺权力的行径。司马昭杀害嵇康,事见《雅量》第2条。

〔5〕大将军:司马昭。《方正》第8条已见。

18.6 阮光禄在东山[1],萧然无事[2],常内足于怀[3]。《阮裕别传》曰:"裕居会稽剡山,志存肥遁[4]。"有人以问王右军[5],右军曰:"此君近不惊宠辱[6],《老子》曰:"宠辱若惊,得之若惊,失之若惊。"虽古之沉冥[7],何以过此?"《杨子》曰:"蜀庄沉冥[8]。"李轨注曰:"沉冥,犹玄寂,泯然无迹之貌。"

〔1〕阮光禄:阮裕,阮籍之族弟。《品藻》第30条已见。

〔2〕萧然:潇洒,悠闲。

〔3〕内足于怀:心中感到满足。

〔4〕肥遁:退隐。

〔5〕王右军:王羲之。《言语》第62条注已见。

〔6〕不惊宠辱:不以宠辱为惊,心境玄寂淡然。

〔7〕沉冥:幽居的人。

〔8〕蜀庄:蜀郡庄君平,后避东汉明帝刘庄讳,改称严君平,汉代著名隐者。

18.11 康僧渊在豫章[1],去郭数十里[2],立精舍[3]。旁连岭,带长川,芳林列于轩庭[4],清流激于堂宇[5]。乃闲居研讲,希心理味[6],庾公诸人多往看之[7]。观其运用吐纳[8],风流转佳[9]。加已处之怡然[10],亦有以自得,声名乃兴。后不堪[11],遂出。僧渊已见[12]。

〔1〕康僧渊:晋时僧人,有名于世。本西域人,生于长安(今陕西西安西北)。精于佛理,晋成帝时与康法畅、支愍度等僧人共渡江左,后在豫章郡讲法传经,直至去世。豫章,在今江西南昌。

〔2〕郭:外城城墙。

〔3〕精舍:学舍,也指僧人居住之所。

〔4〕轩庭:庭院。

〔5〕激:流淌。堂宇:庭院。

〔6〕希心理味:指深究佛理。希心,向慕。理味,寻味,体味。

〔7〕庾公:庾亮。《言语》第53条已见。

〔8〕运用吐纳:指讲论运思、谈吐措辞。吐纳,谈吐,讲论。

〔9〕风流:风采韵味。

〔10〕加已:加以。一本无"以"字。

〔11〕不堪:不堪隐逸。

〔12〕僧渊已见:指《文学》第47条刘孝标已注:"僧渊氏族,所出未详。疑是胡人。尚书令沈约撰《晋书》,亦称其有义学。"

【归纳探究】

从这几则故事中,你能看到魏晋名流怎样的生活情趣?

提示:本门所记录的魏晋名士,他们不愿谈及世事,不愿与当权者合作,好山水,宠辱不惊。

贤媛第十九

【导读】

贤媛，指有德行有才智有美貌的女子。本篇所记述的妇女，或有德，或有才，或有貌，而以前两种为主，褒扬贤妻良母型的女子，以之为女子楷模。

19.2 汉元帝宫人既多[1]，乃令画工图之，欲有呼者，辄披图召之[2]。其中常者[3]，皆行货赂[4]。王明君姿容甚丽[5]，志不苟求[6]，工遂毁为其状[7]。后匈奴来和，求美女于汉帝，帝以明君充行[8]。既召见而惜之[9]，但名字已去，不欲中改[10]，于是遂行。《汉书·匈奴传》曰："竟宁元年[11]，呼韩邪单于求朝[12]，自言愿婿汉氏以自亲[13]，元帝以后宫良家子王嫱字明君赐之[14]。单于欢喜，上书愿保塞[15]。"文颖曰："昭君本蜀郡秭归人也。"《琴操》曰："王昭君者，齐国王穰女也。年十七，仪形绝丽，以节闻国中[16]。长者求之者[17]，王皆不许，乃献汉元帝。帝造次不能别房帷[18]，昭君恚怒之[19]。会单于遣使，帝令宫人装出[20]，使者请一女，帝乃谓宫中曰[21]：'欲至单于者起。'昭君喟然越席而起[22]。帝视之，大惊悔。是时使者并见，不得止，乃赐单于。单于大说[23]，献诸珍物。昭君有子曰世违。单于死，世违继立。凡为胡者，父死妻母[24]。昭君问世违曰：'汝为汉也？为胡也？'世违曰：'欲为胡耳。'昭君乃吞药自杀。"石季伦曰[25]："'昭'以触文帝讳，故改为'明'。"

〔1〕汉元帝：西汉元帝刘奭(shì 是)，汉宣帝刘询之子。公元前48—前33年在位。宫人：宫女的通称。

155

〔2〕辄:就。披:打开,展开。

〔3〕常者:姿色一般的宫女。

〔4〕货赂:送东西贿赂。

〔5〕王明君:即王昭君。名嫱,南郡秭归(今湖北省宜昌市兴山县)人,汉元帝时被选入宫。竟宁元年(前33),南匈奴呼韩邪单于(chán yú 蝉余)入朝和亲,王昭君自请嫁匈奴。晋人避司马昭讳,改为王明君。

〔6〕苟求:无原则地求取。

〔7〕毁为其状:意谓把她画得很丑。毁,诋毁。状,容貌,形象。

〔8〕充行:充数嫁与匈奴。

〔9〕既:至,及。

〔10〕中改:半途改变。

〔11〕竟宁元年:公元前33年。竟宁,汉元帝刘奭年号。

〔12〕求朝:请求朝见。

〔13〕婿:做女婿,意谓与汉和亲。

〔14〕良家子:汉代时,指从军不在七科谪(秦汉时被征发去服兵役的七种人,即犯罪官吏、杀人犯、入赘的女婿、在籍商人、曾做过商人的人、父母做过商人的人、祖父母做过商人的人)内者或非医、巫、商贾、百工的子女。

〔15〕保塞:保卫边塞。

〔16〕节:气节,节操。国中:齐国。齐国是汉初诸侯王的封地,大体在今山东省境内一代。《琴操》所记昭君籍贯与文颖《汉书注》的记载不同。今人一般从文颖之说。

〔17〕长者:有德行的人,优秀的人。

〔18〕造次:急剧,匆忙。此指繁忙。别房帷:指识别所宫人的优劣。房帷,宫闱。

〔19〕恚怒:生气忿怒。

〔20〕装出:盛装出席。装,打扮。

〔21〕宫中:宫人。

〔22〕越席:离开坐席。

〔23〕说:同"悦"。

〔24〕父死妻母：按：据《史记·匈奴列传》记载，匈奴的婚俗是"父死，妻其后母（非亲生母）"，即收继婚制。《后汉书·南匈奴列传》曰："及呼韩邪死，其前阏氏子（指前任阏氏之子）代立，欲妻之。昭君上书求归，成帝敕令从胡俗，遂复为后单于阏氏焉。"昭君遵命嫁给了继立的呼韩邪单于长子复株累单于。

〔25〕石季伦：石崇字季伦。《企羡》第3条已见。

19.6 许允妇是阮卫尉女，德如妹，

《魏略》曰："允字士宗，高阳人。少与清河崔赞，俱发名于冀州[1]。仕至领军将军。"《陈留志名》曰："阮共字伯彦，尉氏人。清真守道，动以礼让。仕魏，至卫尉卿。少子侃，字德如，有俊才，而饬以名理[2]。风仪雅润[3]，与嵇康为友。仕至河内太守。"奇丑。交礼竟[4]，允无复入理，家人深以为忧。会允有客至，妇令婢视之，还，答曰："是桓郎。"桓郎者，桓范也。《魏略》曰："范字允明[5]，沛郡人。仕至大司农，为宣王所诛[6]。"妇云："无忧，桓必劝入。"桓果语许云："阮家既嫁丑女与卿，故当有意[7]，卿宜察之。"许便回入内。既见妇，即欲出。妇料其此出，无复入理，便捉裾停之[8]。许因谓曰："妇有四德，卿有其几？"《周礼》："九嫔掌妇学之法，以教九御。妇德、妇言、妇容、妇功。"郑注曰："德谓贞顺，言谓辞令，容谓婉娩，功谓丝枲[9]。"妇曰："新妇所乏唯容尔。然士有百行，君有几？"许云："皆备。"妇曰："夫百行以德为首，君好色不好德，何谓皆备？"允有惭色，遂相敬重。

李贽点评说："此夫嫌妇，太无目也。"（《初潭集·夫妇·合婚》）

〔1〕发名:闻名,著名。

〔2〕饬:修饰。名理:礼仪。

〔3〕风仪:风度仪表。

〔4〕交礼:婚礼中新人交拜的礼仪。竟:完成,结束。

〔5〕允明:桓范字元则。此处应为"元则",因其字形相近,讹写为"允明"。

〔6〕宣王:司马懿。司马懿次子司马昭封晋王后,追尊司马懿为宣王。按:桓范属于曹爽阵营,正始十年(249),司马懿趁曹爽拜谒高平陵(魏明帝陵寝)之际发动政变,关闭京师洛阳城门以拒曹爽。桓范力劝曹爽挟魏帝据许昌反攻。事败,后与曹爽一同被诛。

〔7〕故当有意:一定是包含着特别的意思的。言下之意是,阮家不是不知道自己闺女容貌不佳,但答应这门亲事,说明这闺女一定有过人之处,足以匹配许允。

〔8〕捉裾:牵衣。

〔9〕丝枲(xǐ喜):丝和麻。此指女红(gōng工)。

19.11 山公与嵇、阮一面〔1〕,契若金兰〔2〕。山妻韩氏,觉公与二人异于常交〔3〕,问公,公曰:"我当年可以为友者〔4〕,唯此二生耳!"妻曰:"负羁之妻亦亲观狐、赵〔5〕,意欲窥之,可乎?"他日,二人来,妻劝公止之宿,具酒肉。夜穿墉以视之〔6〕,达旦忘反〔7〕。公入曰:"二人何如?"妻曰:"君才致殊不如,正当以识度相友耳〔8〕。"公曰:"伊辈亦常以我度为胜〔9〕。"《晋阳秋》曰:"涛雅素恢达〔10〕,度量弘远,心存事外〔11〕,而与时俛仰〔12〕。尝与阮籍、嵇康诸人著忘言之契。至于群子〔13〕,屯塞于世〔14〕,涛独保浩然之度。"王隐《晋书》曰:"韩氏有才识,涛未仕时,戏之曰:'忍寒〔15〕,我当作三公,不知卿堪为夫人不耳?'"

〔1〕山公:山涛。《赏誉》第8条已见。一面:一见面,见一面。

〔2〕契若金兰:指友情深厚,关系亲密。语出《周易·系辞上》:"子曰:'君子之道,或出或处,或默或语。二人同心,其利断金;同心之言,其臭如兰。'"契,

投合,契合。

〔3〕常交:一般的朋友关系。

〔4〕当年:当生,现世,这辈子。

〔5〕负羁之妻亦亲观狐、赵:据《左传·僖公二十三年》记载:晋公子重耳逃亡在外,狐偃、赵衰一直随从。到了曹国,大夫僖负羁的妻子看了狐偃、赵衰后说:"吾观晋公子之从者皆足以相国,若以相,夫子必反其国。反其国,必得志于诸侯。"相国即主一国之政之意。

〔6〕穿墉:穿墙,指透过墙上缝隙。

〔7〕达旦:一直到早晨。忘返:此处指观察得很投入,没回过神来。反,同"返"。

〔8〕正当:只当,只应。识度:见识、气度。

〔9〕伊辈:他们。

〔10〕雅素恢达:高雅恬淡、宽宏豁达。

〔11〕事外:俗世之外。

〔12〕与时俛仰:谓与世浮沉。

〔13〕群子:指"竹林七贤"其他几个人。

〔14〕屯蹇(zhūn jiǎn谆简):艰难困苦,不顺利。

〔15〕忍寒:指忍耐贫寒的生活境遇。

19.15 王汝南少无婚[1],自求郝普女。《郝氏谱》曰:"普字道匡,太原襄城人。仕至洛阳太守。"司空以其痴,会无婚处[2],任其意,便许之。《魏氏志》曰:"王昶字文舒,仕至司空[3]。"既婚,果有令姿淑德[4]。生东海[5],遂为王氏母仪[6]。或问汝南何以知之?曰:"尝见井上取水,举动容止不失常,未尝忤观[7]。以此知之。"《汝南别传》曰:"襄城郝仲将,门至孤陋[8],非其所偶也。君尝见其女,便求聘焉[9]。果高朗英迈,母仪冠族[10]。其通识余裕[11],皆此类。"

〔1〕王汝南:王湛字处仲,太原晋阳(今山西太原西南)人,魏司空王昶之

子。性少言语,时人以为痴呆。历任秦王文学、太子洗马、尚书郎、太子中庶子、汝南内史。世亦称王汝南。

〔2〕会:正好。无婚,指没有婚姻之议。

〔3〕司空:魏司空王昶,王湛之父。

〔4〕令姿淑德:才貌皆好。令、淑,皆美好之意。

〔5〕东海:王湛子王承,曾任东海内史。《品藻》第23条已见。

〔6〕母仪:做母亲的风范。

〔7〕忤观:与人不礼貌地对视。古代女子多有以目不斜视、专心正色为美德。

〔8〕"门至孤陋"二句:指郝氏门第低贱,与王家不相称。按:魏晋时期,婚姻门第观念甚重,世族之间互相联姻,很少与寒门通婚。王氏为太原望族,门第远高于郝氏。但王家以为王湛痴呆,所以也就不介意女方的门第,同意了这桩婚事。

〔9〕聘:聘娶。

〔10〕冠族:在整个家族中首屈一指。

〔11〕通识余裕:通达见识的才能,从容有余。

19.16 王司徒妇[1],钟氏女,太傅曾孙[2],《王氏谱》曰:"夫人,黄门侍郎钟琰女[3]。"亦有俊才女德。《妇人集》曰:"夫人有文才,其诗、赋、颂、诔行于世。"钟、郝为娣姒[4],雅相亲重。钟不以贵陵郝,郝亦不以贱下钟[5]。东海家内[6],则郝夫人之法。京陵家内[7],范钟夫人之礼。

〔1〕王司徒:王浑字玄冲,太原晋阳(今山西太原西南)人。父亲为魏司空王昶,王昶有四子:浑、深、沦、湛。王浑娶钟徽之女,王湛娶郝普之女。

〔2〕太傅:钟繇字元常,颍川长社(今河南长葛东)人。东汉末年,任黄门侍郎、御史中丞、侍中、尚书仆射,封东武亭侯。建安年间,曹操表为侍中,守司隶校尉,持节都督关中诸军事等。曹丕即王位,为廷尉、太尉,魏明帝时又迁太傅。钟繇善书法,尤精隶、楷,与王羲之并称"钟王"。钟氏是汉晋时期的豪族,门第显赫。

〔3〕钟琰:应为"钟徽"。钟夫人名琰,其父为黄门侍郎钟徽。

〔4〕娣姒(dì sì 帝四):妯娌,兄妻为姒,弟妻为娣。

〔5〕"钟不以贵陵郝"二句:意谓钟氏门第显贵,钟夫人出身高贵,却不以身份凌驾在郝夫人之上。郝夫人也不以出身寒微而在钟夫人面前感到卑贱。贱,身份低微。

〔6〕东海:指王湛一系,王湛子王承,曾任东海内史。

〔7〕范:楷模,榜样。京陵:指王浑一系,王浑袭父爵为京陵侯。

19.18 周浚作安东时[1],行猎[2],值暴雨[3],过汝南李氏[4]。李氏富足,而男子不在[5]。有女名络秀,闻外有贵人[6],与一婢于内宰猪羊,作数十人饮食,事事精办[7],不闻有人声。密觇之[8],独见一女子,状貌非常[9],浚因求为妾。父兄不许。络秀曰:"门户殄瘁[10],何惜一女?若连姻贵族[11],将来或大益。"父兄从之。《八王故事》曰:"浚字开林,汝南安城人。少有才名。太康初,平吴,自御史中丞出为扬州刺史。元康初,加安东将军。"遂生伯仁兄弟[12]。络秀语伯仁等:"我所以屈节为汝家作妾[13],门户计耳[14]!按《周氏谱》:"浚取同郡李伯宗女。"此云为妾,妄耳。汝若不与吾家作亲亲者[15],吾亦不惜余年[16]。"伯仁等悉从命。由此李氏在世,得方幅齿遇[17]。

〔1〕安东:安东将军。

〔2〕行猎:外出打猎。

〔3〕值:遇,碰上。

〔4〕过:拜访,造访。

〔5〕男子:对没有官职的成年男子的称谓。

〔6〕贵人:社会地位高的人。

〔7〕精办:做得很精美。

〔8〕密觇(chān 掺):偷偷地观察,秘密地观察。

〔9〕非常:不同寻常。

〔10〕 殄瘁(tiǎn cuì 忝翠):凋谢,枯萎。此指家族寒贱,没地位。

〔11〕 贵族:贵家大族。

〔12〕 伯仁兄弟:周𫖮字伯仁。《言语》第31条已见。周嵩字仲智,周𫖮之弟,累迁御史中丞。周谟,周嵩之弟,历任少府、丹阳尹等,封西平侯。兄弟三人皆东晋名士。

〔13〕 屈节:此处指委曲自己为妾。

〔14〕 门户计:为家世门第考虑。

〔15〕 亲亲:当作亲戚。

〔16〕 不惜余年:不珍惜余下的寿命。此为自杀的婉转说法。

〔17〕 方幅:六朝时方言,公然,正当。齿遇:礼遇,平等相待。

19.19 陶公少有大志[1],家酷贫[2],与母湛氏同居[3]。同郡范逵素知名,举孝廉[4],逵未详。投侃宿。于时冰雪积日,侃室如悬磬[5],而逵马仆甚多[6]。侃母湛氏语侃曰:"汝但出外留客,吾自为计[7]。"湛头发委地[8],下为二髲[9],一作髢[10]。卖得数斛米[11],斫诸屋柱[12],悉割半为薪[13],剉诸荐以为马草[14]。日夕,遂设精食[15],从者皆无所乏。逵既叹其才辩,又深愧其厚意。明旦去[16],侃追送不已,且百里许。逵曰:"路已远,君宜还。"侃犹不返,逵曰:"卿可去矣!至洛阳,当相为美谈[17]。"侃乃返。逵及洛,遂称之于羊晫、顾荣诸人[18],大获美誉。《晋阳秋》曰:"侃父丹,娶新淦湛氏女[19],生侃。湛虔恭有智算[20],以陶氏贫贱,纺绩以资给侃[21],使交结胜己[22]。侃少为寻阳吏,鄱阳孝廉范逵尝过侃宿,时大雪,侃家无草,湛彻所卧荐锉给[23]。阴截发[24],卖以供调[25]。逵闻之叹息。逵去,侃追送之。逵曰:'岂欲仕乎?'侃曰:'有仕郡意。'逵曰:'当相谈致[26]。'过庐江,向太守张夔称之[27]。召补吏,举孝廉,除郎中[28]。时豫章顾荣或责羊晫曰:'君奈何与小人同舆?'晫曰:'此寒俊也。'"[29]王隐《晋书》曰:"侃母既截发供客,闻者叹曰:'非此母不生此子。'乃进之于张夔。羊晫亦简之[30]。后晫为十郡中正[31],举侃为鄱阳小中正,始得上品也[32]。"

〔1〕陶公:陶侃字士行,鄱阳(今江西鄱阳)人。吴亡后徙家寻阳(今湖北黄梅西南)。少孤贫,初为县吏,庐江太守张夔招为督邮,荆州刺史刘弘辟为南蛮长史,先后平定张昌、陈敏之乱。琅邪王司马睿任之为奋威将军,后迁龙骧将军、武昌太守。杜弢乱起,被左将军王敦荐为荆州刺史,弢平,转任广州刺史。王敦起兵入都,诏以本官领江州刺史,转都督、湘州刺史。王敦之乱平定后,迁都督荆、雍、益、梁州诸军事,领护南蛮校尉、征西大将军、荆州刺史。苏峻、祖约起兵反晋,陶侃被平南将军温峤等推为盟主平叛,乱平,迁侍中、太尉,封长沙郡公。后以疾卒。在军四十一年,有政绩,恶浮华,不喜清谈,为世人推重。

〔2〕酷贫:非常贫寒。

〔3〕同居:住在一起。

〔4〕举孝廉:参加察举孝廉科选拔。参见《言语》第22条注〔1〕。

〔5〕悬磬:悬挂着的磬。指空无所有。

〔6〕马仆:坐骑和仆从。

〔7〕自为计:自己想办法。

〔8〕委地:拖到地上,垂在地上。委,积聚,委积。

〔9〕下为二髲(bì 必):剪下制成两片假发。髲,假发。

〔10〕髢(dí 笛):假发。

〔11〕斛(hú 胡):器量单位,十斗为一斛。

〔12〕斫:砍。

〔13〕悉割半为薪:把所有屋子一半的柱子砍下来做柴。悉,所有,都。

〔14〕剉诸荐以为马草:指将草席坐垫切为马料。剉,铡切。荐,草席,垫子。

〔15〕精食:上好的饭菜。

〔16〕明旦:第二天早上。

〔17〕相为美谈:在朋友前为你美言。

〔18〕羊晫(zhuó 拙):《晋书·陶侃传》作"杨晫",晋惠帝时为豫章国郎中令。为乡论所归,任十郡大中正,曾向顾荣极力推荐陶侃。顾荣:两晋之际,为江东人物之首。《德行》第25条已见。羊晫、顾荣为入洛的吴人,已在洛阳任官。

〔19〕新淦(gàn 赣):地名,在今江西省新干县。

〔20〕虔恭:诚实恭敬。智算:机智善谋划。

〔21〕纺绩:纺织。资给(jǐ挤):供应。

〔22〕胜己:品行、地位都在己之上的人。

〔23〕彻:通"撤",抽取。给(jǐ挤):供应。

〔24〕阴:暗中,暗地里。

〔25〕供调:为"供设"之误。指置办食用之物,为汉魏六朝常语。

〔26〕谈致:美言推荐。

〔27〕张夔(kuí葵):孙晧末年,张夔任太常。吴降晋时,以夔奉晧所佩印绶至晋营请降。

〔28〕除郎中:除,任命官职。郎中,官名,尚书省诸曹官员。

〔29〕"时豫章顾荣"数句:按顾荣非豫章人,余嘉锡、王利器、周一良、龚斌等学者认为此处有删节,当据《晋书》补正。《晋书·陶侃传》载:"(杨晫)与同乘见中书郎顾荣,荣甚奇之。吏部郎温雅谓晫曰:'奈何与小人共载?'晫曰:'此人非凡器也。'"小人:地位低的人。同舆:同车。寒俊:出身寒微的优秀人才。

〔30〕简:选择,选拔。

〔31〕中正:自曹魏时起,朝廷以九品中正制选官,中正官掌人物品第,以为吏部铨选之根据。于州置大中正,郡置小中正。中正官均由本地世族豪门人物担任。

〔32〕上品:九品中正制中,中正将人才分为九品,即上上、上中、上下、中上、中中、中下、下上、下中、下下。经中正定品后,朝廷再据此授予一定品位的官职。上品即上上、上中、上下三品。按:根据现有史料,能定为上上的人很罕见,豪门士族子弟一般多被评为上中和上下。晋代等级观念森严,陶侃能以寒微之士入上品之列,实属罕见。

19.21 桓宣武平蜀[1],以李势妹为妾[2],甚有宠,常著斋后[3]。主始不知[4],既闻,与数十婢拔白刃袭之[5]。《续晋阳秋》曰:"温尚明帝女南康长公主。"正值李梳头,发委藉地[6],肤色玉曜[7],不为动容[8]。徐曰:"国破家亡,无心至此。今日若能见杀[9],乃是本怀。"主惭而退。《妒记》曰:"温平蜀,以李势女为妾,郡主凶妒[10],不即知之。

后知,乃拔刃往李所,因欲斫之[11]。见李在窗梳头,姿貌端丽,徐徐结发,敛手向主,神色闲正,辞甚凄惋。主于是掷刀前抱之曰:'阿子[12],我见汝亦怜[13],何况老奴。'遂善之。"

〔1〕桓宣武平蜀:永和二年到三年(346—347),桓温伐蜀,败成汉君主李势,灭成汉。

〔2〕李势:字子仁,十六国时成汉国君,公元343—347年在位。

〔3〕常著斋后:一直将其安置在书房中。

〔4〕主:晋明帝司马绍之女,封南康长公主(帝之女称公主,帝之姑、姊、妹称长公主)。嫁与桓温。

〔5〕白刃:刀剑之类。

〔6〕发委藉(jiè借)地:头发下垂到地面。委,堆积。藉,铺,垫。

〔7〕玉曜:如玉般温润明亮。曜,照耀。

〔8〕动容:神色改变。

〔9〕见杀:被杀。

〔10〕郡主:公主受封的等级分为郡主、县主等。南康长公主为郡级,故称郡主。凶妒:妒忌心强且凶狠霸道。

〔11〕斫:砍,杀。

〔12〕阿子:是一种亲昵的称呼。

〔13〕怜:喜欢。

19.26 王凝之谢夫人既往王氏[1],大薄凝之[2]。既还谢家,意大不说[3]。太傅慰释之曰[4]:"王郎,逸少之子[5],人材亦不恶,汝何以恨乃尔[6]?"答曰:"一门叔父[7],则有阿大、中郎[8];群从兄弟,则有封、胡、遏、末[9]。封胡,谢韶小字。遏末,谢渊小字。韶字穆度,万子,车骑司马。渊字叔度,奕第二子,义兴太守。时人称其尤彦秀者。或曰封、胡、遏、末。封谓朗,遏谓玄,末谓韶,朗玄渊。一作胡谓渊,遏谓玄,末谓韶也。不意天壤之中,乃有王郎[10]!"

〔1〕王凝之:《言语》第71条已见。谢夫人:谢道韫。谢奕之女,王凝之之妻。往:嫁给。

〔2〕薄:看不起,轻视。

〔3〕说:同"悦"。

〔4〕太傅:谢安。《言语》第62条已见。慰释:安慰,开导。

〔5〕逸少:王羲之。《言语》第62条注已见。

〔6〕乃尔:如此。

〔7〕一门:家门中,指谢家。

〔8〕阿大:谢尚字仁祖,小字坚石,又名阿大。谢鲲子,谢安从兄。《文学》第88条已见。中郎:谢万字万石,谢安弟。才器俊秀,有时誉,善属文,工言论。司马昱为相,辟为抚军从事中郎,历任吴兴太守、豫州刺史、西中郎将,监司、豫、冀、并四州诸军事。升平三年(359)北伐,败归,免为庶人。

〔9〕封、胡、遏、末:南宋汪藻《陈国阳夏谢氏谱》云:谢韶,谢万子,字穆度,小字封。谢朗,谢据子,字长度,小字胡儿。谢玄,谢奕子,字幼度,小字遏。谢琰,谢安子,字瑗度,小字末婢。

〔10〕"不意"二句:不意,没想到。按:谢道韫才华卓绝,因而觉得王凝之平庸,不及自己叔伯、兄弟优秀。《贤媛》第30条曰:"谢遏绝重其姊,张玄常称其妹,欲以敌之。有济尼者,并游张、谢二家,人问其优劣,答曰:'王夫人神情散朗,故有林下风气。顾家妇清心玉映,自是闺房之秀。'"所谓"林下风气",即"竹林七贤"的名士风度。又,《晋书·列女传》载:"凝之弟献之尝与宾客谈议,词理将屈,道韫遣婢白献之曰:'欲为小郎解围。'乃施青绫步鄣自蔽,申献之前议,客不能屈。"

【归纳探究】

本门专门记载女性,你认为"贤媛"的"贤"字有哪些内涵?

提示:本门"贤媛"的"贤"字专门用来形容女性,包含以下内涵:

1. 敏而善辩。

2. 明理有智。

3. 善于识人。
4. 气度不凡。
5. 人格高洁。

术解第二十

【导读】

术解,指精通技艺或方术。本门记载着有特殊技能的事例。

20.4 王武子善解马性[1]。尝乘一马,著连钱障泥[2]。前有水,终日不肯渡[3]。王云:"此必是惜障泥。"使人解去,便径渡[4]。《语林》曰:"武子性爱马,亦甚别之[5]。故杜预道'王武子有马癖,和长舆有钱癖'[6]。武帝问杜预:'卿有何癖?'对曰:'臣有《左传》癖。'"

刘辰翁点评说:"马犹惜物。"

〔1〕王武子:王济字武子,《言语》第26条已见。
〔2〕连钱:连钱花纹。障泥:铺在马背上,两端垂于马腹两侧,用于遮挡尘土的东西。
〔3〕终日:良久。
〔4〕径:直截,立刻。
〔5〕别:鉴别。
〔6〕杜预:字元凯,京兆杜陵(今陕西西安东南)人,魏幽州刺史杜恕子、司马昭妹夫。历任尚书郎、河南尹、秦州刺史、度支尚书等。世称"杜武库"。咸宁年

间,表请攻吴,以灭吴有功,封当阳县侯。晚年专注经籍,著有《春秋左氏经传集解》《春秋释例》《盟会图》《春秋长历》《女记赞》等,自称有"《左传》癖"。马癖:王济甚爱马,其家在北邙山下。当时人多地贵,王济喜好跑马射箭,就买地构筑界沟,所用的钱编起来能围满地界。时人称之为"金沟"。因此杜预称王济有"马癖"。和长舆:和峤字长舆,《方正》第14条已见。峤家产丰富,性至吝啬,因而杜预称之有"钱癖"。

【归纳探究】

这一门写了王武子善解马性的故事,你从中受到了什么启发?

提示:写自己真实的阅读体会即可。

巧艺第二十一

【导读】

巧艺,指精巧的技艺,这里的艺主要指棋琴书画、建筑、骑射等。

21.3 韦仲将能书[1]。魏明帝起殿[2],欲安榜[3],使仲将登梯题之。既下,头鬓皓然[4],因敕儿孙[5]:"勿复学书。"《文章叙录》曰:"韦诞字仲将,京兆杜陵人,太仆端子。有文学[6],善属辞[7]。以光禄大夫卒。"卫恒《四体书势》曰:"诞善楷书,魏宫观多诞所题。明帝立陵霄观,误先钉榜,乃笼盛诞[8],辘轳长绠引上[9],使就题之。去地二十五丈,诞甚危惧。乃戒子孙绝此楷法,著之家令。"

〔1〕韦仲将:韦诞字仲将,京兆杜陵(今陕西西安东南)人。历任武都太守、中书监、光禄大夫。善书法,尤精题榜。

〔2〕魏明帝:魏明帝曹叡字元仲。《容止》第3条已见。起殿:修建宫殿。

〔3〕榜:宫殿匾额。

〔4〕头鬓皓然:头发变白。按:因登高紧张所致,见刘孝标注。韦诞为魏明帝所迫而登高题榜,内心惊惧,因此劝勉家中子弟不宜再学书。后来东晋孝武帝时期,修建了太极殿,谢安欲请王献之题榜,以韦诞亲题之事劝之,遭到王献之的拒绝。事见《方正》第62条。

〔5〕敕:告诫,嘱咐。

〔6〕文学:文章写作的才能。

〔7〕属(zhǔ 主)辞:撰写文章。

〔8〕笼盛:用笼子装。

〔9〕辘轳:以滑轮原理制成的绞盘,用以起重。纮(gēng庚):古同"縆",大绳索。

21.9 顾长康画裴叔则[1],颊上益三毛[2]。人问其故,顾曰:"裴楷俊朗有识具[3],正此是其识具。看画者寻之,定觉益三毛如有神明,殊胜未安时[4]。"恺之历画古贤,皆为之赞也[5]。

〔1〕顾长康:顾恺之。《言语》第57条已见。裴叔则:裴楷。《言语》第19条已见。

〔2〕益三毛:增加三绺胡须。

〔3〕识具:见识。裴楷有知人之鉴。

〔4〕殊胜:大胜。

〔5〕赞:文体名,内容以颂扬为主。顾恺之作有《魏晋胜流画赞》。

21.10 王中郎以围棋是坐隐[1],支公以围棋为手谈[2]。《博物志》曰:"尧作围棋,以教丹朱[3]。"《语林》曰:"王以围棋为手谈,故其在哀制中[4],祥后客来[5],方幅会戏[6]。"

王世懋赞其为"雅语",陈梦槐则认为支公的话说得更为精妙。

〔1〕王中郎:王坦之,《雅量》第29条已见。

〔2〕支公:支遁,《言语》第63条已见。

〔3〕丹朱:尧的长子。相传丹朱不肖,尧认为不能将天下托付给他,于是禅位给了舜。

〔4〕在哀制中:指在服丧期间。

〔5〕祥:古代亲丧的祭祀名称。古代居父母或亲人之丧,满一年或二年而祭祀,统称为"祥"。

〔6〕方幅会戏:指公然与来参加祭祀的宾客下围棋娱乐。方幅,六朝时方言,公然,正当。按:颜之推《颜氏家训·杂艺》中有:"围棋有手谈、坐隐之目,颇为雅戏;但令人耽愦,废丧实多,不可常也。"

21.11 顾长康好写起人形[1]。《续晋阳秋》曰:"恺之图写特妙[2]。"欲图殷荆州[3],殷曰:"我形恶[4],不烦耳。"顾曰:"明府正为眼尔[5]。仲堪眇目故也。但明点童子[6],飞白拂其上[7],使如轻云之蔽日。"曰,一作月。

〔1〕写起人形:画人物像。

〔2〕图写:图物写貌,绘画。

〔3〕图殷荆州:给殷仲堪画人物像。殷荆州,殷仲堪,曾任荆州刺史,《文学》第63条已见。

〔4〕形恶:殷仲堪一目失明。殷仲堪父亲曾患疾病,仲堪衣不解带照顾父亲数年,在做汤药时,误以药手擦拭泪水,而导致一目失明。

〔5〕明府:汉魏以来对郡守长官的尊称。

〔6〕但明点童子:只要清楚地点画出眼瞳。童子,瞳仁。童,通"瞳"。

〔7〕飞白:中国画中一种枯笔露白的线条。

21.13 顾长康画人,或数年不点目精[1]。人问其故,顾曰:"四体妍蚩[2],本无关于妙处;传神写照[3],正在阿堵中[4]。"

〔1〕目精:眼珠中的闪光点。此处指顾恺之画人,虽然画上了眼眶和眼珠,却有时迟迟不点画眼珠上晶莹发光的闪光点,而这正是体现人的精神之所在。《太平御览》卷七〇二有:"顾虎头为人画扇,作嵇、阮而都不点眼睛,曰:'点眼睛便欲语。'"

〔2〕四体妍蚩:四体,手脚,此指身体。妍蚩,美丑。

〔3〕传神写照:表现人物的个性风神。

〔4〕阿堵:六朝人常用指称词语,即"这"或"这个"。这里指以眼睛传神。

21.14 顾长康道:"画'手挥五弦'易,'目送归鸿'难。[1]"

〔1〕手挥五弦、目送归鸿:出自嵇康《兄秀才公穆入军赠诗》:"目送归鸿,手挥五弦。俯仰自得,游心太玄。"嵇康此四句诗最能表现魏晋玄学所追求的超脱的精神境界。手挥五弦,乃形体动作之实际显现,容易摹画;而目送归鸿,一是眼波流转,不易取象,二是诗所表达的是一种微妙的心理活动,深远玄奥之深意甚难图写。顾恺之认为,绘画不仅追求写形的技巧,还要追求传神的效果。

【归纳探究】

读完这几则故事,你也写几句话,表达对这些精巧技艺的赞叹。

提示:可模仿《世说新语》的语言来写,也可用自己喜欢的形式来写。

宠礼第二十二

【导读】

宠礼,指礼遇尊荣,指得到帝王将相、三公九卿等的厚待。这在古代是一种难得的荣誉,写这些故事,是要人们对上位者感恩图报。

22.4 许玄度停都一月[1],刘尹无日不往[2],乃叹曰:"卿复少时不去[3],我成轻薄京尹[4]!"《语林》曰:"玄度出都,真长九日十一诣之,曰:'卿尚不去,使我成薄德二千石。'"

〔1〕许玄度:许询字玄度。《品藻》第54条已见。都:京城。

〔2〕刘尹:刘惔,曾任丹阳尹,因此称刘尹。《言语》第48条已见。

〔3〕少(shāo 梢)时:短时间。

〔4〕轻薄:轻佻浮薄。许询与刘惔交游甚密,常在一起清谈析理,刘惔曾有"清风朗月,则思玄度"(《言语》第73条)之语。京尹:丹阳尹为京畿长官。《晋书·职官志》:"郡皆置太守,河南郡京师所在,则曰尹。"丹阳郡,东晋京师建康所在之地。

任诞第二十三

【导读】

　　任诞指任性放纵，名士们主张言行不必遵守礼法，凭禀性行事，不做作，不受任何拘束，认为这样才能回归自然，才是真正的名士风流。本门主要记录率性而为的故事。

　　23.1 陈留阮籍[1]、谯国嵇康[2]、河内山涛[3]，三人年皆相比[4]，康年少亚之[5]。预此契者[6]，沛国刘伶[7]、陈留阮咸[8]、河内向秀[9]、琅邪王戎[10]。七人常集于竹林之下，肆意酣畅，故世谓"竹林七贤"[11]。《晋阳秋》曰："于时风誉扇于海内，至于今咏之。"

　　〔1〕阮籍：字嗣宗，旷达不羁，好老、庄，纵酒谈玄，蔑视礼法。曾任步兵校尉，世称"阮步兵"。《德行》第23条已见。

　　〔2〕嵇康：字叔夜，家世儒学，有才俊，通达任性，峻直刚烈。曾拜中散大夫，世称嵇中散。《雅量》第2条已见。

　　〔3〕山涛：字巨源，有器识。《赏誉》第8条已见。

　　〔4〕比：并列，挨着。

　　〔5〕亚：居其次。此指稍微年轻一些。

　　〔6〕契：契合。此指亲密的交游圈。

　　〔7〕刘伶：字伯伦，沛（治今安徽濉溪西北）人。任纵放达，不遵礼法，性嗜

酒。《文学》第69条刘孝标注引《名士传》曰:"伶字伯伦,沛郡人。肆意放荡,以宇宙为狭。常乘鹿车,携一壶酒,使人荷锸随之,云:'死便掘地以埋。'土木形骸,遨游一世。"

〔8〕阮咸:字仲容,阮籍侄。旷放不拘,善谈琵琶。《雅量》第15条已见。

〔9〕向秀:字子期,河内怀县(今河南武陟西南)人。雅好老、庄,曾注《庄子》。与嵇康、吕安友善,嵇康、吕安被杀后,向秀为自全而出仕,历任黄门侍郎、散骑常侍等。

〔10〕王戎:字濬冲,颖悟而秀彻,任率不修威仪,善清谈。《赏誉》第10条已见。

〔11〕竹林:一说佛教用语音译,竹林是释迦牟尼说法处,后指寺院、精舍;一说竹林实有其地。按:"竹林七贤"崇尚老、庄的无为,提倡"越名教而任自然"的精神,是当时叛逆精神的代表,也是魏晋名士的楷模。

23.2 阮籍遭母丧,在晋文王坐进酒肉[1]。司隶何曾亦在坐[2],《晋诸公赞》曰:"何曾字颖考,陈郡阳夏人。父夒,魏太仆。曾以高雅称,加性仁孝,累迁司隶校尉。用心甚正,朝廷师之。仕晋至太宰。"曰:"明公方以孝治天下[3],而阮籍以重丧[4],显于公坐饮酒食肉,宜流之海外[5],以正风教[6]。"文王曰:"嗣宗毁顿如此[7],君不能共忧之,何谓[8]?且有疾而饮酒食肉,固丧礼也[9]!"籍饮啖不辍,神色自若。干宝《晋纪》曰:"何曾尝谓阮籍曰:'卿恣情任性,败俗之人也。今忠贤执政,综核名实[10],若卿之徒,何可长也!'复言之于太祖[11],籍饮啖不辍[12]。故魏、晋之间,有被发夷傲之事[13],背死忘生之人,反谓行礼者,籍为之也。"《魏氏春秋》曰:"籍性至孝,居丧虽不率常礼[14],而毁几灭性[15]。然为文俗之士何曾等深所雠疾[16]。大将军司马昭爱其通伟[17],而不加害也。"

〔1〕晋文王:司马昭。《方正》第8条已见。

〔2〕司隶:司隶校尉的省称。参见《言语》第3条注〔2〕。何曾是司马氏集团的核心成员。

〔３〕明公：此处为对晋文王司马昭的尊称。

〔４〕重丧：父母之丧，是丧礼中最重的。

〔５〕流：流放。海外：荒蛮之地。

〔６〕风教：伦理风俗。

〔７〕毁顿：因过于哀痛而致精神委顿。

〔８〕何谓：意思是何以还要这样说。

〔９〕固丧礼：丧礼规定，服丧期间不可饮酒食肉。但丧礼又言，若居丧期间有疾，则可以饮酒食肉，以保养好身体。否则不胜丧，同样是不孝，因为身体发肤是父母给的，应爱惜。阮籍悲伤过度而精神憔悴，因此司马昭认为适当饮酒食肉无碍丧礼。

〔10〕综核名实：谓综合考核名义和实际情形是否一致。

〔11〕太祖：司马昭。

〔12〕噉（dàn 淡）：吃。

〔13〕被发夷傲：披散头发，泰然高傲。

〔14〕率：遵循。

〔15〕毁几灭性：因居丧过于哀痛，几乎伤生，丢掉性命。按：《孝经·丧亲》有："三日而食，教民无以死伤生。毁不灭性，此圣人之政也。"

〔16〕文俗：拘守礼法而安于习俗。雠疾：仇恨、憎恨。雠，同"仇"。

〔17〕通伟：通达不拘，志气宏放。

23.3 刘伶病酒[1]，渴甚[2]，从妇求酒。妇捐酒毁器[3]，涕泣谏曰[4]："君饮太过，非摄生之道[5]，必宜断之！"伶曰："甚善。我不能自禁[6]，唯当祝鬼神[7]，自誓断之耳！便可具酒肉[8]。"妇曰："敬闻命[9]。"供酒肉于神前，请伶祝誓。伶跪而祝曰："天生刘伶，以酒为名[10]，一饮一斛[11]，五斗解酲[12]。毛公《注》曰："酒病曰酲。"妇人之言，慎不可听。"便引酒进肉，隗然已醉矣[13]。见《竹林七贤论》。

〔１〕刘伶：《任诞》第 1 条已见。病酒：饮酒过量而生病。

〔2〕渴甚:酒瘾发作,特别想喝。

〔3〕捐:弃,丢掉。

〔4〕谏:规劝。

〔5〕摄生:养生,保养身体。

〔6〕自禁:自己管控自己。

〔7〕祝鬼神:向鬼神祷告。

〔8〕具:置办。

〔9〕敬闻命:遵命照办。

〔10〕以酒为名:以酒为命。

〔11〕斛(hú 胡):量器。一斛本为十斗。

〔12〕解酲(chéng 成):消除酒病。酲,指酒瘾。

〔13〕隗(wěi 伟)然:酒醉倒下的样子。

23.5 步兵校尉缺[1],厨中有贮酒数百斛[2],阮籍乃求为步兵校尉。《文士传》曰:"籍放诞有傲世情[3],不乐仕宦。晋文帝亲爱籍[4],恒与谈戏[5],任其所欲,不迫以职事[6]。籍常从容曰:'平生曾游东平,乐其土风[7],愿得为东平太守。'文帝说[8],从其意。籍便骑驴径到郡,皆坏府舍诸壁障[9],使内外相望,然后教令清宁[10]。十余日,便复骑驴去。后闻步兵厨中有酒三百石,忻然求为校尉[11]。于是入府舍,与刘伶酣饮。"《竹林七贤论》又云:"籍与伶共饮步兵厨中,并醉而死。"此好事者为之言。籍景元中卒[12],而刘伶太始中犹在[13]。

〔1〕步兵校尉:官名。汉武帝置八校尉领北军(汉代京师禁卫部队分南、北军),其中有步兵校尉。汉魏时期,均设置此官,领宿卫兵。阮籍因酒而求得步兵校尉,后以阮步兵称之,又有以"步兵"称嗜酒放达之人,如吴人张翰被称为"江东步兵"。

〔2〕斛(hú 胡):量器。一斛本为十斗。

〔3〕放诞:行为纵放怪诞。傲世:在俗世人情礼节方面显得很傲慢,不合规矩。

〔4〕晋文帝:司马昭。《方正》第8条已见。亲爱:兼有喜欢与看重之意。

〔5〕谈戏:聊天交游。

〔6〕迫:逼迫,责成。

〔7〕土风:当地风俗。

〔8〕说:同"悦"。

〔9〕府舍:官邸。壁障:墙壁,屏障。

〔10〕教令清宁:意谓官府下达的各种命令减少,民间因此少了好多嘈杂之声。教令:官府颁布的命令。

〔11〕忻(xīn欣)然:喜悦愉快的样子。

〔12〕景元:曹魏元帝曹奂年号,公元260—264年。

〔13〕太始:即"泰始",晋武帝司马炎年号,公元265—274年。

23.6 刘伶恒纵酒放达[1],或脱衣裸形在屋中,人见讥之。伶曰:"我以天地为栋宇[2],屋室为裈衣[3],诸君何为入我裈中?"邓粲《晋纪》曰:"客有诣伶,值其裸袒,伶笑曰:'吾以天地为宅舍,以屋宇为裈衣,诸君自不当入我裈中,又何恶乎?'其自任若是。"

〔1〕放达:放纵旷达,不拘礼法。

〔2〕栋宇:指房屋。

〔3〕裈(kūn坤)衣:裤子。裈,同"裩"。

23.7 阮籍嫂尝还家[1],籍见与别。或讥之,《曲礼》:"嫂叔不通问[2]。"故讥之。籍曰:"礼岂为我辈设也[3]?"

〔1〕尝:曾经。

〔2〕通问:相互问候。

〔3〕礼岂为我辈设也:阮籍放诞,不拘俗礼。嫂还家而与之送别,不屑于"叔嫂不通问"之礼。实出自亲情,行为坦荡。

23.9 阮籍当葬母[1],蒸一肥豚[2],饮酒二斗,然后临诀[3],直言"穷矣!"[4]都得一号[5],因吐血,废顿良久[6]。邓粲《晋纪》曰:"籍,母将死,与人围棋如故,对者求止,籍不肯,留与决赌。既而饮酒三斗,举声一号,呕血数升,废顿久之。"

〔1〕当:将要。

〔2〕豚:小猪。

〔3〕临诀:下葬前作最后的告别。

〔4〕穷矣:洛阳及其附近风俗,父母丧礼中,孝子循例要唤"穷""奈何""绝"等(参见唐长孺《读〈抱朴子〉推论南北学风的异同》)。

〔5〕都得一号:只是大哭一声。

〔6〕废顿:僵卧不起。按:居丧而饮酒食肉,后汉时期的士人戴良既曾如此。《后汉书·逸民列传》记载,戴良母丧,其兄伯鸾住在守丧的房子中,吃着简单的粥饭,而戴良则食肉饮酒,哀痛而哭,二人皆有憔悴之貌。有人以为戴良的行为不合礼法,戴良回答道:"礼所以制情佚也,情不苟佚,何礼之论!夫食旨不甘,故至毁容之实。若味不存口,食之可也。"戴良与其兄行为不同,但丧亲的哀痛之情则是一样的。孔子曰:"礼,与其奢也,宁俭;丧,与其易也,宁戚。"(《论语·八佾》)孔子的思想也是应该重视礼的本质,而不是礼形式。

23.11 阮步兵籍也。丧母,裴令公楷也。往吊之[1]。阮方醉[2],散发坐床,箕踞不哭[3]。裴至,下席于地[4],哭吊喭毕[5],便去。或问裴:"凡吊,主人哭,客乃为礼。阮既不哭,君何为哭?"裴曰:"阮方外之人[6],故不崇礼制;我辈俗中人,故以仪轨自居[7]。"时人叹为两得其中[8]。《名士传》曰:"阮籍丧亲,不率常礼[9],裴楷往吊之,遇籍方醉,散发箕踞,旁若无人。楷哭泣尽哀而退,了无异色[10],其安同异如此。"戴逵论之曰:"若裴公之制吊[11],欲冥外以护内[12],有达意也[13],有弘防也[14]。"

〔1〕阮步兵:阮籍,参见《任诞》第5条。裴令公:裴楷,《言语》第19条已

见。吊:吊唁。

〔2〕方:刚刚,恰值。

〔3〕箕踞:一种轻慢、不拘礼节的坐姿,即随意张开两腿坐着,形似簸箕。

〔4〕下席:离开坐榻。

〔5〕吊唶:即吊唁。唶:同"唁"。

〔6〕方外:世俗礼教之外。

〔7〕仪轨:礼仪制度。自居:自处。即以礼法要求自己。

〔8〕中:得当。即言阮籍乃方外之人,不哭;裴楷乃方内之人,守礼制而哭。两相得当。按:阮籍纵情傲世,名士风流,固然为人所难及。但裴楷宽容而不以己律人,尤能见其情怀之高雅,这也是难以企及的名士风度。

〔9〕率:遵循。

〔10〕异色:难看的脸色。

〔11〕制吊:前往吊唁。制,一作"致"。

〔12〕冥外:不与他人相竞,即尊重别人的思想,与之一致。护内:自守己礼,坚持原则。

〔13〕达意:通达之意。

〔14〕弘防:重要的、原则性的界限。

23.12 诸阮皆能饮酒,仲容至宗人间共集[1],不复用常杯斟酌[2],以大瓮盛酒[3],围坐,相向大酌。时有群猪来饮,直接去上,便共饮之。

〔1〕仲容:阮咸。《雅量》第15条已见。宗人:同宗之人。此指阮氏家族之人。集:相聚。

〔2〕常杯:普通的酒杯。斟酌:喝酒。

〔3〕瓮:水盆。

23.13 阮浑长成[1],风气韵度似父[2],亦欲作达[3]。步兵钱穆认为,阮籍的任性而为,是有隐衷的,所以不愿意自己的子女们再仿效自己。

曰[4]:"仲容已预之[5],卿不得复尔[6]。"《竹林七贤论》曰:"籍之抑浑,盖以浑未识己之所以为达也[7]。后咸兄子简,亦以旷达自居。父丧,行遇大雪,寒冻,遂诣浚仪令,令为它宾设黍臛[8],简食之,以致清议[9],废顿几三十年[10]。是时竹林诸贤之风虽高,而礼教尚峻[11],迨元康中[12],遂至放荡越礼。乐广讥之曰:'名教中自有乐地[13],何至于此!'乐令之言有旨哉!谓彼非玄心[14],徒利其纵恣而已[15]。"

〔1〕阮浑:阮籍之子。《赏誉》第29已见。

〔2〕风气韵度:气质风采。

〔3〕作达:模仿"竹林七贤"放纵怪诞的行为,纵情恣肆,不守礼俗。

〔4〕步兵:阮籍,《任诞》第5条已见。

〔5〕仲容:阮咸字仲容,阮籍兄之子。《雅量》第15条已见。预:参与。阮咸为"竹林七贤"之一。

〔6〕复尔:也如此,也这样。

〔7〕未识己之所以为达:没有认识到自己任达的原因。按:阮氏家族东汉末年是具有重要影响力的大家族,阮籍的父亲阮瑀是名儒蔡邕的学生,后来被迫进入曹操幕府任职,并名列"建安七子"。故阮氏家族对曹魏集团仍保持一定的距离,司马氏看到了这一点,因此积极拉拢阮籍,希望与之联姻,获得其支持。司马氏集团为权力不择手段,政治上十分黑暗,阮籍也不欲与之合作。故不得已放任作达,委曲求全,此中实有难言之隐。阮籍不欲阮浑"作达",一方面可能是因为阮浑不理解自己放达背后的真正原因,另一方面也可能是因为世势在变,"作达"是在刀锋上行走,风险很大。为家族计,子弟不能都如此,必须有人走不同的路。总

之,这其中包涵了非常复杂的原因与考量。

〔8〕黍臛(huò 获):一种杂以黍米的肉羹。

〔9〕清议:指乡里人对阮简的品评。居丧期间,不能饮酒食肉,亦不可与人宴饮。

〔10〕废顿:废弛,不被重视。

〔11〕峻:严酷,严厉。

〔12〕迨:等到。

〔13〕名教中自有乐地:参见《德行》第23条。

〔14〕玄心:指拥有悟彻事物的玄理奥义的境界。

〔15〕纵恣:肆意放纵。

23.15 阮仲容先幸姑家鲜卑婢[1]。及居母丧,姑当远移[2],初云当留婢,既发[3],定将去[4]。仲容借客驴著重服自追之[5],累骑而返[6]。曰:"人种不可失!"[7]即遥集母也[8]。《竹林七贤论》曰:"咸既追婢,于是世议纷然。自魏末沉沦闾巷[9],逮晋咸宁中[10],始登王途[11]。"《阮孚别传》曰:"咸与姑书曰:'胡婢遂生胡儿。'姑答书曰:'《鲁灵光殿赋》曰:"胡人遥集于上楹[12]",可字曰遥集也。'故孚字遥集。"

〔1〕幸:宠爱,临幸。鲜卑:古代北方少数民族。

〔2〕远移:出远门。

〔3〕既:及,至。

〔4〕定将去:终究要带走。定,终究,到底。将,带领,携带。

〔5〕重服:在母丧期间所穿重孝之丧服。

〔6〕累骑:两人并骑马上。前曰"借客驴",此当指并骑在驴背上。

〔7〕人种:指传宗接代的人。

〔8〕遥集:阮孚字遥集。《文学》第76条已见。

〔9〕闾巷:里巷。此指家中。

〔10〕咸宁:晋武帝司马炎年号,公元275—280年。

〔11〕王途:仕途。

〔12〕遥集:从远处聚集。上楹:堂上两柱。

23.19 山季伦为荆州[1],时出酣畅[2]。人为之歌曰:"山公时一醉,径造高阳池[3]。日莫倒载归[4],茗艼无所知[5]。复能乘骏马,倒著白接篱[6]。举手问葛强,何如并州儿[7]?"高阳池在襄阳。强是其爱将,并州人也。《襄阳记》曰:"汉侍中习郁于岘山南[8],依范蠡养鱼法作鱼池[9],池边有高堤,种竹及长楸[10],芙蓉菱芡覆水[11],是游燕名处也[12]。山简每临此池,未尝不大醉而还,曰:'此是我高阳池也!'襄阳小儿歌之。"

〔1〕山季伦:山简字季伦,河内怀县(今河南武陟西南)人。山涛子。初为太子舍人,累迁尚书左仆射,领吏部。后出为征南将军,都督荆、湘、交、广四州诸军事,镇襄阳。其时四方寇乱,天下分崩,王威不振,朝野危惧,山简自觉世事不可为,又性喜酒,因而终日酣畅,溺酒度日。

〔2〕酣畅:尽情喝酒。

〔3〕造:到,去。高阳池:本为习家池,山简镇襄阳时,取郦食其高阳酒徒之义,名之"高阳池"。郦食其,陈留高阳人,追随刘邦时称自己为"高阳酒徒"。后遂以指嗜酒而放荡不羁之人。

〔4〕莫:"暮"的本字,傍晚。倒载:指倒卧车中,为沉醉之态。

〔5〕茗艼:同"酩酊",大醉的样子。

〔6〕倒著:反着戴。白接篱:一种用白鹭羽毛装饰的帽子。

〔7〕并州儿:并州多健儿,善骑射,山简爱将葛强善骑,故山简戏问之。

〔8〕习郁:习郁字文通,襄阳人。

〔9〕范蠡(lǐ 礼)养鱼法:范蠡,字少伯,春秋时越国大夫,晚年经商积累了大量财富。传有《范蠡养鱼法》,或为两汉学者托名所作。

〔10〕长楸:高大的楸树。

〔11〕菱芡:菱角与芡实。

〔12〕游燕:即游宴聚会。

23.21 毕茂世云[1]:"一手持蟹螯,一手持酒杯,拍浮酒池中[2],便足了一生。"《晋中兴书》曰:"毕卓字茂世,新蔡人。少傲达,为胡毋辅之所知[3]。太兴末[4],为吏部郎,尝饮酒废职。比舍郎酿酒熟[5],卓因醉,夜至其瓮间取饮之。主者谓是盗,执而缚之,知为吏部也,释之。卓遂引主人燕瓮侧[6],取醉而去。温峤素知爱卓[7],请为平南长史,卒。"

〔1〕毕茂世:毕卓字茂世,新蔡铜阳(今安徽临泉西)人。性好酒,官吏部郎,经常因为喝酒而荒废公事。东晋时任平南长史。常与谢鲲等纵酒欢聚,时称"八达"。

〔2〕拍浮:游泳。

〔3〕胡毋辅之:《德行》第23条已见。胡毋辅之性嗜酒,放纵不拘小节,与毕卓同。

〔4〕太兴:又称"大兴",东晋元帝司马睿年号,公元318—321年。

〔5〕比舍郎:隔壁房舍的僚友。

〔6〕燕瓮侧:在酒缸边宴饮。

〔7〕温峤:《言语》第55条已见。

23.31 殷洪乔作豫章郡[1],《殷氏谱》曰:"羡字洪乔,陈郡人。父识,镇东司马。羡仕至豫章太守。"临去,都下人因附百许函书[2]。既至石头[3],悉掷水中,因祝曰[4]:"沉者自沉,浮者自浮,殷洪乔不能作致书邮[5]。"

〔1〕殷洪乔:殷羡字洪乔,陈郡长平(今河南西华)人,官至豫章太守、光禄勋。作豫章郡:任豫章太守。

〔2〕都下:都下,京都。一作"郡",指豫章郡。附:托付,捎带。

〔3〕石头:石头城在建康称西。

〔4〕祝:祝祷。

〔5〕致书邮:送信人。

23.42 桓子野每闻清歌[1],辄唤"奈何[2]!"谢公闻之曰[3]:"子野可谓一往有深情。"

〔1〕桓子野:桓伊字叔夏,小字野王、子野,谯国铚(今安徽宿州西南)人。性善音乐,推江左第一,尤善吹笛。《方正》第55条刘孝标注引《续晋阳秋》曰:"伊字叔夏,谯国铚人。父景,护军将军。伊少有才艺,又善声律,加以标悟省率,为王濛、刘惔所知。累迁豫州刺史,赠右将军。"清歌:无乐器伴奏的歌唱。

〔2〕奈何:怎么办。指情不自胜而感叹。

〔3〕谢公:谢安。《言语》第62条已见。

23.43 张湛好于斋前种松柏。《晋东宫官名》曰:"湛字处度,高平人。"《张氏谱》曰:"湛祖嶷,正员郎。父旷,镇军司马。湛仕至中书郎。"时袁山松出游[1],每好令左右作挽歌[2]。山松别见。《续晋阳秋》曰:"袁山松善音乐,北人旧歌有《行路难曲》,辞颇疏质[3]。山松好之,乃为文其章句[4],婉其节制[5]。每因酒酣[6],从而歌之,听者莫不流涕。初,羊昙善唱乐,桓尹能《挽歌》,及山松以《行路难》继之,时人谓之三绝。"今云挽歌,未详。时人谓:"张屋下陈尸,袁道上行殡[7]。"裴启《语林》曰:"张湛好于斋前种松,养鸲鹆[8]。袁山松出游,好令左右作挽歌。时人云云。"

〔1〕袁山松:《排调》第60条刘孝标注引《续晋阳秋》曰:"山松,陈郡人。祖乔,益州刺史。父方平,义兴太守。山松历秘书监、吴国内史。孙恩作乱,见害。"

〔2〕挽歌:哀悼死者的丧歌。

〔3〕疏质:粗疏、幼稚、笨拙。

〔4〕文其章句:意谓把歌词改得更有文采。文,修饰。章句,文句,此指歌词。

〔5〕婉其节制:意谓使歌词韵律婉转动听。节制,音节,停顿。

〔6〕因:趁,乘。

186

〔7〕张屋下陈尸,袁道上行殡:古人常在房屋周围种植桑柳,而在墓地周围才会种植松柏。挽歌也是哭丧的音乐。张湛、袁山松如此"癖好",有放荡情志之意。在当时动荡的社会中,以挽歌悲叹现实人生的短暂,努力泯灭生死界限,消除对死亡的恐惧,是大多数士人的放诞任达的真正原因。

〔8〕鸲鹆(qú yù 渠玉):鸟,俗称八哥。

23.46 王子猷尝暂寄人空宅住[1],便令种竹。或问:"暂住何烦尔?"王啸咏良久[2],直指竹曰:"何可一日无此君?"《中兴书》曰:"徽之卓荦不羁[3],欲为傲达,放肆声色颇过度。时人钦其才,秽其行也。"

〔1〕王子猷:王徽之字子猷。《伤逝》第16条已见。寄:寄居。

〔2〕啸咏:长啸、吟咏。《晋书·王徽之传》记载:"时吴中一士大夫家有好竹,欲观之,便出坐舆,造竹下,讽啸良久。主人洒扫请坐,徽之不顾。将出,主人乃闭门,徽之便以此赏之,尽欢而去。"

〔3〕卓荦(luò 洛):超绝出众。

23.47 王子猷居山阴,夜大雪,眠觉[1],开室[2],命酌酒[3],四望皎然[4]。因起彷徨[5],咏左思《招隐诗》[6]。《中兴书》曰:"徽之任性放达,弃官东归[7],居山阴也。"左《诗》曰:"杖策招隐士[8],荒涂横古今[9]。岩穴无结构[10],丘中有鸣琴。白雪停阴冈[11],丹葩曜阳林[12]。"忽忆戴安道[13]。时戴

宗白华认为,这寄兴趣于生活过程的本身价值而不拘泥于目的,显示了晋人唯美生活的典型。

在剡[14],即便夜乘小船就之[15]。经宿方至[16],造门不前而返[17]。人问其故,王曰:"吾本乘兴而行,兴尽而返,何必见戴?[18]"

〔1〕眠觉:一觉醒来。

〔2〕开室:打开房门。

〔3〕酌酒:斟酒,酾酒。

〔4〕皎然:洁白明亮的样子。

〔5〕彷徨:徘徊,来回踱步。

〔6〕左思《招隐诗》:左思有《招隐诗》两首,自述隐居之乐。

〔7〕弃官东归:东晋孝武帝太元十年(385),王子猷辞去黄门侍郎的官职,东归会稽。

〔8〕杖策:拄着拐杖。

〔9〕荒涂:野草盘结的路,荒芜的野路。

〔10〕结构:搭建的架子。

〔11〕停:停放,此指白雪堆积,覆盖。阴冈:山丘的北面。

〔12〕丹葩:红色的花朵。曜:照耀。阳林:朝南的树林。

〔13〕戴安道:戴逵字安道。《伤逝》第13条已见。

〔14〕剡(shàn 善):剡山、剡溪,在今浙江省绍兴嵊州境内。

〔15〕就之:到那里去。

〔16〕经宿:经过一夜。

〔17〕造门不前:到门前却不进去。

〔18〕"吾本乘兴而行"数句:按王徽之任性放达,卓荦不羁,好率性而为。戴逵为东晋时著名隐士,因而王徽之吟诵《招隐诗》时想到他,便有兴前去拜访。宗白华说:"这截然地寄兴趣于生活过程的本身价值而不拘泥于目的,显示了晋人唯美生活的典型。"(《论〈世说新语〉和晋人的美》)

23.49 王子猷出都[1],尚在渚下[2]。旧闻桓子野善吹笛[3],《续晋阳秋》曰:"左将军桓伊善音乐,孝武饮燕[4],谢安侍坐,帝命伊吹笛。伊神色无忤,既吹一弄[5],乃放笛云:'臣于筝乃不如笛,然自足以韵合歌管[6]。臣有一奴,善吹笛,且相便串[7],请进之。'帝赏其放率[8],听召奴。奴既至,吹笛,伊抚筝而歌怨诗,因以为谏也。"而不相识。遇桓于岸上过,王在船中,客有识之者,云是桓子野。王便令人与相闻[9],云:"闻君善吹笛,试为我一奏。"桓时已贵显[10],素闻王名,即便回下车[11],踞胡床[12],为作三调[13]。弄毕[14],便上车去。客主不交一言[15]。

王世懋认为佳境在末语。

〔1〕出都:到京都。

〔2〕渚下:清溪渚的旁边。指尚未入建康,船仍停靠在建康城边清溪的码头。

〔3〕桓子野:桓伊,小字子野。《任诞》第42条已见。

〔4〕孝武:晋孝武帝司马曜。《方正》第62条已见。饮燕:即宴饮。燕:通"宴"。

〔5〕既吹一弄:已经吹完一曲。

〔6〕以韵合歌管:即后文所言,笛、筝相和。

〔7〕便串:谓凑合一起表演。

〔8〕放率:豪放,真率。按:当时社会等级森严,奴婢地位极为低下,一般不能登大雅之堂。

〔9〕相闻:互通信息,互相通报。

〔10〕贵显:地位高,有名声。

〔11〕回下车:转身下车。

〔12〕踞:坐。胡床:今俗称马扎,又称交床。

〔13〕三调:三首曲子。

〔14〕弄:拨弄、吹奏乐器。此处指吹奏笛子。

189

〔15〕客主不交一言:桓、王二人不说一句话。按:晋人风度高雅,超脱世俗,不在乎世俗之情理,对于艺术的感受与理解也是纯粹美的享受,这也是魏晋风度最动人之处。

23.51 王孝伯问王大[1]:"阮籍何如司马相如[2]?"王大曰:"阮籍胸中垒块[3],故须酒浇之。"言阮皆同相如,而饮酒异耳。

王大对阮籍是贬斥还是欣赏呢?

〔1〕王孝伯:王恭字孝伯,《德行》第44条注已见。王大:王忱,小字佛大。《德行》第44条已见。

〔2〕何如:何似,比……怎么样。

〔3〕垒块:谓心中郁结的不平之气。按:阮籍纵酒任诞,越礼傲世,司马相如亦玩世不恭,二人有很多相似之处。因此王孝伯有此问。王忱称阮籍饮酒,是因为胸中有不平之气,在这一点上是与司马相如不同的。而王忱自己也是慕达好酒之士,言阮籍以酒浇胸中垒块,也是自道衷肠。

【归纳探究】

从本门中,你感受到了怎样的魏晋风度?

提示:1.纵酒。酒是生活的好伴侣。

2.任性而为,不受拘束。

3.深情。对美好的事物、逝去的人、独特的自然均一往情深。

4.不拘小节,解放个性。

简傲第二十四

【导读】

　　简傲指高傲,也就是傲慢失礼,是在处理人际关系上表现出来的性格特点。

　　24.3 钟士季精有才理[1],先不识嵇康。钟要于时贤俊之士[2],俱往寻康。康方大树下锻,向子期为佐鼓排[3]。康扬槌不辍[4],傍若无人,移时不交一言[5]。钟起去,康曰:"何所闻而来?何所见而去?[6]"钟曰:"闻所闻而来,见所见而去。"《文士传》曰:"康性绝巧,能锻铁。家有盛柳树,乃激水以圜之[7],夏天甚清凉,恒居其下傲戏,乃身自锻。家虽贫,有人说锻者,康不受直[8]。唯亲旧以鸡酒往,与共饮啖,清言而已。"《魏氏春秋》曰:"钟会为大将军兄弟所昵[9],闻康名而造焉。会名公子,以才能贵幸[10],乘肥衣轻[11],宾从如云。康方箕踞而锻,会至不为之礼,会深衔之[12]。后因吕安事,而遂潛康焉[13]。"

袁中道点评说:"有禅意。"

　　〔1〕钟士季:钟会字士季。《赏誉》第 8 条已见。

精有才理:精于辨析玄理。按:《文学》第5条云:"钟会撰《四本论》始毕,甚欲使嵇公一见。置怀中,既定,畏其难,怀不敢出,于户外遥掷,便回急走。"才性四本为魏晋时清谈的重要内容。才,大体指治国用兵的能力;性,大体指仁孝道德等思想品质。四本即四种观点:才性同,才性异,才性合,才性离。当时傅嘏论同,李丰论异,钟会论合,王广论离。

〔2〕要:同"邀",邀请。

〔3〕向子期:向秀字子期。《任诞》第1条已见。佐:辅助,帮忙。鼓排:鼓风吹火。

〔4〕扬槌(chuí垂):抡锤。

〔5〕移时:好一会儿。

〔6〕"何所闻而来"数句:嵇康乃曹魏宗室之婿,深疾司马氏的阴谋杀戮。钟会是司马氏心腹智囊,嵇康很看不起,因而不愿与他交谈。嵇康问:"何所闻而来?何所见而去?"包含着冷峻的嘲讽。钟会为人虽不佳,但这次针锋相对的回答,却蕴含丰厚,颇有理趣,倒也显示出其机警善于应变的能力。

〔7〕激水:拦挡水流。圜:围绕。

〔8〕直:工钱。

〔9〕大将军兄弟:司马师、司马昭兄弟。

〔10〕贵幸:官位显贵,得君王宠幸之人。

〔11〕乘肥衣轻:乘着肥壮的骏马,穿着轻暖的皮裘。奢侈豪华。

〔12〕衔:深藏于心。

〔13〕谮:诬陷。钟会谮康事,见《雅量》第2条。

24.4 嵇康与吕安善[1],每一相思,千里命驾[2]。《晋阳秋》曰:"安字中悌,东平人,冀州刺史招之第二子。志量开旷[3],有拔俗风气[4]。"干宝《晋纪》曰:"初,安之交康也,其相思则率尔命驾[5]。"安后来,值康不在,喜出户延之[6],不入。《晋百官名》曰:"嵇喜字公穆,历扬州刺史,康兄也。阮籍遭丧,往吊之。籍能为青白眼[7],见凡俗之士,以白眼对之。及喜往,籍不哭,见其白眼,喜不怿而退[9]。康闻之,乃赍酒挟琴而造之[10],遂相与善。"干宝《晋纪》曰:"安尝从康,或遇其行,康兄喜拭席而待之,弗顾,独坐车中。康母就设酒食,求康儿共与戏。良久则去,其轻贵如此[11]。"题门上作"鳯"字而去。喜不觉,犹以为欣故作。"鳯"字,凡鸟也。[12]许慎《说文》曰:"鳯,神鸟也。从鸟,凡声。"

〔1〕嵇康:《文学》第2条已见。吕安:《雅量》第2条已见。

〔2〕命驾:命人驾车马,谓立即动身。

〔3〕志量:胸襟与气度。

〔4〕拔俗:超拔于红尘俗世。

〔5〕率尔:立即,马上。

〔6〕喜:嵇喜,嵇康之兄。详见刘孝标注。延:引导,引入,迎接。

〔7〕青白眼:青眼与白眼。青眼,正常可见眸子。白眼,不见眸子,只见眼白部分。

〔8〕见:同"现",显现。

〔9〕怿:喜悦,快乐。

〔10〕赍(jī机):携带。造:到,去,意谓造访。

〔11〕轻贵:轻慢自傲。

〔12〕"喜不觉"数句:谓嵇喜没有察觉这"鳯"背后真正的意思,还以为吕安赞誉他。其实"鳯"字,从鸟,凡声。拆开来就是"凡鸟",含有讥讽之意。

24.6 王平子出为荆州[1],《晋阳秋》曰:"惠帝时,太尉王夷甫言于选者[2],以弟澄为荆州刺史,从弟敦为青州刺史。澄、敦俱诣太尉辞[3]。太尉谓曰:'今王室将卑,故使弟等居齐、楚之地,外可以建霸业,内足以匡帝室,所望于二弟也!'"王太尉及时贤送者倾路[4]。时庭中有大树,上有鹊巢。平子脱衣巾,径上树取鹊子。凉衣拘阂树枝[5],便复脱去。得鹊子还,下弄,神色自若,傍若无人。邓粲《晋纪》曰:"澄放荡不拘,时谓之达。"

〔1〕王平子:王澄字平子。《德行》23条已见。出为荆州:出任荆州刺史。

〔2〕王夷甫:王衍字夷甫,《言语》第23条注已见。王衍、王澄、王敦都出身于琅邪王氏。

193

〔3〕辞:辞行。

〔4〕倾路:满路。

〔5〕亵衣:贴身的内衣。拘阁(hé 河):挂住。弄:玩弄。

【归纳探究】

请分条目列举出一两个本门中的代表人物及简傲的主要表现。

提示:吕安:对于自己不喜欢的嵇喜,以"凤"字表达讥讽之意,充满傲气。

排调第二十五

【导读】

　　排调,指戏弄嘲笑。本门记载了许多有关排调的小故事,其中包括嘲笑、戏弄、讽刺、反击、劝告,也有亲友间的开玩笑。从里面可以看出当时人士在交往中讲究机智和善于应付,要求做到语言简练有味,机变有锋,大方得体,击中要害等,这也是魏晋风度的重要内容。

　　25.6 孙子荆年少时欲隐[1],语王武子"当枕石漱流"[2],误曰"漱石枕流"。王曰:"流可枕,石可漱乎?"孙曰:"所以枕流,欲洗其耳;《逸士传》曰:"许由为尧所让[3],其友巢父责之。由乃过清泠水洗耳拭目[4],曰:'向闻贪言[5],负吾之友。'"所以漱石,欲砺其齿。"

虽是口误之语,但却成为佳句。

　　[1] 孙子荆:孙楚字子荆。《文学》第72条已见。
　　[2] 王武子:王济字武子。《言语》第26条已见。枕石漱流:指隐居生活。
　　[3] 许由为尧所让:《庄子》中载有尧让天下于许

由,许由不受的故事。

〔4〕清泠:清澈干净。

〔5〕向闻:刚刚听了。

25.9 荀鸣鹤、陆士龙二人未相识[1],俱会张茂先坐[2]。张令共语。以其并有大才,可勿作常语[3]。陆举手曰[4]:"云间陆士龙[5]。"荀答曰:"日下荀鸣鹤[6]。"陆曰:"既开青云睹白雉[7],何不张尔弓[8],布尔矢[9]?"荀答曰:"本谓云龙骙骙[10],定是山鹿野麋。兽弱弓强,是以发迟[11]。"张乃抚掌大笑[12]。《晋百官名》曰:"荀隐字鸣鹤,颍川人。"《荀氏家传》曰:"隐祖昕,乐安太守。父岳,中书郎。隐与陆云在张华坐语,互相反覆[13],陆连受屈,隐辞皆美丽,张公称善云。世有此书,寻之未得。历太子舍人,廷尉平[14],蚤卒[15]。"

袁中道点评:"前狂后谑。"
(《舌华录》卷四《谑语》)

〔1〕荀鸣鹤:荀隐字鸣鹤,颍川颍阴(今河南许昌)人。历任廷尉平、司徒左西曹掾。陆士龙:陆云字士龙,吴郡吴县华亭(今上海松江区西)人。《言语》第26条已见。

〔2〕张茂先:张华字茂先。《言语》第26条已见。

〔3〕常语:普通的寒暄介绍。

〔4〕举手:作揖。

〔5〕云间陆士龙:陆云字士龙,《周易·文言》中有"云从龙,风从虎"之语,因而自称"云间"。

〔6〕日下荀鸣鹤:荀隐字鸣鹤。《诗经·小雅·鹤鸣》有"鹤鸣于九皋,声闻于天"。"日下"或由此引

申而来。按:龙游云间,鹤鸣日下,皆不凡之物。

〔7〕白雉:鹤色多白,陆云以白雉代指,有嘲弄之意。

〔8〕张:拉开。

〔9〕布:安置,搭上。矢:箭。

〔10〕骙(kuí葵)骙:马强壮的样子。此处用以形容龙之劲健。

〔11〕是以:所以。

〔12〕抚掌:拍手。

〔13〕反覆:辩难。

〔14〕廷尉平:职官名。廷尉属官,掌审理具体案件。廷尉,主管司法刑狱的高级官吏。

〔15〕蚤:通"早"。

25.12 诸葛令、王丞相共争姓族先后[1],王曰:"何不言葛、王,而云王、葛?"令曰:"譬言驴马,不言马驴,驴宁胜马邪?[2]"诸葛恢。

〔1〕诸葛令:诸葛恢字道明,琅邪阳都(今山东沂南南)人,官至尚书令。王丞相:王导。《言语》第31条已见。姓族先后:门第高低。按:诸葛恢属琅邪诸葛氏。祖父诸葛诞,为曹魏司空;父亲诸葛靓,为吴大司马;靓姊又为琅邪王妃。族人又有诸葛亮、诸葛瑾、诸葛恪等名士。诸葛恢渡江之后,其名亚王导、庾亮;其兄诸葛颐,为元帝司马睿所重。但东晋时期的诸葛氏已不比三国时期。而琅邪王氏家族在两晋时期为一门胜族,东晋时更有"王与马,共天下"之语。已居于诸葛氏之前。

〔2〕"譬言驴马"三句:余嘉锡曰:二名同说,如果不是有一定的先后关系如夏商、孔颜等,那么一般是以平仄而定先后。平声居先,仄声居后,顺乎声音之自然。如苏李、嵇阮、潘陆、邢魏、徐庾、燕许、王孟、韩柳、元白、温李之类。

25.18 王丞相枕周伯仁膝[1],指其腹曰:"卿此中何所有?"答曰:"此中空洞无物,然容卿辈数百人。"

〔1〕王丞相:王导。《言语》第31条已见。枕:靠着。周伯仁:周颛字伯仁。《言语》第31条已见。

25.21 康僧渊目深而鼻高[1],王丞相每调之[2]。僧渊曰:"鼻者面之山,《管辂别传》曰:鼻者天中之山。《相书》曰:"鼻之所在为天中[3],鼻有山象[4],故曰山。"目者面之渊。山不高则不灵,渊不深则不清。"

〔1〕康僧渊:东晋名僧。《栖逸》第11条已见。
〔2〕调:戏弄,调笑。
〔3〕天中:中天,天半。指鼻之所在在面部中央。
〔4〕山象:隆起似山丘。

25.26 谢公在东山[1],朝命屡降而不动[2]。后出为桓宣武司马[3],将发新亭[4],朝士咸出瞻送[5]。高灵时为中丞[6],亦往相祖[7]。先时,多少饮酒,因倚如醉,戏曰:"卿屡违朝旨,高卧东山,诸人每相与言:'安石不肯出,将如苍生何[8]?'今亦苍生将如卿何?"谢笑而不答。高灵已见。《妇人集》载桓玄问王凝之妻谢氏曰[9]:"太傅东山二十余年,遂复不终,其理云何?"谢答曰:"亡叔太傅先正[10],以无用为心,显隐为优劣[11],始末正当动静之异耳[12]。"

王世懋点评:"似醉不醉,语绝妙。"

〔1〕谢公在东山:谢安出仕前曾隐居东山。东山,在今浙江绍兴上虞境内。

〔2〕朝命:朝廷征聘的诏命。

〔3〕桓宣武:桓温。按:升平三年(359),谢万与郗昙一同北伐前燕,兵败被黜为庶人,谢家无人活跃在政坛上。谢安为维持家族利益,不得已出仕,入桓温幕府任司马。

〔4〕新亭:在京师建康(今江苏南京)附近,靠近大江。

〔5〕瞻送:送别。瞻,远望、远眺。

〔6〕高灵:高崧,小字䰰,广陵人,官至侍中。灵,当作"䰰"。中丞:御史中丞,职官名。为御史台长官,主管监察执法,常出督军旅,职权甚重。

〔7〕祖:饯行的一种隆重仪式,祭路神后,在路上设宴为人送行。

〔8〕将如苍生何:百姓该怎么办。

〔9〕王凝之妻谢氏:谢道韫。《贤媛》第26条已见。

〔10〕先正:前代的贤臣。

〔11〕显隐为优劣:宁稼雨、龚斌认为词句似为"显隐无优劣",其说可从。

〔12〕始末正当动静之异耳:意谓开始隐居,以后出仕,只是像动与静的区别一样罢了(只有状态的不同,没有优劣之分)。

25.27 初,谢安在东山居,布衣[1],时兄弟已有富贵者,翕集家门[2],倾动人物[3]。刘夫人戏谓安曰[4]:"大丈夫不当如此乎?"谢乃捉鼻曰[5]:"但恐不免耳[6]!"

〔1〕布衣:平民。

〔2〕翕(xī 西):和,聚。

〔3〕倾动人物:震动时人。按:谢安兄弟谢尚、谢奕、谢万皆为重要州镇长官。

〔4〕刘夫人:谢安妻刘氏,刘惔之妹。

〔5〕捉鼻:谢安有鼻疾,语音重浊。捉鼻而言,即以轻声细语示其不屑之意。

〔6〕但恐不免耳:只怕不能免于像他们那样(都是官员的做派)。

199

25.31 郝隆七月七日出日中仰卧。人问其故,答曰:"我晒书[1]。"《征西寮属名》曰:"隆字佐治,汲郡人。仕吴至征西参军。"

〔1〕我晒书:旧俗有七月七日曝晒衣裳之俗。郝隆云晒书,有嘲笑世俗之意味。按:《任诞》第10条有:"七月七日,北阮盛晒衣,皆纱罗锦绮。仲容(阮咸)以竿挂大布犊鼻裈于中庭。人或怪之,答曰:'未能免俗,聊复尔耳!'"

25.56 顾长康作殷荆州佐[1],请假还东[2]。尔时例不给布帆[3],顾苦求之,乃得。发至破冢,遭风大败[4]。周祗《隆安记》曰:"破冢,洲名,在华容县。"作笺与殷云:"地名破冢,真破冢而出[5]。行人安稳,布帆无恙。[6]"

〔1〕顾长康:顾恺之字长康,有才气,好谐谑。《言语》第57条已见。殷荆州:殷仲堪,时为荆州刺史。《文学》第63条已见。佐:时顾恺之为殷仲堪参军。
〔2〕还东:顾恺之从荆州出发,东行顺流而下。
〔3〕尔时:那个时候。例:按规定。给(jǐ挤):供应。
〔4〕大败:布帆破损。
〔5〕真破冢而出:真是从坟头里爬出来。
〔6〕"行人安稳"二句:布帆为物,不可谓之"无恙"。本应说"行人无恙,布帆安稳"。然而经风浪之后,人、物皆有损伤。布帆已破损,不可谓之安稳,顾恺之便改易其语,以示实情。此乃顾恺之幽默。

25.59 顾长康啖甘蔗,先食尾。问所以,云:"渐至佳境[1]。"

〔1〕渐至佳境:逐渐进入兴味浓厚的境界。顾恺之有三绝"才绝、画绝、痴绝",其言"渐至佳境"之妙语,以喻先粗后精、先苦后甜的历程,极具人生、艺术之哲思。此语也正是魏晋士人在人物和山水品藻中常用的一种方式。

【归纳探究】

举一例说说"排调"在人际交往中的表现。

提示:第12则记"诸葛令、王丞相共争姓族先后"。王曰:"何不言葛、王而云王、葛?"令曰:"譬言驴马,不言马驴,驴宁胜马邪?"王导所提表面上是个次序问题,实质是争族姓的高低,诸葛令如果不机警或措辞不当,就会输人一筹,而以"驴马"的次序来回击对方,就很有讽刺意味。

轻诋第二十六

【导读】

　　轻诋，指轻视诋毁。对人有所不满，或当面、或背地里说出，其中有批评，有指摘，有责问，有讥讽。篇内一般记述说话的环境，能让人了解是在什么情况下说出的话。

　　26.11 桓公入洛[1]，过淮、泗，践北境[2]，与诸僚属登平乘楼[3]，眺瞩中原，慨然曰："遂使神州陆沉[4]，百年丘墟，王夷甫诸人，不得不任其责！[5]"《八王故事》曰："夷甫虽居台司[6]，不以事物自婴[7]，当世化之[8]，羞言名教[9]。自台郎以下[10]，皆雅崇拱默[11]，以遗事为高[12]。四海尚宁，而识者知其将乱。"《晋阳秋》曰："夷甫将为石勒所杀，谓人曰：'吾等若不祖尚浮虚，不至于此！'"袁虎率而对曰[13]："运自有废兴，岂必诸人之过[14]？"桓公懔然作色[15]，顾谓四坐曰："诸君颇闻刘景升不[16]？"《刘镇南铭》曰："表字景升，山阳高平人。黄中通理[17]，博识多闻。仕至镇南将军、荆州刺史。"有大牛重千斤，啖刍豆十倍于常牛[18]，负重致远，

方苞点评说："景升之才，大而无用，只能啖刍豆耳。举以况袁，宜其失色也。"

凌濛初点评说："老贼太狠。"

曾不若一嬴牸[19]。魏武入荆州[20],烹以飨士卒,于时莫不称快。"意以况袁[21]。四坐既骇[22],袁亦失色[23]。

〔1〕桓公入洛:桓温北伐。按:《文学》第96条有:"桓宣武北征,袁虎时从,被责免官。"即此条事。注曰:"《温别传》曰:'温以太和四年上疏自征鲜卑。'"。

〔2〕北境:中原。当时已被北方少数民族占领。

〔3〕平乘楼:平乘,大船名。指大船上的楼。

〔4〕陆沉:陆地无水而沉,此指国土沦陷。

〔5〕"王夷甫诸人"二句:当时西晋朝廷有王衍等人,尚谈玄虚,不关心实际的事务。政局混乱,西晋政权崩溃,国土沦丧,他们这些当政的人是有责任的。

〔6〕台司:古以三台星象征三公之位。指三公等辅佐君王掌握军政大权的要员。司:有司,掌握相关职事的机构。

〔7〕婴:牵挂,牵绊。

〔8〕当世化之:意谓当时的人受他影响,学习他,模仿他。

〔9〕名教:正经的社会伦理秩序。

〔10〕台郎:尚书郎,泛指中央政府主管实际事物的官员。

〔11〕拱默:沉默不作为。

〔12〕遗事:摒弃俗务。

〔13〕袁虎:袁宏字彦伯,小字虎,时为桓温记室参军。《文学》第88条已见。

〔14〕"运自有废兴"二句:运,国运。袁虎所言,指西晋覆亡是由"废兴之运"来确定,无关乎清谈。而有志事功者则争论王衍等人清谈误国。

〔15〕懔然:严正的样子。作色:因生气脸变色。桓温曾三次北伐,有收复中原的伟志,自以为与王衍等人沦丧国土之事相比,有高下之分。正是英雄得意、指点江山之时,袁虎却指出晋室灭亡为运数所致,公然异议,有损桓温的威信。故桓温生气变脸,不久即免去袁虎的官职。

〔16〕刘景升:刘表字景升,东汉末山阳高平(今山东邹城西南)人,汉宗室。东汉末年为荆州刺史约二十年,保据江、汉之地。建安十三年(208),曹操率大军南下荆州,刘表病死,其子琮举州投降。

〔17〕黄中:内心。

203

〔18〕刍豆：草和豆，指牛马的饲料。

〔19〕羸牸(léi zì 雷字)：瘦弱的雌性牲畜。

〔20〕魏武：曹操。

〔21〕况：比方，比较。

〔22〕骇：惊惧。

〔23〕袁亦失色：袁虎也吓得变了脸色。

【归纳探究】

袁虎为什么失色？

提示：可参考方苞的点评来分析，也可结合你读其他门文章中与桓温有关的文字对桓温的评价来分析。

假谲第二十七

【导读】

假谲，指虚假欺诈。本篇所记载的事例都用了做假的手段，或说假话，或做假事，以达到一定的目的。

27.2 魏武行役[1]，失汲道[2]，军皆渴，乃令曰："前有大梅林，饶子[3]，甘酸，可以解渴。"士卒闻之，口皆出水，乘此得及前源[4]。

刘辰翁点评说："华池解渴之妙，存想有功。"

〔1〕魏武：曹操。《文学》第66条已见。行役：行军跋涉。

〔2〕失汲道：谓找不到饮用水源。汲道：取水的路。

〔3〕饶子：很多果实。

〔4〕前源：下一个水源。因在前路，故称前源。

【归纳探究】

你怎样看待文中所写假谲之事？

提示：曹操让士卒望梅止渴，取得了预期的效果，于假谲中见机智，这类假谲似不宜加以指摘。

黜免第二十八

【导读】

本门主要记述黜免的事由和结果,从其中可以窥见统治者内部的钩心斗角和晋王室衰微的情况。

28.2 桓公入蜀[1],至三峡中,部伍中有得猿子者[2]。《荆州记》曰:"峡长七百里,两岸连山,略无绝处[3],重岩叠障,隐天蔽日[4]。常有高猿长啸[5],属引清远[6]。渔者歌曰:'巴东三峡巫峡长,猿鸣三声泪沾裳。'"其母缘岸哀号[7],行百余里不去,遂跳上船,至便即绝。破视其腹中,肠皆寸寸断。公闻之,怒,命黜其人[8]。

凌濛初点评认为,桓温尚有此动情之时,不像阿黑(王敦),竟残忍杀害了石(石崇)家妓。

〔1〕桓公:桓温。《言语》第55条已见。永和二年到三年(346—347),桓温伐蜀。

〔2〕部伍:部曲行伍,泛指军队。

〔3〕绝处:缺口。

〔4〕隐:遮蔽。

〔5〕高猿:大猿猴。

〔6〕属引:连续不断。清远:凄清悠远。

〔7〕缘岸:沿着江岸。

〔8〕黜:罢免。

28.3 殷中军被废[1],在信安,终日恒书空作字[2]。扬州吏民寻义逐之[3],窃视,唯作"咄咄怪事"四字而已。《晋阳秋》曰:"初,浩以中军将军镇寿阳,羌姚襄上书归降[4]。后有罪[5],浩阴图诛之[6]。会关中有变[7],符健死。浩伪率军而行[8],云'修复山陵'[9]。襄前驱[10],恐,遂反。军至山桑,闻襄将至,弃辎重驰保谯[11]。襄至,据山桑,焚其舟实[12]。至寿阳,略流民而还[13]。浩士卒多叛,征西温乃上表黜浩[14],抚军大将军奏免浩[15],除名为民[16]。浩驰还谢罪。既而迁于东阳信安县。"

〔1〕殷中军被废:永和十年(354),殷浩为中军将军率军北伐,后因姚襄临阵反戈,大军溃败。桓温趁机打击,于是废为庶人,徙至东阳信安县安置。

〔2〕书空作字:手指在空中虚写文字。

〔3〕寻义逐之:意谓听说了书空作字这件事之后,想要探究他到底写的什么。

〔4〕姚襄:字景国,南安赤亭(今甘肃陇西西)人,十六国后秦景元帝姚弋仲第五子,后秦武昭帝姚苌之兄。博学善谈论,雄勇有才略。随父投降东晋,拜持节、平北将军、并州刺史、平乡县公。驻扎历阳,永和十一年(355)复叛晋北还,自称大将军、大单于,进据许昌。后被苻坚所杀。弟姚苌立国,追谥魏武王。

〔5〕后有罪:姚襄降晋后,其部属有人欲归殷浩,姚襄杀之,遂与殷浩交恶。

〔6〕阴图:密谋。

〔7〕会:恰好。

〔8〕伪:假意。

〔9〕修复山陵:修整位于洛阳的帝陵。

〔10〕前驱:作为领头部队先行。

〔11〕辎(zī资)重:行军时由运输部队携带的军械、粮草、衣物等物资。

〔12〕实:军备物资。

〔13〕略:抢,掠夺。

〔14〕黜:罢免。

〔15〕抚军大将军:晋简文帝司马昱,时任抚军大将军。

〔16〕除名:免去做官的资格。

28.8 桓玄败后[1],殷仲文还为大司马咨议[2],意似二三[3],非复往日。大司马府厅前有一老槐,甚扶疏[4]。殷因月朔[5],与众在厅,视槐良久,叹曰:"槐树婆娑[6],无复生意!"《晋安帝纪》曰:"桓玄败,殷仲文归京师,高祖以其卫从二后[7],且以大信宣令[8],引为镇军长史。自以名辈先达[9],位遇至重[10],而后来谢混之徒[11],皆畴昔之所附也[12]。今比肩同列,常怏然自失[13]。后果徙信安。"

〔1〕桓玄败:大亨元年(403),桓玄逼晋安帝禅位,在建康建号为"楚",次年被刘裕讨伐,战败,在逃蜀的途中被杀。

〔2〕殷仲文:陈郡长平(治今河南西华)人,其妻为桓玄之姊。桓玄篡位,以为侍中、左卫将军。桓玄失败后,殷仲文上表请罪,晋帝免其罪,然而不被重用,后以谋反被杀。大司马咨议:其时刘裕为大司马。咨议,大司马府属官。

〔3〕意似二三,非复往日:神情仪态有点恍惚,不再像以前那样。二三,不专一、反复无定。

〔4〕扶疏:枝叶繁茂。

〔5〕月朔:每月初一。此时官署依例有集会。

〔6〕婆娑:茂盛。

〔7〕高祖:刘裕字德舆,小名寄奴,彭城(今江苏徐州)人。南朝宋创建者。初为冠军司马。桓玄灭晋,刘裕起兵平叛,此后相继平卢循,平蜀,灭后秦,进爵宋王。元熙二年(420)代晋称帝,国号宋。卒谥武皇帝,庙号高祖。卫从二后:桓玄败退西逃时,胁迫晋穆皇后何法倪、晋安帝皇后王神爱到巴陵。殷仲文此时向桓玄申请外出收集散军,于是趁机奉两位皇后奔于夏口,归附晋军。

〔8〕大信宣令:桓玄灭后,晋安帝下诏大赦胁从之人。并以殷仲文保护两位

皇后有功,不仅免于惩罚,还任以为镇军长史。信,信用、诺言,指赦免被桓玄胁从叛乱之人的诏令。宣令,宣示,颁布。

〔9〕名辈先达:有名望的前辈。先达,较早出名或发达的人。

〔10〕位遇:指在朝廷里的地位和待遇。

〔11〕谢混:字叔源,谢安孙,谢琰第三子。少有美誉,善诗文,尚晋金陵公主,历任中书令、尚书左仆射等。桓玄之乱,入刘裕府,参与平乱。后因党同刘毅谋除刘裕,失败被赐死。

〔12〕畴昔:往昔,以前。

〔13〕怏(yàng样)然:情绪失落的样子。

【归纳探究】

桓温黜免捕小猿的士兵,可看出桓温怎样的特点?

提示:桓温在《世说新语》中多有记载,同学们可把写桓温的文章挑选出来一起阅读,从而丰富对人物的认识。

俭啬第二十九

【导读】

"俭""啬"在此为同义词,都有悭吝、小气的意思。《世说新语》中专列"俭啬"一门,可以说是吝啬鬼的专传。

29.4 王戎有好李[1],卖之,恐人得其种,恒钻其核。

〔1〕王戎:《赏誉》第10条已见。按:《俭啬》第3条有:"司徒王戎,既贵且富,区宅僮牧,膏田水碓之属,洛下无比。契疏鞅掌,每与夫人烛下散筹算计。"又,他的女儿嫁与裴頠,借了数万钱,每次见之都不高兴,直到女儿还完钱才作罢。其悭吝之性为世人所讥。但东晋高士戴逵却说:"王戎晦默于危乱之际,获免忧祸,既明且哲,于是在矣。"戴逵将王戎对财富的追求理解为在乱世中明哲保身、避免忧祸的自晦行为。

汰侈第三十

【导读】

"汰侈",指骄纵奢侈;"忿狷"指愤慨、急躁,多是因一小事而生气;"谗险",指奸诈阴险,进谗言、用奸计,都有其阴险用心;"尤悔",指罪过和悔恨,既涉及政治斗争,也涉及生活之事。同学们可以把这几门故事放在一起阅读,来进一步了解当时的社会。

30.8 石崇与王恺争豪[1],并穷绮丽,以饰舆服[2]。《续文章志》曰:"崇资产累巨万金,宅室舆马,僭拟王者[3]。庖膳必穷水陆之珍[4]。后房百数[5],皆曳纨绣,珥金翠,而丝竹之艺[6],尽一世之选。筑榭开沼[7],殚极人巧[8]。与贵戚羊琇、王恺之徒竞相高以侈靡[9],而崇为居最之首,琇等每愧羡[10],以为不及也。"武帝,恺之甥也,每助恺。尝以一珊瑚树,高二尺许,赐恺。枝柯扶疏[11],世罕其比。恺以示崇。崇视讫[12],以铁如意击之,应手而碎[13]。恺既惋惜,又以为疾己之宝,声色甚厉[14]。崇曰:"不足恨[15],今还卿。"乃命左右悉取珊瑚树,有三尺四尺,条干绝世,光彩溢目者六七枚,如恺许比甚众[16]。恺惘然自失[17]。《南州异物志》曰:"珊瑚生大秦国,有洲在涨海中[18],距其国七八百里,名珊瑚树洲。底有盘石,水深二十余丈,珊瑚生于石上。初生白,软弱似菌。国人乘大船,载铁网,先没在水下,一年便生网目中,其色尚黄,枝柯交错,高三四尺,大者围尺余。三年色赤,便以铁钞发其根,系铁网于船,绞车举网。还,裁凿恣意所作。若过时不凿,便枯索虫蛊[19]。其大者输之王府,细者卖之。"《广志》曰:"珊瑚大者,可为车轴。"

〔1〕石崇与王恺争豪:石崇字季伦。《企羡》第3条已见。石崇曾在荆州任上劫掠往来商旅,因此致富。王恺字君夫,晋武帝之舅,官至后军将军。晋武帝司马炎在灭吴之后,雍熙自娱,纵容臣子奢华。上行下效,社会风俗为之一变,重臣何曾、何劭父子及夏侯湛、石崇、王恺等人都有豪侈之风。石崇、王恺、羊琇等人斗富正是这种风气中经常发生的事情。他们的奢靡行为涉及衣、食、住、行、娱乐等各个方面。

〔2〕舆服:车马、服饰。

〔3〕僭:超越本分,古代指地位在下的冒用在上的名义或礼仪、器物。

〔4〕庖膳:膳食。

〔5〕后房:姬妾。

〔6〕丝竹:泛指一般乐器,此处代指乐人。在古代,丝,指丝弦乐器,竹,指管乐器。

〔7〕榭:建在台上的房屋。沼:池塘。

〔8〕殚极:殚竭,穷尽。

〔9〕贵戚:皇室的亲戚。羊琇:羊琇字稚舒,泰山南城(今山东平邑南)人,晋景帝司马师夫人羊徽瑜的堂叔父。历任左卫将军、中护军、散骑常侍等。

〔10〕愧羡:既羞愧又羡慕。

〔11〕枝柯扶疏:枝条繁茂。

〔12〕视讫:看罢,看完。

〔13〕应手:随手,顺手。

〔14〕厉:严肃。

〔15〕恨:遗憾,惋惜。

〔16〕如……许:像……那样。

〔17〕惘然:情绪失落的样子。

〔18〕涨海:中国南海古称。

〔19〕枯索:枯萎。虫蛊:被虫子蛀坏。

30.10 石崇每与王敦入学戏[1],见颜、原象《家语》曰:"颜回字子渊,鲁人。少孔子二十九岁,而发白,三十二岁蚤死。"原宪,已见。而叹曰[2]:"若与同升孔堂,去人何必有间![3]"王曰:"不知余人云何[4],子贡去卿差近[5]。"《史记》曰:"端木赐字子贡,卫人。尝相鲁,家累千金,终于齐。"石正色云[6]:"士当令身名俱泰,何至以瓮牖语人![7]"原宪以瓮为巨牖。

〔1〕王敦:《文学》第18条已见。学:太学。

〔2〕颜、原:颜回与原宪,孔子的弟子。太学中供奉孔子的像,颜回、原宪从祀。

〔3〕"若与同升孔堂":意谓若能像颜回、原宪一样同为孔子的学生,那么跟颜回、原宪也没有什么差距。指自己的才智跟颜回、原宪一样。何必:难道一定会。间:间隔,差距。

〔4〕余人:其他人。云何:说什么。

〔5〕差近:差不多。子贡也是孔子弟子,善于经商,家富千金。石崇是豪富之人,故相比拟。

〔6〕正色:面色严肃。

〔7〕"士当令身名俱泰"二句:意谓士人应该让生活与声誉都好,又何必炫耀那些破房子呢!瓮牖:指贫寒之家以破瓮为窗,此处代指房屋、财富。按:子贡最有名的身份是商人,商人在古代被人看不起,所以石崇对王敦的比拟非常不满意。

忿狷第三十一

31.6 王令诣谢公[1],值习凿齿已在坐[2],当与并榻[3]。王徙倚不坐[4],公引之与对榻[5]。去后,语胡儿曰[6]:"子敬实自清立[7],但人为尔多矜咳[8],殊足损其自然[9]。"刘谦之《晋纪》曰:"王献之性甚整峻[10],不交非类。"

余嘉锡点评认为,习凿齿才学出众,而王子敬(王献之)却不和他并榻,是因为王子敬鄙视习凿齿的寒士出身且有足疾。

〔1〕王令:王献之。《言语》第91条已见。谢公:谢安。《言语》第62条已见。

〔2〕习凿齿:《言语》第72条刘孝标注引《中兴书》曰:"习凿齿字彦威,襄阳人。少以文称,善尺牍。桓温在荆州,辟为从事。历治中、别驾,迁荥阳太守。"

〔3〕并榻:同榻而坐。

〔4〕徙倚:徘徊,犹豫。按:晋时尤重门阀,士庶有门第之别。王献之出身琅邪王氏,以望族傲世。习凿齿虽才学著名当时,却出身寒门,而且还有足疾。因此王献之不愿意与他并坐。

〔5〕引:拉。对榻:相对而坐。

〔6〕胡儿:谢朗,小字胡儿。《言语》第71条注已见。

215

〔7〕清立:清高特立。

〔8〕矜咳(ài 爱):矜持拘碍。咳,通"阂"。一本作"硋"。

〔9〕殊:甚。自然:指真率之性。

〔10〕整峻:严肃冷峻。

谗险第三十二

32.2 袁悦有口才,能短长说[1],亦有精理[2]。始作谢玄参军[3],颇被礼遇。后丁艰[4],服除还都[5],唯赍《战国策》而已[6]。语人曰:"少年时读《论语》《老子》,又看《庄》《易》,此皆是病痛事,当何所益邪?天下要物,正有《战国策》。"既下[7],说司马孝文王[8],大见亲待[9],几乱机轴[10],俄而见诛。《袁氏谱》曰:"悦字元礼,陈郡阳夏人。父朗,给事中。仕至骠骑咨议。太元中,悦有宠于会稽王,每劝专揽朝权,王颇纳其言。王恭闻其说,言于孝武[11]。乃托以它罪,杀悦于市中。既而朋党同异之声[12],播于朝野矣。"

〔1〕短长说:长短术,战国时策士的纵横游说之术。

〔2〕精理:善于谈玄理。

〔3〕谢玄:《言语》第71条已见。

〔4〕丁艰:遭父母之丧。

〔5〕服除:守丧期满,脱去丧服。

〔6〕赍(jī机):携带。

〔7〕既下:指到了都城建康以后。下,下都。

〔8〕司马孝文王:司马道子,《晋书》称会稽文孝王司马道子,文孝是其谥号。《言语》第98条已见。

〔9〕亲待:亲近优待。

〔10〕机轴:比喻重要的职务或部门,这里指朝政。

〔11〕孝武:东晋孝武帝司马曜。

〔12〕朋党:指因政见不同而形成的相互倾轧的宗派。按:王恭、司马道子各为一派,矛盾甚深。

尤悔第三十三

33.3 陆平原河桥败[1]，**为卢志所谗**[2]，**被诛**。王隐《晋书》曰："成都王颖讨长沙王乂[3]，使陆为都督前锋诸军事。"《机别传》曰："成都王长史卢志，与机弟云趣舍不同[4]。又黄门孟玖求为邯郸令于颖[5]，颖教付云[6]，云时为左司马，曰：'刑余之人[7]，不可以君民[8]！'玖闻此怨云，与志谗构日至[9]。及机于七里涧大败，玖诬机谋反所致，颖乃使牵秀斩机[10]。先是，夕梦黑幔绕车，手决不开[11]，恶之。明旦，秀兵奄至[12]，机解戎服[13]，著衣帻见秀[14]，容貌自若，遂见害。时年四十三。军士莫不流涕。是日天地雾合，大风折木，平地尺雪。"干宝《晋纪》曰："初，陆抗诛步阐[15]，百口皆尽，有识尤之[16]。及机、云见害，三族无遗。"**临刑叹曰："欲闻华亭鹤唳**[17]，**可复得乎！"**《八王故事》曰："华亭，吴由拳县郊外墅也，有清泉茂林。吴平后，陆机兄弟共游于此十余年。"《语林》曰："机为河北都督，闻警角之声[18]，谓孙丞曰：'闻此不如华亭鹤唳。'故临刑而有此叹。"

〔1〕陆平原河桥败：晋惠帝太安元年（302），成都王颖起兵讨长沙王乂，以陆机为都督前锋诸军事，战于河桥，陆机大败。

〔2〕卢志：字子道，范阳涿县（今河北涿州）人。初辟公府掾、尚书郎，出为邺令。成都王司马颖镇邺，任咨议参军、左长史，为其出谋划策。司马颖败后，免官。后为东海王越军咨祭酒，迁卫尉，转尚书。永嘉五年（311），北投并州刺史刘琨，中途遇害。

〔3〕成都王颖：司马颖字章度，晋武帝司马炎第十六子。太康十年（289）封成都王。长沙王乂：司马乂字士度，晋武帝司马炎第六子。太康十年（289）封长

沙王。二王角逐权力,是"八王之乱"中二王。

〔4〕趣舍:指志趣,思想。趣,进取。舍,舍弃。

〔5〕孟玖:宦官,与其弟孟超为司马颖所宠。孟超在陆机麾下,不受节度,后因军败而死。孟玖便向司马颖谗言,诬陆机谋反,害死陆机。

〔6〕教:文体的一种。汉魏时期,长官或诸侯王发布的命令称教。

〔7〕刑余之人:指受过宫刑的人,太监。

〔8〕君民:作百姓的长官。

〔9〕谗构:谗言诋毁。

〔10〕牵秀:字成叔,武邑观津(今河北武邑东南)人。博辩有文才,性豪侠,弱冠得名。惠帝时,附于贾谧,为"二十四友"之一。西晋末年动乱中依附成都王颖为冠军将军,后又投河间王颙,终被司马颙长史杨腾所杀。

〔11〕夕梦黑幔绕车,手决不开:晚上梦到黑布幔罩在自己的车上,手拨不开。幔,帐幕。决,弄断,撕开。按:黑幔绕车,乃丧车之象。

〔12〕奄:突然。

〔13〕戎服:军装。

〔14〕衣帢(tāo 涛):便衣便帽。

〔15〕陆抗诛步阐:孙吴凤皇元年(272),西陵督步阐叛吴,陆抗时任镇军大将军,奉命征讨步阐,诛其三族。

〔16〕尤:指责,谴责。

〔17〕鹤唳:鹤鸣声。

〔18〕警角:古代军中所吹的号角。

33.6 王大将军起事[1],丞相兄弟诣阙谢[2]。周侯深忧诸王[3],始入[4],甚有忧色。丞相呼周侯曰:"百口委卿[5]!"周直过不应[6]。既入,苦相存救[7]。既释[8],周大说[9],饮酒。及出,诸王故在门[10]。周曰:"今年杀诸贼奴[11],当取金印如斗大系肘后。"大将军至石头[12],问丞相曰:"周侯可为三公不[13]?"丞相不答。又问:"可为尚书令不?"又不应。因云:"如此,唯当杀之耳!"复默然。逮周侯被害[14],丞相后知周侯救己,叹曰:"我不杀周侯,周侯由我而死。幽冥中负此人[15]!"虞预《晋书》曰:"敦克京邑,参军吕漪说敦曰:'周颛、戴渊,皆有名望,足以惑众。视近日之言,无惭惧之色,若不除之,役将未歇也[16]。'敦即然之,遂害渊、颛。初,漪为台郎,渊既上官,素有高气[17],以漪小器待之[18],故售其说焉[19]。"

杨慎点评说:"是借剑于敦而杀颛,非敦反,乃导反。"又云:"此为漏网逆贼无疑。"

〔1〕王大将军起事:晋元帝永昌元年(322),大将军王敦叛乱,起兵入建康。

〔2〕丞相兄弟诣阙谢:王导及其兄弟子侄等在宫门外向晋元帝请罪。按:王敦是王导的堂兄。

〔3〕周侯:周颛。《言语》第31条已见。

〔4〕始入:进宫时。

〔5〕百口委卿:一家人的性命托付于你。指希望周颛为之求情。王敦反晋,刘隗劝晋元帝尽杀王氏家族子弟,王导希望周颛能够在晋元帝面前为王氏求情。

〔6〕直过:径直走过。

〔7〕苦相存救:极力保全王氏一族。

〔8〕释:免罪。

〔9〕说:同"悦"。

〔10〕故:仍,还是。

〔11〕贼奴:此处指王敦。按:周颛虽然在晋元帝前解救王氏,但在王导面前却不表露。阅此,再读《排调》第18条,周颛答王导"此中空洞无物,然容卿辈数百人"之言,当更能体察周之气度。

〔12〕石头:石头城,建康西边军事重镇。

〔13〕三公:晋时以太尉、司空、司徒为三公,一般是用来宠待资历、声望很高的大臣。按:周颛是当时的

221

人望,王敦问话是向王导探询周𫖮能不能为我所用或相安无事。王导默而不言,则是说周𫖮与王氏势不两立。故王敦杀之。

〔14〕逮:等到。

〔15〕幽冥:地府,阴间。

〔16〕役:军事战斗。

〔17〕高气:高傲之气。

〔18〕小器:才具不大,无大作为。

〔19〕售:推行,实现。

【归纳探究】

读了这几门故事,你对当时的社会又有了怎样的认识?

提示:可从当时贵族官僚及皇亲国戚的骄纵奢侈、社会中各派间的斗争、等级观念、统治阶级内部斗争等方面来谈。

纰漏第三十四

【导读】

"纰漏",指差错疏漏,本门所记,多是在言行上由于疏忽而造成的差错,这对别人有儆戒作用;"惑溺",指沉迷不悟,沉迷于声色、财富、嫉妒、情爱里面而不能自拔,无所节制,都属惑溺;"仇隙",指仇怨、嫌隙,本门记载了魏晋名流之间的怨恨和嫌隙。这几门所记故事,对于我们做人有启发意义,同学们可以把这几门故事放在一起阅读。

34.3 蔡司徒渡江[1],见彭蜞[2],大喜曰:"蟹有八足,加以二螯[3]。"令烹之。既食,吐下委顿[4],方知非蟹。后向谢仁祖说此事[5],谢曰:"卿读《尔雅》不熟,几为《劝学》死。"《大戴礼·劝学篇》曰:"蟹二螯八足,非蛇蟺之穴无所寄托者[6],用心躁也。"故蔡邕为《劝学章》取义焉。《尔雅》曰:"螖蠌小者劳[7]。"即彭蜞也,似蟹而小。今彭蜞小于蟹,而大于彭螖,即《尔雅》所谓螖蠌也。然此三物,皆八足二螯,而状甚相类。蔡谟不精其小大[8],食而致弊[9],故谓读《尔雅》不熟也。

王世懋认为吃彭蜞不会吐,这里不是实录。

223

〔1〕蔡司徒:蔡谟字道明,《容止》第26条已见。

〔2〕彭蜞:一种外形类似蟹水生动物。

〔3〕螯:螃蟹等节肢动物的变形的第一对脚。形状像钳子,能开合,用来取食或自卫。

〔4〕吐下:呕吐下泻。委顿:精神憔悴。

〔5〕谢仁祖:此句意谓《尔雅》读得不熟,知识不全面,差点被《劝学》的片面之语误导而死。谢尚字仁祖。《文学》第88条已见。

〔6〕蛇鳝(shàn 善):蛇和黄鳝。寄托:寄居,居住。

〔7〕蝛蠌(huá zé 滑泽):形似蜘蛛,也有八足二螯,入空螺壳中,常戴壳而游。

〔8〕精:细密观察。

〔9〕弊:害处。

【归纳探究】

这几门所记故事,对于我们做人有启发意义。说说你从中获得了怎样的启示。

提示:可从做事细致周全、不可过分沉溺某事、对人要宽和以免生出祸端等方面来思考。

惑溺第三十五

35.2 荀奉倩与妇至笃[1]，冬月妇病热[2]，乃出中庭自取冷[3]，还以身熨之。妇亡，奉倩后少时亦卒。以是获讥于世。《粲别传》曰："粲常以妇人才智不足论，自宜以色为主[4]。骠骑将军曹洪女有色，粲于是聘焉[5]。容服帷帐甚丽[6]，专房燕婉[7]。历年后妇病亡。未殡，傅嘏往喭粲[8]，粲不明而神伤[9]。嘏问曰：'妇人才色并茂为难。子之聘也，遗才存色，非难遇也，何哀之甚？'粲曰：'佳人难再得！顾逝者不能有倾城之异，然未可易遇也。'[10]痛悼不能已已。岁余亦亡。亡时年二十九。粲简贵[11]，不与常人交接，所交者一时俊杰。至葬夕，赴期者裁十余人[12]，悉同年相知名士也。哭之，感恸路人。粲虽褊隘[13]，以燕婉自丧[14]，然有识犹追惜其能言[15]。"奉倩曰："妇人德不足称，当以色为主。"裴令闻之曰[16]："此乃是兴到之事[17]，非盛德言，冀后人未昧此语[18]。"何劭论粲曰："仲尼称'有德者有言'。而荀粲减于是，力顾所言有余，而识不足。"

〔1〕荀奉倩：《文学》第9条刘孝标注引《粲别传》曰："粲字奉倩，颍川颍阴人，太尉彧少子也。粲诸兄儒术论议各知名。粲能言玄远。"至笃：感情极为深厚。

〔2〕病热：生病发烧。

〔3〕中庭：庭院之中。

〔4〕色：姿色。

〔5〕聘：聘娶。

〔6〕容服：衣服装饰。

225

〔7〕专房:专宠,独受宠爱。燕婉:夫妇恩爱。

〔8〕嗟:吊唁。

〔9〕不明:当作"不哭"。

〔10〕"佳人难再得"数句:汉代有《李延年歌》:"北方有佳人,绝世而独立。一顾倾人城,再顾倾人国。宁不知倾城与倾国?佳人难再得。"荀粲认为,自己的妻子虽然还算不上是倾城的美色,却也是世间难遇的佳人。

〔11〕简贵:简约高贵。

〔12〕裁:通"才",仅仅。

〔13〕褊隘:骄躁狭隘,心胸、气量、见识等不宽广。

〔14〕以燕婉自丧:谓因钟爱亡妻而死。

〔15〕有识:有见识的人。

〔16〕裴令:裴楷。《言语》第19条已见。

〔17〕兴到:兴之所至。是随口而说的,不能当真。

〔18〕未昧此语:不要被这话迷惑了。按:荀粲的兴到之言至今依然有影响力,这是因为人们对美有一种天然的倾慕,这一点亘古未变。阮籍也曾惋惜兵家女有才色未嫁而死,便前往哭悼。《晋书》称其"外坦荡而内淳至"。"美色"常被古人视为"伐性之斧",尤为名教之士所忌惮。魏晋之时,士人"越名教而任自然",重视真实的生命感受,故能放开眼量,真率地欣赏美,表达审美感受。魏晋士人饶有真性情,荀粲、阮籍如此,又《伤逝》第4条王衍丧子时说"情之所钟,正在我辈",也是如此。

35.5 韩寿美姿容〔1〕,贾充辟以为掾〔2〕。充每聚会,贾女于青琐中看〔3〕,见寿,说之〔4〕,恒怀存想〔5〕,发于吟咏〔6〕。后婢往寿家,具述如此,并言女光丽〔7〕。寿闻之心动,遂请婢潜修音问〔8〕。及期往宿。寿蹻捷绝人〔9〕,逾墙而入,家中莫知。《晋诸公赞》曰:"寿字德真,南阳赭阳人。曾祖暨,魏司徒,有高行〔10〕。"寿敦家风〔11〕,性忠厚,岂有若斯之事?诸书无闻,唯见《世说》,自未可信。自是充觉女盛自拂拭〔12〕,说畅有异于常〔13〕。后会诸吏,闻寿有奇香之气,是外国所贡,一著人,则历月不歇。《十洲记》曰:"汉武帝时,西域月氏国王遣使献香四两,大如雀卵,黑如桑椹,烧之,芳气经三月不歇。"盖此香也。充计武帝唯赐己及陈骞[14],余家无此香,疑寿与女通[15],而垣墙重密,门阁急峻[16],何由得尔?乃托言有盗,令人修墙。使反曰[17]:"其余无异,唯东北角如有人迹。而墙高,非人所逾。"充乃取女左右婢考问,即以状对[18]。充秘之[19],以女妻寿[20]。《郭子》谓与韩寿通者,乃是陈骞女,即以妻寿,未婚而女亡。寿因娶贾氏,故世因传是充女。

〔1〕韩寿:字德真,南阳堵阳(今河南方城东。刘孝标注作"赭阳",今人徐震堮认为:"赭、堵音读相同,赭阳即堵阳也。")人。为人英俊帅气,贾充聘为司空掾,与充女私通,遂结婚,生子贾谧(过继给贾家,故从贾姓),为晋惠帝时显贵人物。

〔2〕贾充:《方正》第8条已见。贾充与郭槐长女贾南风嫁与晋惠帝司马衷,为皇后;次女贾午,嫁与韩寿。辟:礼聘,礼请。

〔3〕青琐:青色方格连环花纹的窗户。

〔4〕说:同"悦"。

〔5〕存想:想象,想念。

〔6〕吟咏:此指言谈。

〔7〕光丽:华美漂亮。

〔8〕潜修音问:暗通音信。

〔9〕跷捷:动作敏捷。绝人:超过一般人,胜过一般人。

〔10〕高行:品行高洁。

〔11〕敦:认真遵守。

〔12〕拂拭:修饰打扮。

〔13〕说畅:欢悦舒畅。说,同"悦"。

〔14〕计:思量,心里想。武帝:晋武帝司马炎。《言语》第19条已见。陈骞:陈骞字休渊,临淮东阳(今江苏盱眙东南)人。西晋开国功臣,历任侍中、大将军、大司马等职。

227

〔15〕通:私通。

〔16〕"垣墙重密"二句:院墙多而严密,院门严实而高峻。阁(gé 隔),房门。

〔17〕使反:派出的人返回。

〔18〕状:情状,实情。

〔19〕秘之:对此事保密。

〔20〕妻:嫁给……为妻。

35.6 王安丰妇常卿安丰[1]。安丰曰:"妇人卿婿,于礼为不敬,后勿复尔。"妇曰:"亲卿爱卿,是以卿卿;我不卿卿,谁当卿卿?"遂恒听之。

〔1〕王安丰:王戎,爵安丰侯。《赏誉》第10条已见。卿:六朝以来,"卿"主要用以尊对卑的称呼。王戎认为夫妻之间应该相敬如宾,且男尊女卑,妻子不应该这样称呼。然而妻子则因为亲之爱之,所以称"卿"。《世说新语》中多次记载了"卿"用于夫称妻、朋友对称的情况。《贤媛》中有:"郭氏语充,欲就省李,充曰:'彼刚介有才气,卿往不如不去'。""卿"作为爱称,与"君"这一尊称相对。《方正》第20条有:"王太尉不与庾子嵩交,庾卿之不置。王曰:'君不得尔。'庾曰:'卿自君我,我自卿卿;我自用我法,卿自用卿法。'"王衍与庾敳没有深交,王称庾为"君",而庾却一直称王为"卿"以示亲昵。王衍出言制止,庾敳却认为你自用你的一套,我自用我的一套称呼,两不相干。这也是庾敳不拘礼法的体现。

仇隙第三十六

36.1 孙秀既恨石崇不与绿珠[1],干宝《晋纪》曰:"石崇有妓人绿珠,美而工笛,孙秀使人求之。崇别馆北邙下[2],方登凉观,临清水。使者以告,崇出其婢妾数十人以示之曰:'任所以择。'使者曰:'本受命者,指绿珠也,未识孰是[3]?'崇勃然曰[4]:'绿珠,吾所爱,不可得也!'使者曰:'君侯博古知今,察远照迩[5],愿加三思。'崇不然。使者已出又反,崇竟不许。"又憾潘岳昔遇之不以礼[6]。后秀为中书令,岳省内见之[7],因唤曰:"孙令,忆畴昔周旋不[8]?"秀曰:"中心藏之,何日忘之?[9]"岳于是始知必不免。王隐《晋书》曰:"岳父文德,为琅邪太守,孙秀为小吏给使[10],岳数蹴蹋秀[11],而不以人遇之也。"后收石崇、欧阳坚石,同日收岳[12]。《晋阳秋》曰:"欧阳建字坚石,渤海人。有才藻,时人为之语曰:'渤海赫赫,欧阳坚石。'初,建为冯翊太守,赵王伦为征西将军,孙秀为腹心,挠乱关中,建每匡正,由是有隙。"王隐《晋书》曰:"石崇、潘岳与贾谧相友善,及谧废,惧终见危,与淮南王谋诛伦[13],事泄,收崇及亲期以上皆斩之[14]。初,岳母诫岳以止足之道[15],及收,与母别曰:'负阿母!'崇家河北,收者至。曰:'吾不过流徙交、广耳[16]!'及车载东市[17],始叹曰:'奴辈利吾家之财。'收崇人曰:'知财为害,何不蚤散[18]?'崇不能答。"石先送市,亦不相知[19]。潘后至,石谓潘曰:"安仁,卿亦复尔邪[20]?"潘曰:"可谓'白首同所归'。"《语林》曰:"潘、石同刑东市,石谓潘曰:'天下杀英雄,卿复何为?'潘曰:'俊士填沟壑,余波来及人。'"潘《金谷集诗》云:"投分寄石友,白首同所

229

归。"乃成其谶[21]。

〔1〕孙秀:赵王伦宠信的爪牙。石崇:《企羡》第3条已见。绿珠:石崇之宠妾,有姿色,善吹笛。石崇被赵王伦杀害,绿珠也跳楼自杀而死。

〔2〕别馆:别墅。

〔3〕孰是:哪个是。

〔4〕勃然:暴怒的样子。

〔5〕迩:近。

〔6〕憾:怨恨。

〔7〕省:中书省。

〔8〕畴昔:往日,从前。周旋:打交道。

〔9〕"中心藏之"二句:藏在心中,永世难忘。语出《诗经·小雅·隰桑》,本指女子对男子的爱意深藏心中,此处指孙秀对以前受潘岳凌辱的经历耿耿于怀。

〔10〕小吏:小厮役。给使:供使唤办事。

〔11〕蹴蹋:践踏,凌辱。

〔12〕"后收石崇"两句:孙秀诬潘岳、石崇、欧阳建与淮南王允、齐王冏谋反,因此收捕加害。

〔13〕淮南王:晋武帝子淮南王司马允,字钦度。允知赵王伦有篡逆之心,于是密谋诛之。永康元年(300),允举兵讨伐赵王伦,事败被杀。

〔14〕亲期以上:服齐衰以上的亲属。期,一年。按:古代丧服由重至轻,有斩衰(cuī 崔)、齐衰(zī cuī 兹崔)、大功、小功、缌(sī 思)麻五等。齐衰服的时间是一年。在古代,丧服等次最能体现一个大家族内成员关系的亲疏远近。

〔15〕止足之道:知足的思想。

〔16〕流徙交、广:流放到交州、广州。当时此二州蛮荒,常做流放之地。

〔17〕东市:刑场。

〔18〕蚤:通"早"。

〔19〕亦不相知:指互相不了解对方被捕的情况。

〔20〕亦复:也。尔:如此,这样。

〔21〕"潘《金谷集诗》"数句:元康六年(296),石崇等人聚于金谷园,宾主赋

诗,言志抒怀。参见《企羡》第3条。潘岳诗句有"春荣谁不慕,岁寒良独希。投分寄石友,白首同所归"句。二人同被孙秀所害,世人便以本句为谶语。投分,意气相合。谶,预言,谶语。

附 录

魏帝系简表

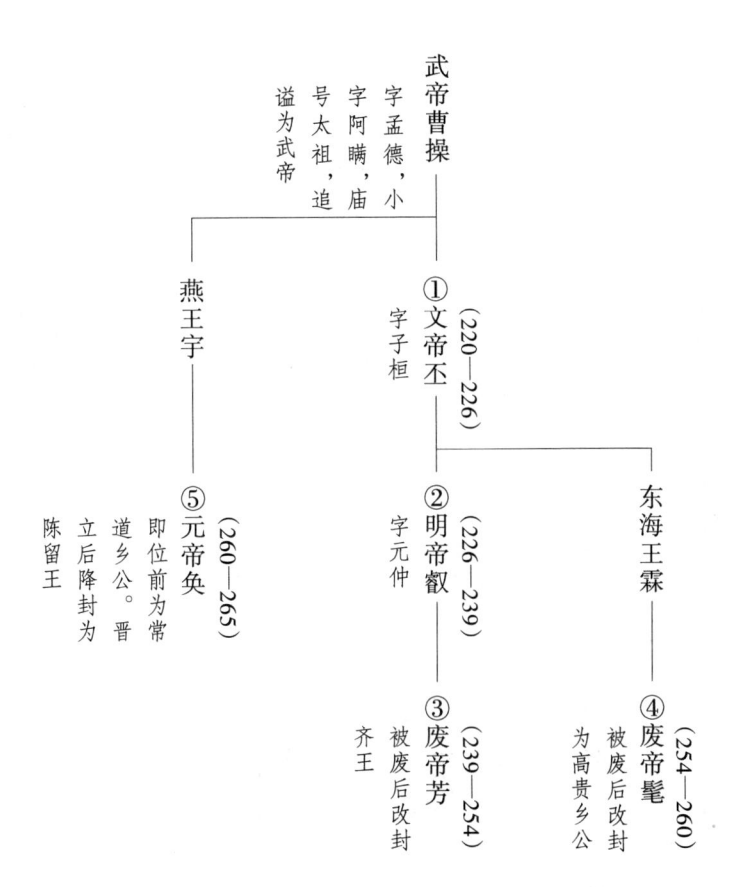

武帝曹操
字孟德，小字阿瞒，庙号太祖，追谥为武帝

├─ ① 文帝丕 (220—226)
│ 字子桓
│ │
│ ├─ ② 明帝叡 (226—239)
│ │ 字元仲
│ │ │
│ │ └─ ③ 废帝芳 (239—254)
│ │   被废后改封齐王
│ │
│ └─ 东海王霖
│   │
│   └─ ④ 废帝髦 (254—260)
│   被废后改封为高贵乡公
│
└─ 燕王宇
   │
   └─ ⑤ 元帝奂 (260—265)
      即位前为常道乡公。晋立后降封为陈留王

西晋帝系简表

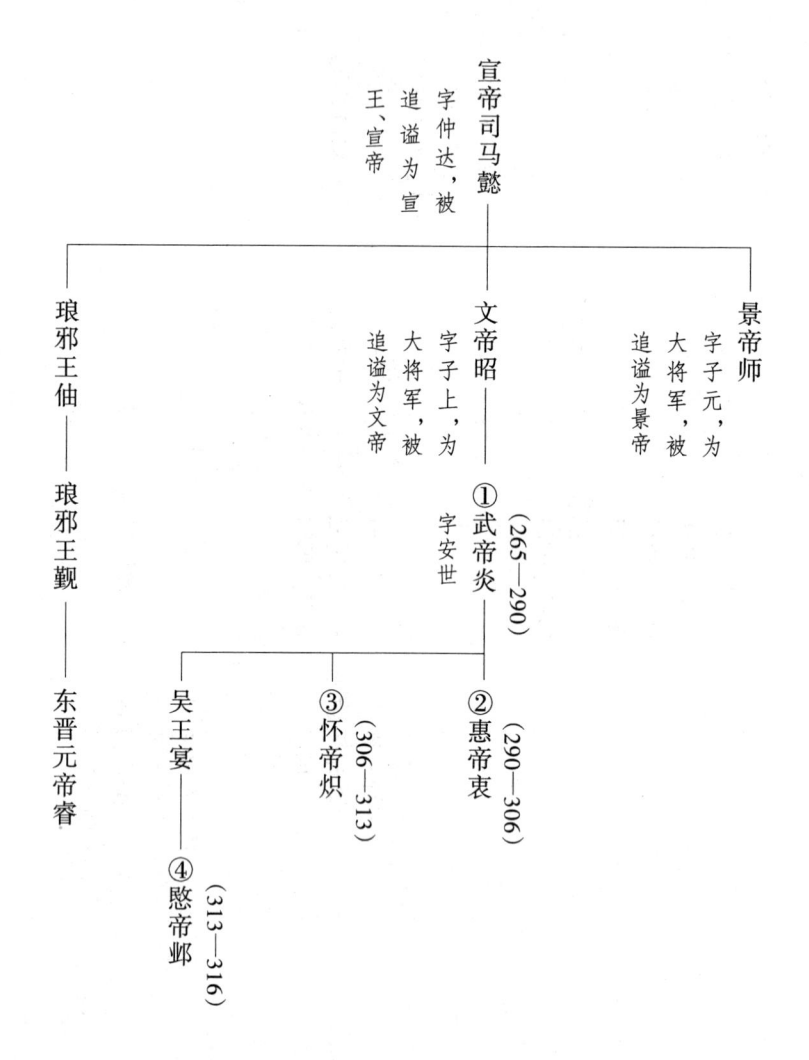

```
宣帝司马懿
字仲达,被追谥为宣王、宣帝
│
├──────────────┬──────────────┐
琅邪王伷       文帝昭          景帝师
│              字子上,为        字子元,为
琅邪王觐        大将军,被       大将军,被
│              追谥为文帝       追谥为景帝
东晋元帝睿      │
               ① 武帝炎 (265—290)
               字安世
               │
   ┌───────────┼───────────┐
   吴王晏      ③ 怀帝炽      ② 惠帝衷
   │          (306—313)    (290—306)
   ④ 愍帝邺
   (313—316)
```

236

东晋帝系简表

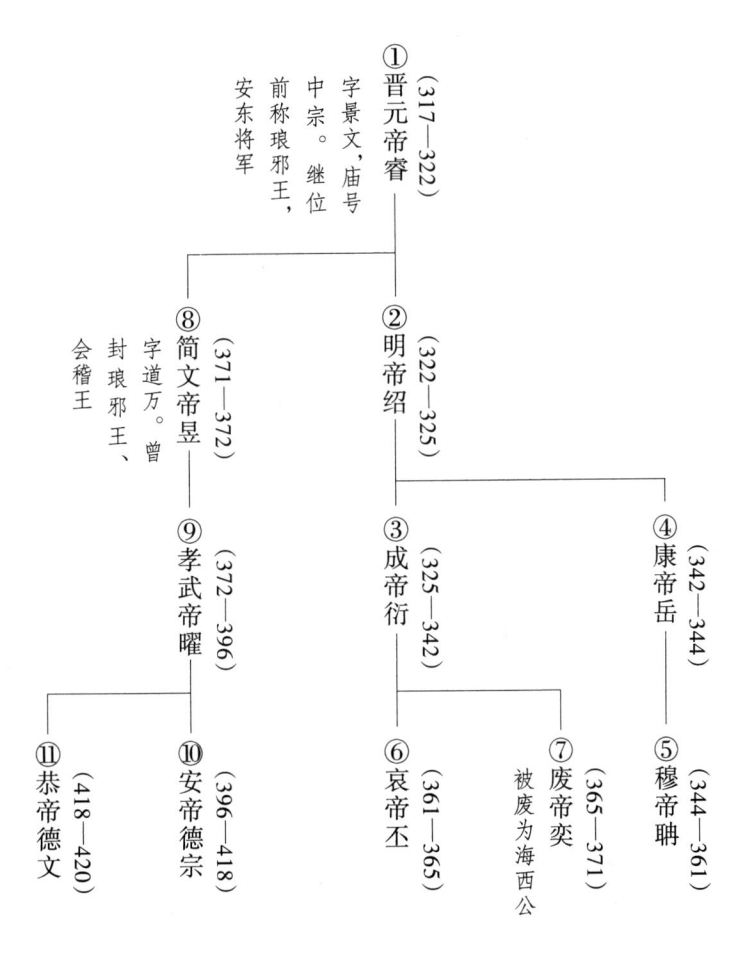

① 晋元帝睿(317—322) 字景文，庙号中宗。继位前称琅邪王，安东将军

② 明帝绍(322—325)

③ 成帝衍(325—342)

④ 康帝岳(342—344)

⑤ 穆帝聃(344—361)

⑥ 哀帝丕(361—365)

⑦ 废帝奕(365—371) 被废为海西公

⑧ 简文帝昱(371—372) 字道万。曾封琅邪王、会稽王

⑨ 孝武帝曜(372—396)

⑩ 安帝德宗(396—418)

⑪ 恭帝德文(418—420)

琅邪王氏世系简表

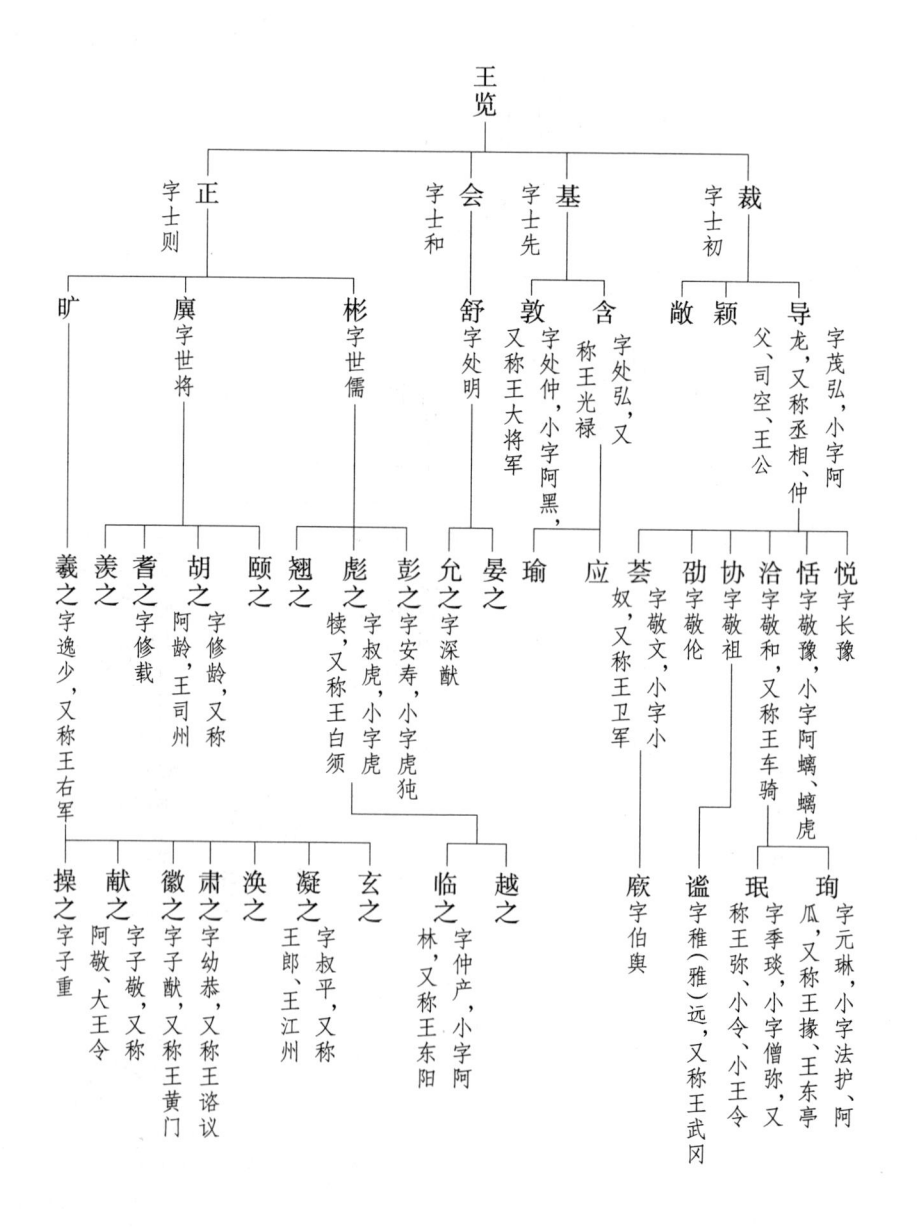

```
                              王览
        ┌───────────┬──────────┬──────────┐
       正          会         基          裁
      字士则       字士和      字士先       字士初
   ┌───┬───┐      │      ┌───┼───┐    ┌──┬──┐
   旷  廙  彬     舒     敦  含         敫 颖  导
      字世将 字世儒 字处明 字处仲   字处弘      字茂弘，小字阿
              小字阿黑    又称王光禄   又称丞相、仲
              又称王大将军                父、司空、王公
```

- 旷
- 廙 字世将
  - 羲之 字逸少，又称王右军
    - 操之 字子重
  - 羡之
    - 献之 字子敬，又称阿敬、大王令
  - 耆之 字修载
    - 徽之 字子猷，又称王黄门
  - 胡之 字修龄，又称阿龄、王司州
    - 肃之 字幼恭，又称王谘议
  - 颐之
    - 涣之
  - 翘之
    - 凝之 字叔平，又称王郎、王江州
- 彬 字世儒
  - 彪之 字叔虎，小字虎犊，又称王白须
    - 玄之
  - 彭之 字安寿，小字虎独
    - 临之
  - 允之 字深猷
    - 越之 字仲产，小字阿林，又称王东阳
- 舒 字处明
  - 晏之
  - 瑜
- 敦 字处仲，小字阿黑，又称王大将军
- 含 字处弘，又称王光禄
  - 应
- 敫
  - 荟 字敬文，小字小奴，又称王卫军
    - 廞 字伯舆
- 颖
  - 劭 字敬伦
  - 协 字敬祖
  - 洽 字敬和，又称王车骑
    - 珣 字元琳，小字法护，阿瓜，又称王㻂、王东亭
      - 谧 字稚（雅）远，又称王武冈
    - 珉 字季琰，小字僧弥，又称王弥，小令、小王令
  - 恬 字敬豫，小字阿螭、螭虎
  - 悦 字长豫
- 导 字茂弘，小字阿龙，又称丞相、仲父、司空、王公

238

太原晋阳王氏世系简表

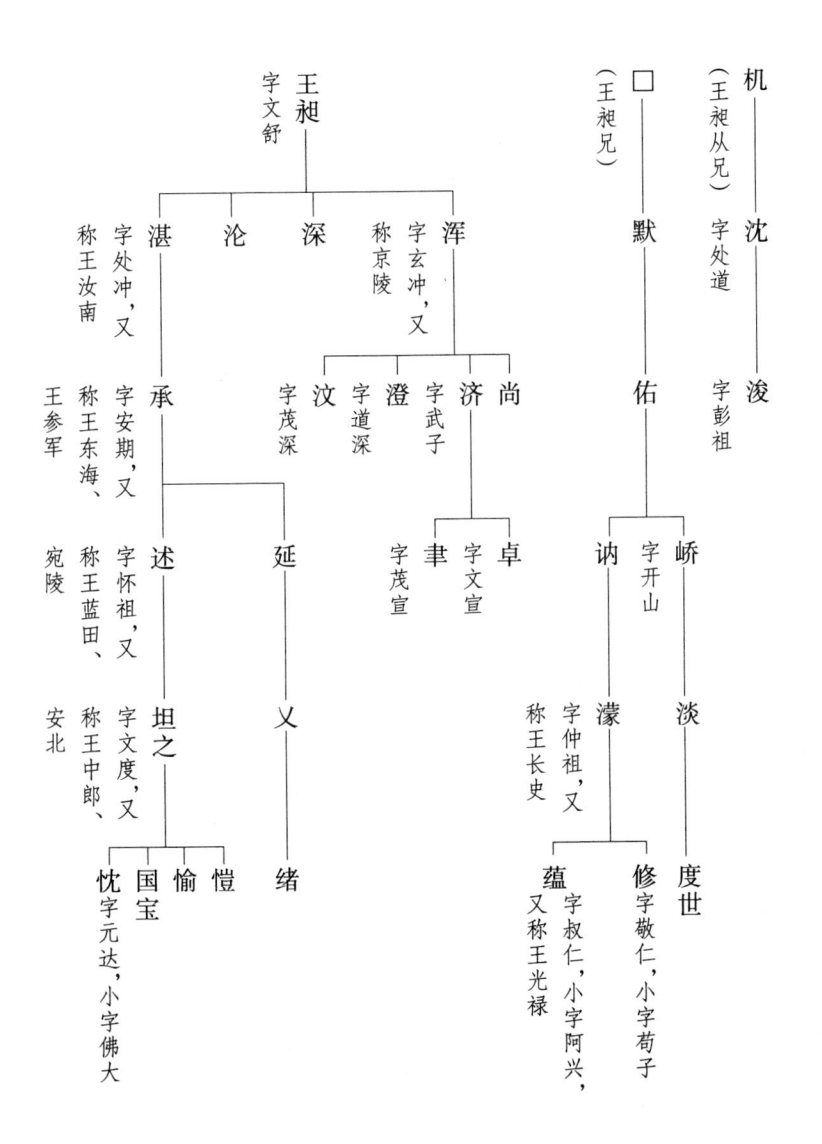

```
机 ── 沈 ── 浚
(王昶从兄) 字处道

□ ── 默 ── 佑 ── 峤 ── 淡 ── 度世
(王昶兄)           字开山
                          ── 讷 ── 濛 ── 修 字敬仁，小字荀子
                                 字仲祖，又
                                 称王长史
                                        ── 蕴 字叔仁，小字阿兴，
                                           又称王光禄

王昶
字文舒
├── 深
├── 沦
├── 浑 字玄冲，又称京陵
│    ├── 尚
│    ├── 济 字武子
│    ├── 澄 字道深
│    └── 汶 字茂深
│         ├── 卓 字文宣
│         └── 聿 字茂宣
├── 湛 字处冲，又称王汝南
│    ├── 承 字安期，又称王东海、王参军
│    │    ├── 述 字怀祖，又称王蓝田、称王中郎、宛陵、安北
│    │    │    ├── 坦之 字文度
│    │    │    │    ├── 恺
│    │    │    │    ├── 愉
│    │    │    │    ├── 国宝
│    │    │    │    └── 忱 字元达，小字佛大
│    │    └── 延
│    │         └── 乂
│    └── 绪
```

颍川鄢陵庾氏世系简表

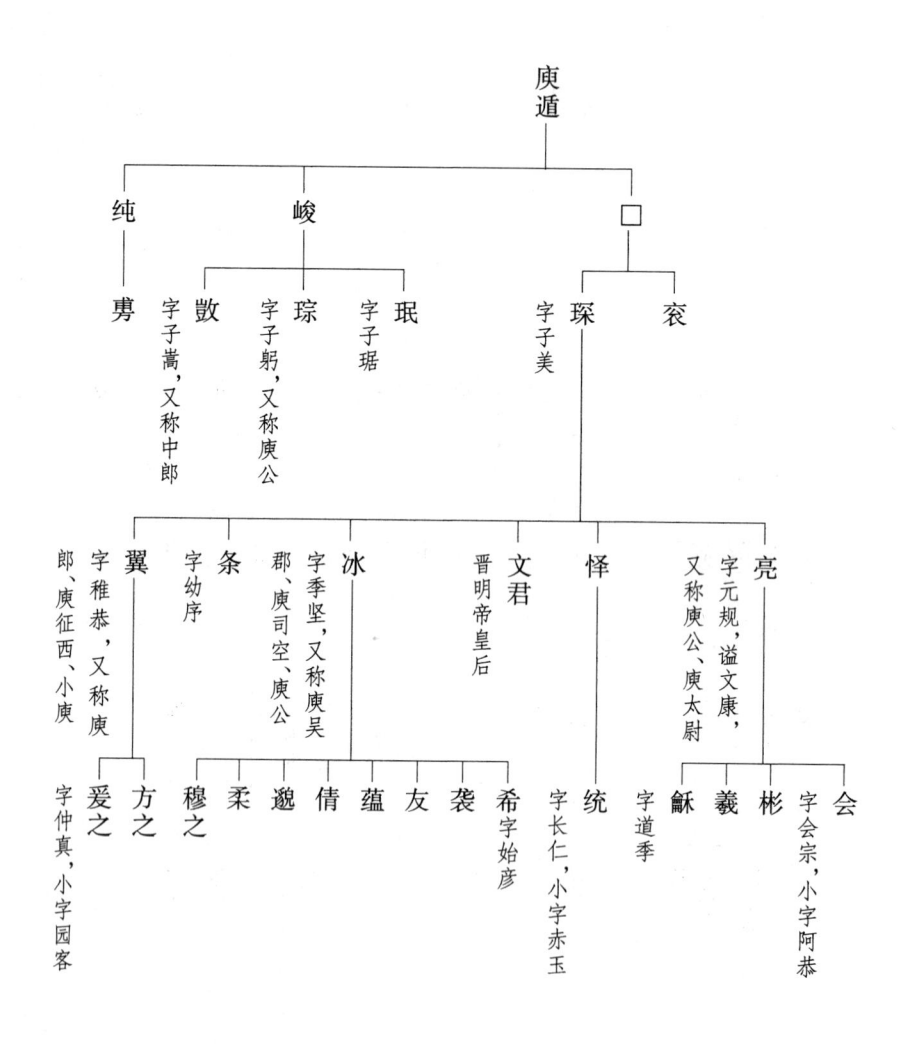

- 庾遁
  - 纯
    - 勇
  - 峻
    - 敳 字子嵩,又称中郎
    - 琮 字子躬,又称庾公
    - 珉 字子琚
  - □
    - 琛 字子美
      - 怿
        - 统 字长仁,小字赤玉
      - 亮 字元规,谥文康,又称庾公、庾太尉
        - 彬
        - 羲 字道季
        - 龢
        - 会 字会宗,小字阿恭
      - 文君 晋明帝皇后
      - 冰 字季坚,又称庾吴郡、庾司空、庾公
        - 希 字始彦
        - 袭
        - 友
        - 蕴
        - 倩
        - 邈
        - 柔
        - 穆之
      - 条 字幼序
      - 翼 字稚恭,又称庾小庾郎、庾征西
        - 方之
        - 爱之 字仲真,小字园客
    - 衮

240

谯国龙亢桓氏世系简表

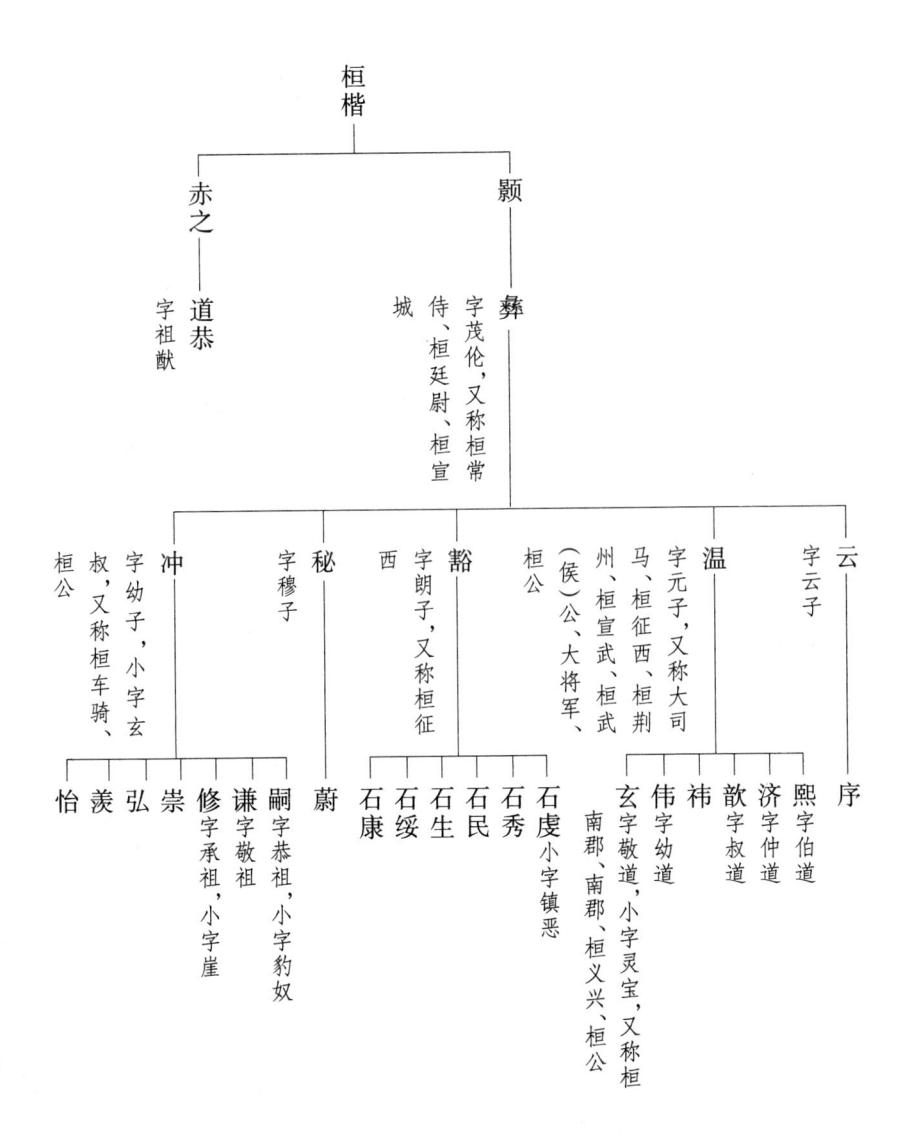

```
                        桓楷
          ┌──────────────┴──────────────┐
         赤之                            颢
          │                              │
         道恭                            彝
         字祖猷                  字茂伦,又称桓常
                                侍、桓廷尉、桓宣
                                城
    ┌────────┬────────┬────────┬────────┬────────┬────────┐
   冲        秘       豁       桓公      温       云        序
 字幼子,    字穆子   字朗子,   (侯)公、  字元子,又称大    字云子
 小字玄              又称桓征   大将军、   司马、桓征西、桓荆
 叔,又称桓           西        桓公       州、桓宣武、桓武
 车骑、
 桓公
```

怡 羡 弘 崇	修字承祖,小字崖 谦字敬祖 嗣字恭祖,小字豹奴	蔚	石康 石绥 石生 石民 石秀 石虎小字镇恶	玄字敬道,小字灵宝,又称桓南郡、南郡、桓义兴、桓公 伟字幼道 祎字叔道 歆字仲道 济字伯道 熙字伯道

241

陈郡阳夏谢氏世系简表

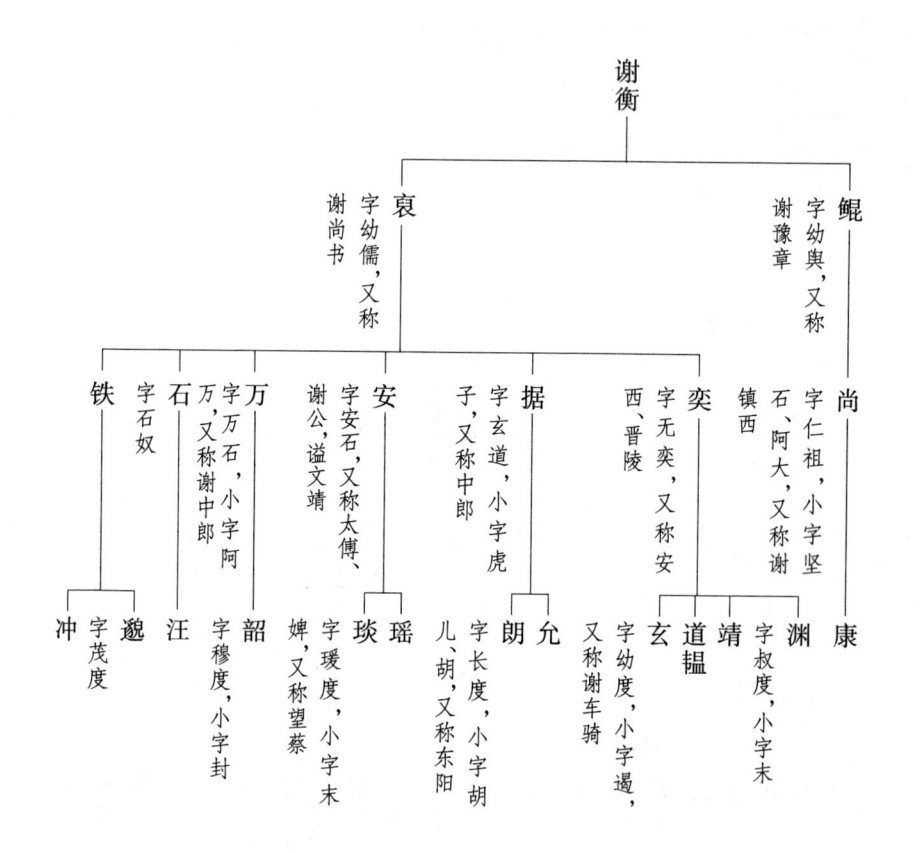

```
                            谢衡
         ┌───────────────────┴──────────┐
         哀                              鲲
      字幼儒,                          字幼舆,
      又称                              又称
      谢尚书                           谢豫章
 ┌──┬──┬──┬──┬──┬──┬──┬──┐      ┌──┬──┬──┬──┐
 铁 石 万 安 据 奕 尚 康    渊 靖 道 玄
字  字 字 字 字 字 字        字  字  韫
石  阿 万 安 玄 无 仁        叔  幼
奴  ,石 石 道 奕 祖        度  度,
      又,,,又,,          小 小
      称小小小称小          字 字
      谢字字字中字          末 遏,
      中阿安虎郎据          石、 又
      郎  ,公 子          阿、 称
         又 谥            大、 镇      谢
         称 文            又、 西      车
         太 靖            称、         骑
         傅              谢、
              晋
              陵
 ┌─┬─┐  ┌─┐ ┌─┐ ┌─┐ ┌─┐
 冲 邈 汪 韶 瑶 琰 朗 允
    字     字 字
    茂     穆 瑗 婢 玄
    度     度 度 , ,
          , , 又 小
          小 小 称 字
          字 字 望 胡
          封 末 蔡 儿
                       , 胡
                       又
                       称
                       东
                       阳
```

242

阅读评估

【梳理拓展】

一、读完《世说新语》全书,你觉得这本书体现出了哪些魏晋风度呢?

参考资料:

汉末魏晋六朝是中国历史政治上最混乱、社会上最痛苦的时代,然而却是精神史上极自由、极解放、最富于智慧、最浓于热情的一个时代,因此也就是最富有艺术精神的一个时代。只有这几百年间是精神上的大解放,人格上思想上的大自由。魏晋人生活上人格上的自然主义和个性主义,摆脱了汉代儒教统治下的礼法束缚,在政治上先已表现于曹操那种超道德观念的用人标准。一般知识分子多半超脱礼法观点直接欣赏人格个性之美,尊重个性价值。(宗白华《论〈世说新语〉和晋人的美》)

二、从《世说新语》中选择你最喜欢的一个人物,结合书中相关的故事情节,说说你喜欢他(她)的理由。

参考资料:

《世说新语》塑造了许多栩栩如生的人物形象,全书共涉及各类人物一千五百多人。按照人物角色和地位大致可分为帝王、士大夫、权臣、女性、儿童等几大类。一个人的若干故事,是被分散在各个门类中分散叙述的。如果把一个人在不同门类中的各个形象侧面综合起来,就会得出这个人比较完整的形象。在塑造人物时,常常借助个性化的言行、心理等细节描写来展现人物形象,还通过对比等手法来塑造人物形象。

【参考文献】

1.《世说新语笺疏》,余嘉锡笺疏,中华书局2011年版。

2.《美学散步》,宗白华著,上海人民出版社1981年版。

3.《世说新语会评》,刘强会评辑校,凤凰出版传媒集团 凤凰出版社2007年版。

阅读链接

【文学常识】
一、作家介绍
　　《世说新语》是由南朝宋刘义庆及其幕下文士共同编撰而成,南朝梁刘孝标作注。
　　刘义庆(403—444),彭城(今江苏徐州)人,南朝宋皇室,宋武帝刘裕之侄,临川烈武王刘道规之嗣,袭封临川王。喜好文义,招聚许多文学之士如陆展、袁淑等,共同编集了《世说新语》。另编有《江左名士传》《集林》等。
　　刘峻(462—521),字孝标,平原(今山东德州平原县)人,博学善属文,著有《广绝交论》《辩命论》等。注《世说新语》,该洽详备,引证丰富,为世所重,与《三国志》裴松之注、《文选》李善注鼎足而称。
二、作家评价
　　刘义庆身世显赫,他是南朝刘宋开国皇帝刘裕的侄子,长沙景王刘道怜的次子,因其叔父临川王刘道规无子,以义庆为嗣,后袭临川王,曾任荆州刺史、江州刺史。
　　《宋书·刘义庆传》比较详细地记叙了其生平经历,最后一段言及刘义庆的爱好禀性:"为性简素,寡嗜欲,爱好文义,才词虽不多,然足为宗室之表。受任历藩,无浮淫之过,唯晚节奉养沙门,颇致费损。少善骑乘,及长以世路艰难,不复跨马。"刘义庆虽然历任要职,可史书中却没有多少关于他政治才能和政绩的记录,仅仅是略提到他的清廉和体恤下属、有同情心。从史书的记录来看,他有谦虚、谨慎、俭约等品性,是一个富有文人气质的贵族人物。

刘义庆不热衷于政治,除了先天禀性,可能还与当时十分复杂的皇室内部的权力斗争有一定关系。据史书记载,刘裕去世以后,皇子们为了争夺帝位而互相残杀,他的第三子刘义隆在手下的帮助之下先后残杀了自己的两位兄长,登位后不久,却又以谋反罪诛杀了辅佐自己登位的人,随后又诛杀了一大批大臣。刘义庆处在刘义隆对于宗室诸王怀疑犯忌的统治之下,为了远离祸端,转而寄情文史,游身著述,这是他编辑《世说新语》这部书的重要缘起。

刘宋宗室,虽是军人世家,却有爱好文章学术的家学传统。刘义庆深受此风影响,他本人对文学有深厚的兴趣,有很高的文学素养。加之,刘义庆生于晋末,魏晋时期的遗风流韵在社会上仍有较大影响。易宗夔在《新世说·自序》中写道:"二刘去晋未远,竹林遗韵,王谢遗风,不啻身亲酬酢,掇其语言,而挹其丰采也。"

由此可见,出身贵族的刘义庆,宋文帝刘义隆对宗室的猜忌和抑制使他感到本能的畏惧,政治上堕入冷漠和消沉;作为清谈家和佛教徒,他具有很高的文化修养。刘义庆的藩王地位和修养气质,使他可能产生与魏晋名士较为相似的境遇感受,从而获得精神上的某种沟通、契合。这种个人的感受加之刘宋王朝自上而下对魏晋名士风度的仰慕倾向,使刘义庆能够对魏晋的名士风度深领其韵,情有独钟,在"为赏心而作""远实用而近娱乐矣"的创作动机下对材料的选择、编排,使全书的主旨恰好与魏晋名士精神风韵合拍。这使《世说新语》具备了独特、深厚的文化品位。

三、作品评价

《世说新语》今本凡三十八篇,自《德行》至《仇隙》,以类相从,事起后汉,止于东晋,记言则玄远冷俊,记行则高简瑰奇,下至缪惑,亦资一笑。孝标作注,又征引浩博。或驳或申,映带本文,增其隽永,所用书四百余种,今又多不存,故世人尤珍重之。

——鲁迅:《中国小说史略》,《鲁迅全集》第九卷,
人民文学出版社2005年版

《世说新语》一书记述得挺生动,能以简劲的笔墨画出它的精神面貌、若干人物的性格、时代的色彩和空气。文笔的简约玄澹尤能传神。

——宗白华:《论〈世说新语〉和晋人的美》,《美学散步》,
上海人民出版社2015年版

四、关于志人小说

志人小说,是中国古典小说的一种,主要在魏晋六朝时期流行,是以记述人物言行和记载历史人物的传闻轶事为主的杂录体小说,主要与志怪小说相对而言,由鲁迅最早提出。鲁迅《中国小说史略》中称其"俱为人间言动",因此称"志人小说",而其所记之事又多为历史实有人物之趣闻轶事,因此又称为"轶事小说"。

魏晋六朝时期,人物品藻的风尚流行,人们善于评论人物风貌、容止、德行等的优劣。其时的人物品评经历了从政治现实需要到纯粹审美趣味的发展,风气大盛。此外,魏晋玄学思想的兴起使得清谈成为当时士人交往的重要内容,士人的言谈举止,备受关注,言辞之美,令人流连。这些都为当时的志人小说提供了丰富的资料。

志人小说包括轶事类和琐言类。轶事类有东晋葛洪伪托西汉刘歆所作的《西京杂记》,书中记录了西汉的人物轶事,涉及宫室制度、风俗习惯、文人方士、衣食器物等方面,大多无关宏旨却趣味盎然,如昭君和亲、文君当垆、秋胡戏妻等。这些成为后世文学创作长盛不衰的题材。琐言类有东晋裴启的《语林》、郭澄子的《郭子》;梁沈约的《俗说》、殷芸的《小说》等,这些书早已散佚,只在《世说新语》刘孝标注、《三国志》裴松之注、《北堂书钞》、《太平御览》等书中保留着部分佚文。而《世说新语》是六朝时期志人小说的高峰。

【要点提示】

一、《世说新语》其书及版本

《世说新语》是中国古代久负盛名的一部志人小说。辑录了上至东汉末年,下至刘宋初年的逸闻轶事,特别以魏晋为主,记录了当时名士的言行风貌,内容涉及政治、经济、玄学、文学、美学、社会风俗等诸多领域,有很高的史学和文学价值。《世说新语》被誉为"人伦之渊鉴,言谈之林薮"(饶宗颐序杨勇《世说新语校笺》),其核心的内容即是人物鉴赏。全书分德行、言语、政事、文学、雅量、赏誉、品藻、容止、伤逝、任诞等共三十六门,大多数都与人物品题及鉴赏有关,对士人之风神气韵、性情才思、言语容止等进行生动的记录,并阐发了魏晋六朝的重要玄学思想、审美态度、艺术精神等。

《世说新语》有唐钞本残卷传世,最早可见的传世刻本是南宋绍兴八年(1138)董弅刊刻的本子。现代人较好的整理本有余嘉锡《世说新语笺疏》、徐震堮《世说新语校笺》、杨勇《世说新语校笺》、龚斌《世说新语校释》等。

二、《世说新语》的最大特点

《世说新语》的最大特点是其对人物的鉴赏。早在春秋战国时期,人物品评便已出现,那时特别以道德和学问为高,这种传统的人物品鉴标准两汉时期奉行不衰。到了东汉末年,由于经学的逐渐衰落、玄学的兴起,以及用人制度的变化,人物的品题标准由注重道德伦理转而注重个人的才性气质,随后人物品藻也逐渐从政治行为向审美行为转变。《世说新语》便记录了这一巨大变化。书中前四门"德行""言语""政事""文学",沿袭了"孔门四科",体现出来的儒家思想的影响力。而后有"容止""伤逝""贤媛""任诞"等门,表现出魏晋时期特有的人物审美内容。如《容止》门中的对人的仪容仪表、举止风度的欣赏。他们以大自然之美来作比喻和形容,并特别重视其内在美的表现;《伤逝》门以玄学"圣人有情无情"之辩为基础,悲悼生命的流逝;《贤媛》门展现了女性的风采,称赞她们的母仪风范、识鉴人物、思辨敏捷等特点;《任诞》门记录名士在"指礼法为流俗,目纵诞以清高"(《晋书·儒林传》)的风气下,纵酒放达、不拘礼法、寄心希夷的行为。这种美,是"人的内在精神性"的表达,李泽厚在《美的历程》中说:"讲求脱俗的风度神貌,成了一代美的理想。不是一般的、世俗的、表面的、外在的,而是必须能表达出某种内在的、本质的、特殊的、超脱的风貌姿容,才成为人们所欣赏、所评价、所议论、所鼓吹的对象。"《世说新语》正是通过这种人物的鉴赏向我们展现了人的内在个性的美,也展示了整个魏晋时代的文化风貌。